स्वास्थ्य संपन्न
स्वास्थ्य त्रिकोण

Perfect
Health
Discovery

सरश्री द्वारा रचित श्रेष्ठ पुस्तकें

१. इन पुस्तकों द्वारा आध्यात्मिक विकास करें

- विचार नियम – आपकी कामयाबी का रहस्य
- ली गीता ला – लीला और गीता का अनोखा संगम और प्रारंभ
- गीता यज्ञ – कर्मफल और सफल फल रहस्य
- गीता संन्यास – कर्मसंन्यासयोग
- मन को वश में करने की संयम गीता – सत् चित्त मन युक्ति
- ज्ञान विज्ञान अक्षर गीता – अज्ञान के लिए सद्गति युक्ति
- राजयोग गीता – असाधारण समर्पण युक्ति
- दर्शन गीता – महानता योग और विश्वरूपदर्शन रहस्य
- समर्पण का अद्भुत राजमार्ग – पूर्ण त्याग और अर्पण शक्ति का जादू
- २ महान अवतार – श्रीराम और श्रीकृष्ण
- जीवन-जन्म के उद्देश्य की तलाश – खाली होने का महासुख कैसे प्राप्त करें
- सत् चित्त आनंद – आपके 60 सवाल और 24 घंटे

२. इन पुस्तकों द्वारा स्वमदद करें

- स्वास्थ्य के लिए विचार नियम – मनः शक्ति द्वारा तंदुरुस्ती कैसे पाएँ
- 3 स्वास्थ्य वरदान – रोग मुक्ति की दवा
- नींव नाइन्टी – नैतिक मूल्यों की संपत्ति
- डर नाम की कोई चीज़ नहीं – अपने मस्तिष्क में विकास के नए रास्ते कैसे बनाएँ
- वर्तमान का जादू – उज्ज्वल भविष्य का निर्माण और हर समस्या का समाधान
- नास्तिकता से मुक्ति – उलटा विश्वास सीधा कैसे करें
- इमोशन्स पर जीत – दुःखद भावनाओं से मुलाकात कैसे करें
- मन का विज्ञान – मन के बुद्ध कैसे बनें

३. इन पुस्तकों द्वारा हर समस्या का समाधान पाएँ

- पैसा – रास्ता है मंज़िल नहीं
- खुशी का रहस्य – सुख पाएँ, दुःख भगाएँ : ३० दिन में
- विकास नियम – आत्मविकास द्वारा संतुष्टि पाने का राज़
- समग्र लोकव्यवहार – मित्रता और रिश्ते निभाने की कला

४. इन आध्यात्मिक उपन्यासों द्वारा जीवन के गहरे सत्य जानें

- मृत्यु पर विजय – मृत्युंजय
- स्वयं का सामना – हरक्युलिस की आंतरिक खोज
- बड़ों के लिए गर्भ संस्कार – १० अवतार का जन्म आपके अंदर
- सन ऑफ बुद्धा – जागृति का सूरज

स्वास्थ्य संपन्न
स्वास्थ्य त्रिकोण
Perfect
Health
Discovery
परिपूर्ण स्वास्थ्य की खोज
तेजज्ञान ग्लोबल फाउण्डेशन

स्वास्थ्य संपन्न स्वास्थ्य त्रिकोण – परिपूर्ण स्वास्थ्य की खोज
Perfect Health Discovery

© Tejgyan Global Foundation

All Rights Reserved 2013
Tejgyan Global Foundation is a charitable organization with its headquarters in Pune, India.

सर्वाधिकार सुरक्षित

वॉव पब्लिशिंग्ज् प्रा. लि. द्वारा प्रकाशित यह पुस्तक इस शर्त पर विक्रय की जा रही है कि प्रकाशक की लिखित पूर्वानुमति के बिना इसे व्यावसायिक अथवा अन्य किसी भी रूप में उपयोग नहीं किया जा सकता। इसे पुनः प्रकाशित कर बेचा या किराए पर नहीं दिया जा सकता तथा जिल्दबंद या खुले किसी भी अन्य रूप में पाठकों के मध्य इसका परिचालन नहीं किया जा सकता। ये सभी शर्तें पुस्तक के खरीददार पर भी लागू होंगी। इस संदर्भ में सभी प्रकाशनाधिकार सुरक्षित हैं। इस पुस्तक का आंशिक रूप में पुनः प्रकाशन या पुनः प्रकाशनार्थ अपने रिकॉर्ड में सुरक्षित रखने, इसे पुनः प्रस्तुत करने की प्रति अपनाने, इसका अनूदित रूप तैयार करने अथवा इलेक्ट्रॉनिक, मैकेनिकल, फोटोकॉपी और रिकॉर्डिंग आदि किसी भी पद्धति से इसका उपयोग करने हेतु समस्त प्रकाशनाधिकार रखनेवाले अधिकारी तथा पुस्तक के प्रकाशक की पूर्वानुमति लेना अनिवार्य है।

द्वितीय आवृत्तिः		फरवरी २०१३
रीप्रिंट	:	सितंबर २०१४
रीप्रिंट	:	जून २०१७
रीप्रिंट	:	अगस्त २०१८
प्रकाशक	:	वॉव पब्लिशिंग्ज् प्रा.लि., पुणे

Swaasthya Sampann Swaasthya Trikon - Paripurna Swaasthya Ki Khoj
by Tejgyan Global Foundation

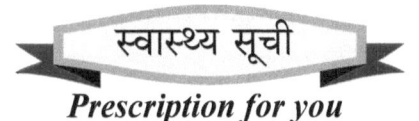

स्वास्थ्य सूची
Prescription for you

भाग	विषय		संकेत
प्रारंभ	स्वास्थ्य त्रिकोण क्या है............... तीन कोने	9	परिभाषा
	पुस्तक से लाभ उठाने के सात नियम	11	नियम
पहला खण्ड : एम. एस. वाय.-मील, स्लीप, योगा/		**13**	**MSY**
Day 1	स्वास्थ्य क्या है............... आरोग्य कैसे कमायें	15	आरोग्य
Day 2	जीने के लिए खायें, खाने के लिए न जीयें..... भूख लगना ही सही भोजन काल है	18	M आहार
Day 3	खान-पान संबंधी शंकाओं का निरसन...... डायटिशियन की मेज से	22	M आहार
Day 4	निसर्गोपचार का दृष्टिकोण................ नाश्ता और अंकुरित अमृत सेवन	30	M आहार
Day 5	आहार द्वारा रोग मुक्ति................ अधिक मीठा, खट्टा और तीखा	35	M आहार
Day 6	कच्चे भोजन की महिमा................ स्वास्थ्य के लिए कैसा भोजन करना चाहिए	38	M आहार
Day 7	उचित भोजन से उत्तम स्वास्थ्य............... छः महत्त्वपूर्ण सुझाव	42	M आहार
Day 8	खाना पीयो, पानी पीयो............... पानी पीयो प्रयोग	47	M आहार
Day 9	नींद, आराम और विश्राम............... स्वास्थ्य के लिए विश्राम भी जरूरी है	52	S नींद

Day 10	**व्यायामासन भाग-१**...............	60	Y योगा-१
	स्वास्थ्य का तीसरा कोना		
Day 11	**शक्ति और रोशनी**...............	67	Y सूर्ययोग
	सूर्यनमस्कार		
Day 12	**प्राणायाम**...............	73	Y प्राणायाम-1
	ए.ई.आय.ओ.यू.		
Day 13	**अपनी काया पहचानें**...............	80	VKP
	वात, कफ, पित्त (वी.के.पी.)		
Day 14	**स्वस्थ रहने के ३० महत्त्वपूर्ण नियम**.........	88	MSY सार
	स्वास्थ्य सार		

दूसरा खण्ड : पी.एच.डी. - परफेक्ट हेल्थ डिस्कवरी
परिपूर्ण स्वास्थ्य की खोज / 93   PHD

Day 15	**कुदरत के छः डॉक्टर**...............	95	छः डॉक्टर
	शरीर की पाँच जरूरतें		
Day 16	**त्रिगुणी आहार**...............	97	पहला शरीर
	पहला शरीर - अन्नमय शरीर		
Day 17	**भोजन के पहले, दौरान, बाद में क्या करें**..	100	M मान्यता, प्रार्थना
	खाने की मान्यता और प्रार्थना		
Day 18	**भोजन करने की कला सीखें**............	105	M कला
	कल से क्या करें - 3 Steps Action Plan		
Day 19	**वात प्रकृति के लिए स्वास्थ्य त्रिकोण**......	109	V वात
	वात संतुलन		
Day 20	**कफ प्रकृति के लिए स्वास्थ्य त्रिकोण**......	114	K कफ
	कफ संतुलन		
Day 21	**पित्त प्रकृति के लिए स्वास्थ्य त्रिकोण**......	118	P पित्त
	पित्त संतुलन		
Day 22	**मानसिक स्वास्थ्य**...............	123	मानसिक (तीसरा शरीर)
	तीसरा शरीर - मनमय शरीर		

Day 23	**शुभ व सकारात्मक विचार**..................	126	चौथा शरीर
	चौथा शरीर-विज्ञानमय या विवेकमय शरीर		
Day 24	**व्यायामासन भाग-२**........................	136	Y योगा-2
	स्वास्थ्य का तीसरा कोना		
Day 25	**स्वास्थ्य के लिए उचित प्राणायाम**..........	162	Y प्राणायाम-2 (दूसरा शरीर)
	दूसरा शरीर - प्राणमय शरीर		
Day 26	**सजग नारी निरोगी कैसे बने**................	168	नारी MSY
	स्वस्थ नारी - विशेष आसन		
Day 27	**घरेलू उपचार**...............................	177	उपचार
	महत्त्वपूर्ण नुस्खे		
Day 28	**सामाजिक स्वास्थ्य**..........................	187	सामाजिक
	विश्वास व विवाद		
Day 29	**आर्थिक स्वास्थ्य**............................	191	आर्थिक
	पैसा - रोटी, कपड़ा और मकान		
Day 30	**आध्यात्मिक स्वास्थ्य**........................	195	आध्यात्मिक
	पाँचवाँ शरीर - आनंदमय शरीर		
	परिशिष्ट/	201	परिशिष्ट
1	**कच्चा और अच्छा भोजन**.................	203	M विधि
	आरोग्यवर्धक पाक-कृतियाँ		
2	**सरलता व तरलता**........................	212	M विधि
	आरोग्यदायक चाय		
3	**स्वस्थ शरीर के लिए आवश्यक पोषक तत्व..**	217	M आहार
	शरीर की जरूरतें		

स्वास्थ्य शब्दावली

शब्द	अर्थ
व्यायामासन	व्यायाम + आसन
तेज	दो से परे (रोग-अरोग से परे)
विरेचन	पेट साफ रखने के लिए मुँह से ली जानेवाली दवाइयाँ, द्रव्य, काढ़े
बस्ति	गुदा (मल) मार्ग से दिये जाने वाले औषधि द्रव्य
वमन	उल्टी, कुंजल क्रिया
काया	शरीर, एम. एस. वाय.
चोकर युक्त आटा	मोटा आटा, बिना छना आटा
M.S.Y	शरीर, मनोशरीरयंत्र, बॉडी
अम्ल	खट्टा
जठराग्नि	पाचन अग्नि, पाचन शक्ति, पेट की अन्न पचानेवाली गरमी
अल्पहारी	कम खानेवाला
विकार	रोग, दुर्गुण
पूरक	साँस अंदर लेना
कुंभक	साँस रोककर रखना
रेचक	साँस बाहर छोड़ना
आमाशय	पेट, पाचन तंत्र का वह मुख्य अंग जहाँ भोजन का पाचन होता है।
त्रिदोष	वात-कफ-पित्त (VKP)

शब्द	अर्थ
वात	वायु, चंचलता
कफ	जल, भारी, स्थिर
पित्त	अग्नि, जोश
शिथिल	Relaxation, विश्राम
प्रॉप्स	व्यायाम व आसनों में इस्तेमाल किये जानेवाले सहारे (उदा. कुर्सी, तकिया, रस्सी)
मुद्रा	आसन
वसा	चरबी, चिकनाई
बथुआ	चूका
चुकंदर	बीट रूट
कषाय	रूखा, रूक्ष स्वाद
P_3	पानी पीयो प्रयोग
ऐंटीऑक्सिडेंट्स	धूम्रपान करने से, जंक फूड, ज्यादा तले पदार्थ खाने से तथा तले हुए तेल का बार-बार इस्तेमाल करने से फ्री रेडिकल्स बनते हैं, जो शरीर को नुकसान पहुँचाते हैं। इन फ्री रेडिकल्स का सफाया करनेवाले एजंट को ऐंटीऑक्सिडेंट्स कहते हैं।

प्रारंभ

स्वास्थ्य त्रिकोण क्या है
तीन कोने

'इंसान जब अपने आरोग्य का इस्तेमाल दूसरों की भलाई के लिए करता है तब उस आरोग्य को कहते हैं, 'योग्य आरोग्य'।'

जिस तरह हर त्रिकोण बनता है तीन कोनों से, उसी तरह स्वास्थ्य त्रिकोण बनता है स्वास्थ्य के तीन कोनों से। ये महत्त्वपूर्ण तीन कोने हैं- एम.एस.वाय. (MSY)। एम. एस. वाय. के दो अर्थ हैं, पहला अर्थ है- मनोशरीरयंत्र। मानव के शरीर को ही मनोशरीरयंत्र (MSY) कहा गया है क्योंकि मानव का शरीर मन और शरीर के जोड़ से बनता है।

एम.एस.वाय. (MSY) का दूसरा अर्थ है M = Meal (भोजन), S = Sleep (नींद), Y = Yoga (व्यायाम+आसन)। इस पुस्तक द्वारा आप 'स्वास्थ्य त्रिकोण' के इन तीन कोनों को विस्तार से जानकर स्वास्थ्य लाभ ले सकते हैं।

स्वास्थ्य त्रिकोण के पहले कोने के अनुसार जैसा आप खाते हैं, वैसा स्वास्थ्य पाते हैं। स्वास्थ्य त्रिकोण के दूसरे कोने के अनुसार काम के बाद का आराम आपको सदा निरोगी रहने में सहयोग करता है। स्वास्थ्य त्रिकोण के तीसरे कोने के अनुसार व्यायामासन करने से शरीर आयुष्मान होता है। हर इंसान को योग्य-आरोग्य पाने के लिए स्वास्थ्य त्रिकोण में रहना चाहिए।

नींद के ८ घंटे यदि छोड़ दिये जायें तो बाकी बचे १६ घंटे इंसान अपने कार्य और विचारों में ही खोया रहता है। इन १६ घंटों में से क्या दिन में कुछ समय अपने विकास के लिए देना कोई कठिन कार्य है? यह भी किसी और के लिए नहीं कहा जा रहा है बल्कि आपके अपने शरीर के लिए, उसके स्वास्थ्य के लिए कहा जा रहा है, जिसे आप इतने सालों से, बिना रोक-टोक लगातार पढ़ने-लिखने, खेलने-कूदने,

ऑफिस जाने के लिए इस्तेमाल कर रहे हैं।

यदि आप अपने शरीर का खयाल रखने में समर्थ नहीं हैं तो फिर आपके शरीर को कल अगर कोई बड़ी बीमारी ने जकड़ लिया तब आपको आश्चर्य नहीं होना चाहिए क्योंकि आपने इसका खयाल नहीं रखा। इसलिए समय रहते ही अपने शरीर का खयाल रखें, स्वस्थ जीवन के लिए स्वास्थ्य त्रिकोण का सहारा लें।

हमारा स्वास्थ्य सिर्फ आहार पर ही निर्भर नहीं है। संतुलित आहार की परिभाषा इंसान की उम्र, परिवेश, वातावरण व कार्य प्रकार के अनुसार बदलती रहती है। संतुलित आहार के साथ ही हमारे विचार और हमारा विश्वास किस दिशा में हैं, यह एक महत्त्वपूर्ण मुद्दा है। आप जिस पुस्तक या डॉक्टर से मार्गदर्शन ले रहे है, उस पर रखा गया विश्वास अपेक्षित परिणाम लाता है। यदि आप संतुलित आहार ले रहे हैं और मन में नकारात्मक विचार चल रहे हैं तो वह आहार भी परिणामकारक नहीं होगा। अतः आशावादी दृष्टिकोण और विश्वास के साथ इस पुस्तक को पढ़ें और तंदुरुस्ती पाने के लिए भरपूर प्रयोग करें।

उत्तम स्वास्थ्य प्राप्त करने के लिए आज अलग-अलग पैथीज उपलब्ध हैं। हर पैथी का लक्ष्य (योग्य-आरोग्य प्राप्त करना) एक होते हुए भी उनके तरीके भिन्न-भिन्न हैं। जैसे एलोपैथी, होमियोपैथी, नॅचरोपैथी, आयुर्वेद, चुंबक चिकित्सा, एक्युप्रेशर, एक्युपंचर इत्यादि। कभी-कभी इनके द्वारा दिये गये आहार-सुझाव एक दूसरे के विरोधाभासी प्रतीत होते हैं। इस पुस्तक में आयुर्वेद व कुछ जगहों पर एलोपैथी के दृष्टिकोण से मार्गदर्शन दिया गया है। अतः पाठकों से निवेदन है कि दुविधा की स्थिति में डॉक्टर से परामर्श लेकर ही उन्हें अपनायें। पुस्तक में कुछ आयुर्वेदिक आहार-सूचनाएँ तथा सचित्र योगासन दिये गये हैं लेकिन यह सावधानी जरूर बरतें कि यदि शरीर में पहले से ही कुछ व्याधि अथवा दर्द हो तो किसी विशेषज्ञ के मार्गदर्शन में ही उन्हें करें।

हर एम. एस. वाय. (शरीर) अपने आप में अनोखा होता है। कोई उपचार पद्धति अथवा योग क्रिया एक इंसान में जादू का काम करती है तो किसी में कोई प्रभाव नहीं डालती। इस पुस्तक के मार्गदर्शन से आप अपने लिए सही भोजन व्यवस्था और आसनों को छोटे-छोटे प्रयोगों द्वारा ढूँढ़ निकालें। उलझन की स्थिति में अपने डॉक्टर, डायटिशियन, योगाचार्य से राय जरूर लें। अपने शरीर की प्रकृति (वात, पित्त, कफ) को पहचानें और उसके अनुसार उपचार लेकर उत्तम स्वास्थ्य के मालिक बनें।

धन्यवाद!

स्वास्थ्य त्रिकोण पुस्तक से लाभ उठाने के सात नियम

१) इस पुस्तक का पहला खण्ड एम.एस.वाय., उन लोगों के लिए है, जो अपने शरीर को स्वस्थ रखने की शुरुआत कर रहे हैं। उनके लिए पहले खण्ड में कुछ आसान तथा महत्त्वपूर्ण बातें दी गयी हैं, जिन्हें प्रयोग में लाकर वे स्वयं को हर दिन के भाग-दौड़ भरे जीवन के लिए तैयार कर सकते हैं।

   इस पुस्तक के पहले खण्ड को दो बार पढ़ें और उस पर तुरंत अमल करना शुरू करें। यह आपके एम.एस.वाय. (शरीर) की तेज रक्षा है। पुस्तक पढ़ने से पहले पृ. सं. ८ पर दिये गये कुछ शब्दों के अर्थ मन में बिठा लें।

२) इस पुस्तक का दूसरा खण्ड है पी. एच. डी. (PHD)। पी. एच. डी. का अर्थ है 'परफेक्ट हेल्थ डिस्कवरी (Perfect Health Discovery)'। यह खण्ड मुख्यतः उन लोगों के लिए है, जो अपने स्वास्थ्य पर प्राथमिक कार्य कर चुके हैं और अब संपूर्ण स्वास्थ्य प्राप्त करना चाहते हैं। यदि आप स्वास्थ्य के विषय में कुछ गहरी जानकारी तथा मार्गदर्शन चाहते हैं तो आप सीधे दूसरे खण्ड का लाभ ले सकते हैं।

३) जो लोग इस वक्त किसी बीमारी से गुजर रहे हैं, वे इस पुस्तक के पहले खण्ड का तेरहवाँ भाग 'अपनी काया पहचानें' तुरंत पढ़ें तथा दी गयी जानकारी अनुसार अपने आहार में परिवर्तन लायें।

४) जो लोग बीमार नहीं हैं, वे इस पुस्तक के पहले खण्ड से भाग १०, ११, १२ तथा दूसरे खण्ड से भाग २४ और २५ पढ़ें, जिसमें कुछ व्यायामासनों, प्राणायामों की जानकारी दी गयी है। जिनके अभ्यास से योग्य-आरोग्य की तुरंत शुरुआत होगी।

५) इस पुस्तक के शीर्षक अनुसार यह पुस्तक स्वास्थ्य त्रिकोण के तीन मुख्य कोनों पर आधारित है, वे हैं MSY : Meal (खाना-पान, काया पहचान, सूर्य स्नान), Sleep (नींद, विश्राम और ध्यान), Yoga (व्यायाम, योगासन,

प्राणायाम)। इन तीनों कोनों को दो खण्डों में विभाजित किया गया है। स्वास्थ्य त्रिकोण में से आपका जो कोना कमजोर हो, उसे पहले पढ़ें।

६) इस पुस्तक में न सिर्फ शारीरिक स्वास्थ्य बल्कि मानसिक स्वास्थ्य पर भी भाग २२ और २३ में मार्गदर्शन दिया गया है।

७) इस पुस्तक के भाग २८, २९, ३० में सामाजिक, आर्थिक और आध्यात्मिक स्वास्थ्य पर भी बहुत महत्त्वपूर्ण जानकारी दी गयी है। जिसका अधिक लाभ लेने के लिए उस विषय से संबंधित तेजज्ञान फाउण्डेशन की अन्य पुस्तकों का लाभ भी आप ले सकते हैं।

जीवन के इन पाँच मुख्य भागों पर काम करने से आप संपूर्ण स्वास्थ्य के हकदार बन सकते हैं।

इस पुस्तक द्वारा आप स्वयं तो लाभ लें ही और दूसरों को भी इसका लाभ देने के लिए निमित्त बनें। इस पुस्तक को मिठाई के बदले, जो लाभ से ज्यादा हानि ही करती है, उपहार में दें। शारीरिक स्वास्थ्य से लेकर आध्यात्मिक स्वास्थ्य तक आप हर स्वास्थ्य प्राप्त करें तभी पूर्ण होता है 'स्वास्थ्य त्रिकोण'।

शरीर यंत्र, पाचन तंत्र

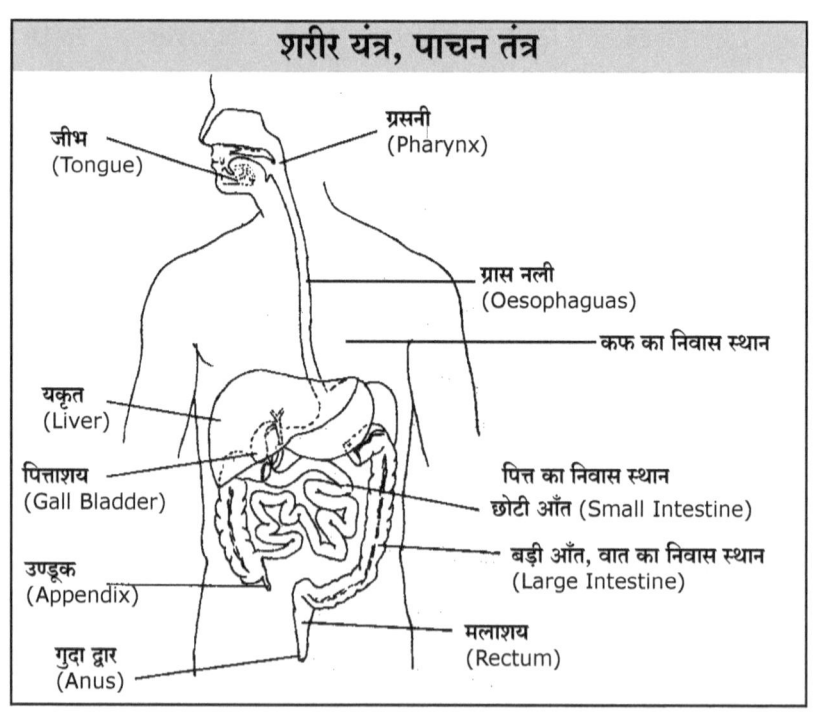

1
MSY

M - Meal (भोजन)

S - Sleep (नींद)

Y - Yoga (व्यायाम)

ऊँचाई और वजन सारणी

ऊँचाई (सेंटीमीटर)	मध्यम बांधा स्त्री (किलो)	मध्यम बांधा पुरुष (किलो)
१५२	५०.८-५४.४	-
१५४	५१.७-५५.३	-
१५७	५३.१-५६.७	५६.३-६०.३
१५९	५४.४-५८.१	५७.६-६१.७
१६२	५६.३-५९.९	५८.९-६१.७
१६५	५७.६-६१.२	६०.८-६५.३
१६७	५८.९-६३.५	६२.२-६६.७
१७०	६०.८-६५.४	६४.०-६८.५
१७२	६२.२-६६.७	६५.८-७०.८
१७५	६४.०-६८.५	६७.६-७२.६
१७७	६९.४-७४.४	६९.४-७४.४
१८०	७१.२-७६.२	७१.२-७६.२
१८२	७३.०-७८.५	७३.०-७८.५
१८५	७५.३-८०.७	७५.३-८०.७
१८७	७७.६-८३.५	७७.६-८३.५
१९०	७९.८-८५.९	७९.८-८५.९

* 2.54 cm = 1 inch
* 30.5 cm = 1 Feet

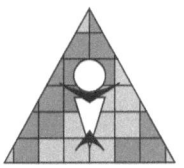

स्वास्थ्य क्या है

आरोग्य कैसे कमायें

इंद्रियाँ आपके वश में तो स्वास्थ्य आपके बस में

1

तन, मन और ऊर्जा की एकरूपता का नाम है-स्वास्थ्य। स्वास्थ्य का अर्थ है स्व में स्थित होना। स्वस्थ इंसान स्व में स्थित होता है। वह रोग मुक्त तथा स्व अर्क युक्त होता है। स्व अर्क युक्ति के साथ इंसान स्वर्ग में रहने का एहसास करता है। स्व के अर्क से महरूम इंसान खुद को नरक में महसूस करता है।

स्वास्थ्य की इस परिभाषा के अनुरूप आज कितने लोग ऐसे हैं, जो वाकई में स्वस्थ हैं? शरीर स्वस्थ और निरोग रहना चाहिए, यह बात सभी जानते और मानते हैं लेकिन शरीर के साथ मन, बुद्धि और रिश्ते भी स्वस्थ होने चाहिए, यह सत्य बहुत कम लोग जानते हैं। इसके साथ-साथ सामाजिक, आर्थिक और आध्यात्मिक स्वास्थ्य भी जरूरी होता है। जब संपूर्ण स्वास्थ्य मिलता है तब उसे कहते हैं, 'योग्य-आरोग्य।'

'मैं स्वस्थ हूँ' ऐसा तब कहा जाय जब :

१) आपका शरीर और श्रम; बुद्धि और ज्ञान; मन और मनन तीनों ताल से ताल मिलाकर कार्य करें।

२) शरीर की सारी प्रणालियाँ एवं सभी अंग सहज व स्वतंत्रता पूर्वक कार्य करें।

---

*स्वास्थ्य का मतलब है- **'रोग मुक्ति, स्व अर्क युक्ति'**। स्व अर्क युक्ति के साथ इंसान स्वर्ग में रह रहा है, ऐसा एहसास करता है। स्वास्थ्य, तन-मन और आत्मोत्साह का नाम है। स्वास्थ्य स्व में स्थित होने का नाम है। संपूर्ण स्वस्थ इंसान स्व में स्थित होता है।*

३) शरीर में आलस्य न आने पाये, न ही उसे चलाने के लिए किसी बाहरी व्यसन की आवश्यकता पड़े।

४) मन की सोच और वाणी सम्यक हो यानी मन में बेचैनी और किसी के लिए नफरत न हो, शरीर के सारे अंग और क्रियाएँ संतुलित हों।

५) वात, कफ और पित्त तीनों नियंत्रित हों। पाचन शक्ति नियमित व संतुलित हो, भूख समय पर लगे। खाने के बाद संतुष्टि का एहसास हो।

६) निद्रा स्वाभाविक हो। नींद में रुकावटें न आती हों, जैसे कि गला सूखना, भयानक सपने देखना, रोगी की तरह सुबह थके हुए उठना।

७) कमर सीधी व गठीली हो, चेहरा खिला हुआ हो और आँखों में चमक हो। नाड़ी की गति मध्यम व शरीर का तापमान संतुलित हो, आप अपना कार्य पूर्ण क्षमता से करने में सक्षम हों। इन्द्रियों पर आपका पूर्ण नियंत्रण हो।

८) आप तनाव और चिंता मुक्त हों तथा जीवन के प्रति उत्साहित हों।

स्वस्थ जीवन पाने की शुरुआत इस तरह करें :

पेट नरम, पैर गरम और सिर ठंढा, ये अच्छे स्वास्थ्य की निशानियाँ हैं। शारीरिक श्रम, सही पाचन और विषाक्त पदार्थों का निष्कालन, संतुलित आराम तथा साफ-स्वच्छ पेट हो तो पेट नरम रहेगा इसलिए कहा गया है **'पेट साफ तो सब रोग माफ।'** सिर को ठंढा रखने के लिए स्वयं को तनाव मुक्त रखना आवश्यक है। सत्य श्रवण, मनन, ध्यान और पठन करने से आपका सिर ठंढा व शांत रहेगा।

आपके स्वास्थ्य का आधार शारीरिक श्रम, पाचन और तनाव मुक्त शरीर होता है। जिस तरह आप अपना घर कीड़े-मकोड़ों से सुरक्षित रखने के लिए कीटनाशक दवा का प्रयोग करते हैं, उसी तरह आप अपने शरीर को सुरक्षित रखने के लिए स्वच्छ अन्न व जल का उपयोग करें।

स्वस्थ जीवन के लिए हवा, धूप और पानी जैसी प्राकृतिक ऊर्जाओं का सहयोग आवश्यक होता है। ऊर्जा, शक्ति और स्वास्थ्य को कभी अलग नहीं किया जा सकता है। शरीर को स्वस्थ रखने के लिए व्यायाम और भोजन पर ध्यान रखना बहुत आवश्यक है।

अपने आपको स्वस्थ रखने के लिए अधिक तेलयुक्त खाद्य-पदार्थों का त्याग करें अथवा बहुत कम मात्रा में उनका सेवन करें। शरीर स्वस्थ रखने के लिए भोजन में फल, तरकारियाँ, अन्न और दूध (बिना मलाईवाला Skimmed)

का समावेश हो। एक उबालवाला दूध ज्यादा लाभकारी होता है। उससे पेट में तकलीफ नहीं होती। खाने में खीरा, ककड़ी, गाजर, टमाटर का इस्तेमाल कच्चा ही करें। पालक और पत्तागोभी को सलाद में लेना चाहें तो उन्हें उबले हुए पानी में से निकालकर फिर उनका इस्तेमाल करें। ज्यादा नहीं तो चौबीस घंटों में २५० ग्राम कच्ची सब्जी जरूर लें। दिन में केवल तीन बार खाना खायें। अगर आप दिन में दो बार भोजन करने के आदी हैं तो दो बार ही भोजन करें। लेकिन दिन में दो बार भरपेट दबाकर खाने से बेहतर है कि उतना ही आहार (जितना आप दो बार में लेते हैं) दिन में छ: हिस्सों में लें। बताने का तात्पर्य यह है कि आपको इस बात का ध्यान रखना चाहिए कि आपका शरीर किन चीजों को ग्रहण करे और किन चीजों से बचे।

पॉलिश किये हुए खाने की बजाय, प्राकृतिक (कुदरती) खाना खायें। आजकल बाजार में चावल, दाल, तिल आदि अन्न पदार्थों पर पॉलिश किया जाता है। इससे उन पर घुन, कीड़ा नहीं लगता लेकिन पॉलिश किये अन्न का पोषण मूल्य कम हो जाता है, उनमें विटामिन की मात्रा कम हो जाती है।

चावल से कनी (चावल के बारीक टुकड़े) निकाली जाती है परंतु कनी सहित चावल खाना ज्यादा लाभकारी है। उसी तरह चीनी न खाकर गुड़ खाना सेहत के लिए फायदेमंद होता है। मैदा या महीन आटे की जगह चोकर समेत आटे (मोटा पिसा हुआ आटा) का उपयोग करना चाहिए। भोजन स्वादिष्ट होने के अलावा कब्ज निवारक भी होना चाहिए। अर्थात पॉलिश की हुई चीजों के बदले कुदरती और प्राकृतिक चीजें ही खानी चाहिए, जिससे हमारा शरीर स्वस्थ रह सके।

स्वस्थ शरीर की मान्यता :

एक दुबला-पतला इंसान स्वस्थ हो सकता है और एक मोटा इंसान बीमार हो सकता है क्योंकि स्वास्थ्य का वजन से कोई संबंध नहीं है। स्वस्थ मनुष्य, हलकेपन का एहसास करता है। इस हलकेपन को अनुभव से जाना जा सकता है, उसे नापने के लिए कोई यंत्र नहीं है इसलिए केवल वजन से स्वास्थ्य का संबंध जोड़ना भारी भूल है। स्वस्थ इंसान का वजन थोड़ा ज्यादा भी हो तो उसे चिंता करने की जरूरत नहीं है। शरीर थोड़ा मोटा हो या पतला, अंदर से स्वस्थ होना ज्यादा महत्त्वपूर्ण है। शरीर की ऊँचाई के हिसाब से जो मानक (स्टैंडर्ड) वजन तालिका होती है, उसके अनुसार आपका वजन ५ किलो कम या अधिक चल सकता है। शरीर की ग्रंथियाँ ठीक तरह से काम करें तो शरीर तंदुरुस्त ही होगा। इसलिए अपने वजन की नहीं बल्कि स्वास्थ्य की चिंता करें। वजन स्वयं अपनी चिंता कर लेगा।

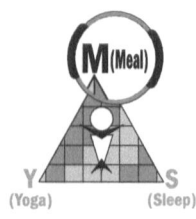

जीने के लिए खायें, खाने के लिए न जीयें

भूख लगना ही सही भोजन काल है

जब मन दुरुस्त होता है तब तन दुरुस्त होता है।

2 मनुष्य को खाने के लिए नहीं जीना चाहिए बल्कि जीने के लिए खाना चाहिए ताकि उसका स्वास्थ्य योग्य व संतुलित रहे। ज्यादा खाने के लालच से बचें। हमें अपने शरीर की जरूरत को समझते हुए अपना आहार निर्धारित करना चाहिए। जुबान पर नियंत्रण न रखकर हम बीमारियों को आमंत्रण देते रहते हैं और चीखते, चिल्लाते डॉक्टरों के पास भागते रहते हैं इसलिए हमें अपनी प्रकृति के अनुसार आहार चुनना चाहिए। अपने आहार में नमक, चीनी और चिकनाई को कम कर, उबली या कच्ची सब्जियों का समावेश करें और जहाँ तक संभव हो सात्विक, हलके, सुपाच्य भोजन को ही अपनायें।

बढ़ती उम्र के लोगों को अच्छा स्वास्थ्य बनाये रखने के लिए नाश्ते में केवल अंकुरित अन्न, दूध, दही का इस्तेमाल करना चाहिए। दिन में मुख्यतः दो बार ही भोजन ग्रहण करना चाहिए। चाहें तो बीच-बीच में फल, छाछ का सेवन किया जा सकता है। खाना खाने के समय में कम से कम चार घंटे का अंतर होना जरूरी है तथा भोजन समय पर ही करना चाहिए। चाहे कुछ देर के लिए काम-काज बाजू में क्यों न रखना पड़े वरना लोग भूख को बढ़ने देते हैं, उसके बाद दबाकर भरपेट खाना खाते हैं, जो सर्वथा गलत है। इसलिए सही समय पर जब भूख का एहसास होने लगता है तब ही अन्न ग्रहण करना बेहतर है, उस समय आप संतुलित भोजन करते हैं।

हमेशा ध्यान रखें कि अपनी पाचन शक्ति के अनुसार ही भोजन ग्रहण करें।

भोजन की मात्रा और युक्ति पूर्वक सेवन न किये जाने पर भोजन विष के समान हो जाता है इसलिए आहार की मात्रा और भोजन के सुपाच्य होने का खयाल अवश्य रखें।

आइये उपरोक्त सभी बातों को एक-एक करके विस्तार से समझें :

१. भोजन का सही समय

आयुर्वेद के आचार्यों ने भोजन के सही समय का अलग ढंग से विवेचन किया है। भूख लगना ही भोजन का सही समय है और प्यास लगना ही पानी पीने का सही समय है। भूख हमें तभी लगती है जब पेट में ऐसे ऐसिड तैयार होते हैं, जो भोजन का पाचन कर सकते हैं। यही भोजन करने का सही समय है। आयुर्वेद में बताया गया है कि दोपहर १२ बजे से पहले और रात ७ बजे भोजन करना सही होता है।

२. झूठी भूख

हमारा शरीर दिन में तीन बार खाने की माँग करता है। काम में व्यस्त रहने की वजह से हम समय देखकर खाना खा लेते हैं ताकि हमारे काम-काज में रुकावट न हो। इस तरह की आदत से हम कई बार तब भी खाना खा लेते हैं, जब हमें भूख नहीं होती। यही आदत बढ़ते-बढ़ते झूठी भूख का निर्माण करती है। उदा. यदि किसी की घड़ी उसे बिना बताये एक घंटा आगे कर दी जाय और यदि वह ठीक एक बजे खाना खाता हो तो उसे बारह बजे ही भूख लगेगी। इसे कहते हैं- झूठी भूख, जो समय गुजरते ही मिट जाती है। इसलिए सदा असली भूख लगने पर ही खाना खायें।

पहले किया हुआ भोजन पचा न हो तो ऐसे समय भोजन करना इंसान को विकारग्रस्त करता है तथा अजीर्ण रोग उत्पन्न करता है। इसके विपरीत, भूख लगने पर भी भोजन न करना अहितकारी है। इस प्रकार जो व्यक्ति असमय खाना खाता है, उसकी पाचन अग्नि मंद हो जाती है और वह रोगी हो जाता है। ऐसे लोग सदा पेट से संबंधित रोगों से ग्रस्त रहते हैं।

आयुर्वेद के सिद्धांत के अनुसार समय पर भोजन न करने से या अधिक मात्रा में भोजन करने से इंसान की पाचन अग्नि मंद हो जाती है। समय पर भोजन न करने से अग्नि विकारों (अपच) की उत्पत्ति होती है। अधिक भोजन करने से भी अग्नि का कार्यभार बढ़ जाता है, जिससे वह दुर्बल हो जाती है, जैसे बाहरी अग्नि को समय पर ईंधन न मिले तो वह बुझ जाती है। इसी प्रकार अगर अधिक मात्रा में ईंधन डाल दिया जाय तो भी वह दबकर शांत हो जाती है। यही हाल, भोजन काल और पाचन

अग्नि का है यानी भोजन काल पर हमारा स्वास्थ्य निर्भर है।

आयुर्वेद के कुछ आचार्यों के अनुसार निरोगी रहने के लिए एक वक्त भोजन करना चाहिए। यह स्वास्थ्य के लिए एकदम सही उपाय है, विशेषतः उन लोगों के लिए जिनकी पाचन अग्नि मंद होती है। एक वक्त का भोजन उनकी जठराग्नि (पाचन अग्नि) को प्रबल करता है।

समय के अतिरिक्त इस बात पर भी ध्यान देना चाहिए कि कौन सा आहार आपके शरीर के लिए सही है और कौन सा सही नहीं है। स्वाद के लिए जो मिल जाय उसे खाना स्वास्थ्य के लिए हानिकारक होता है। अतः व्यक्ति की प्रकृति और उसके अग्निबल के अनुसार तथा उसे कोई रोग विशेष हो तो उसका ध्यान रखते हुए, अनुकूल आहार का सेवन करना स्वास्थ्य के लिए उत्तम है। सही आहार द्वारा रोग मुक्ति संभव है और वह भी बिना दवाई के (कुछ विशेष परिस्थितियों को छोड़कर)।

३. उपवास

भोजन के बाद कुछ समय के लिए उपवास करना जरूरी है। कुछ लोग खाना खाने के बाद भी काम करते हुए, टी.वी. देखते हुए वे कुछ न कुछ चबाते रहते हैं।

इंसान को ८ से १५ दिन में एक बार उपवास करना चाहिए। पित्त प्रकृति के लोग महीने में एक बार उपवास रखें। कफ दोष प्रकृति के लोगों को हर हफ्ते उपवास रखना चाहिए या थोड़ा कम भोजन करना चाहिए। वात असंतुलित लोगों को उपवास कम करना चाहिए।

कुछ लोग उपवास में पानी के सिवा कुछ नहीं लेते और कुछ लोगों का उपवास 'अन्न बदलना' मात्र होता है यानी वे उस दिन अलग पदार्थ ज्यादा मात्रा में खाते हैं। उपवास के दौरान सब्जियों के जूस या सूप अथवा फलों का रस हर दो घंटे के बाद ले सकते हैं। यदि जरूरत पड़े तो (कमजोरी या रोग की अवस्था में) कुछ फल और जूस ले सकते हैं। उपवास के दिन थोड़ा-थोड़ा करके कम से कम डेढ़ से दो लीटर पानी पीना चाहिए। पानी पीते रहने से उपवास के दौरान भी शरीर में ताजगी बनी रहती है और पानी की अधिकता से मल विसर्जन में आसानी होती है।

जिस दिन उपवास किया जाय उसके दूसरे दिन पेट साफ होने के लिए पपीता खायें। रात में दूध में दो चम्मच एरंडी का तेल या घी डालकर भी पी सकते हैं। त्रिफला का चूर्ण (हरड़) या ईसबगोल भी पेट साफ करने के लिए लाभकारी है।

इनमें से एक उपाय अपनायें।

     यदि एक दिन उपवास किया तो दूसरे दिन भोजन पहले से तीन चौथाई मात्रा या उससे भी थोड़ा कम लिया जा सकता है। यह इसलिए करना है ताकि पेट को उपवास से मिले आराम में, तुरंत ज्यादा खाना खाने से तकलीफ न हो जाय। खाने की मात्रा धीरे-धीरे ही बढ़ानी चाहिए। यदि दो दिन का उपवास किया हो तो उपवास के बाद एक दिन फल खाने के बाद दूसरे दिन भोजन किया जा सकता है। यदि तीन दिन का उपवास करना है तो चौथे दिन केवल फल या तरकारी का रस लें। पाँचवें दिन फल, छठवें दिन सबेरे और शाम को फल तथा दोपहर में थोड़ी रोटी और तरकारी लेनी चाहिए। फिर साधारण भोजन पर आहिस्ते-आहिस्ते जाना चाहिए।

खान-पान संबंधी शंकाओं का निरसन

डायटिशियन की मेज़ से

आपके बच्चों का स्वास्थ्य आपके हाथ में,

आपका स्वास्थ्य आपके मन के हाथ में

3

'डाएट' इस शब्द को लेकर लोगों के मन में अनेक भ्रांतियाँ फैली हुई हैं। लोग सोचते हैं कि डाएट का अर्थ है कम खाना। वे अन्य पहलुओं का विचार तक नहीं करते। जैसे उम्र, वातावरण, काम का भार, कोई विशिष्ट अवस्था (गर्भावस्था, बीमारी)। इंसान को अलग-अलग परिस्थितियों में अलग-अलग तरह के खान-पान की आवश्यकता होती है। डाएट का वास्तविक अर्थ है - 'संपूर्ण स्वास्थ्य आहार।'

अकसर यह देखा गया है कि कोई बीमारी होने से पहले इंसान बिना सोचे-समझे, बेसमय, बेहिसाब खाता रहता है। अचानक किसी दिन बीमारी आकर उसका द्वार खटखटाती है और उसकी नींद खुलती है तब उसके मन में खाने-पीने के बारे में सवाल उठने लगते हैं। कुछ लोग बीमारी के आक्रमण से पहले ही स्वास्थ के प्रति सचेत रहते हैं और अपने स्वास्थ को बनाये रखने के लिए उनके मन में भी अनेक तरह के सवाल उठते हैं। ये सभी तरह के लोग अपने सवालों के जवाब पाने के लिए डायटिशियन का सहारा लेते हैं। उनके सवाल कुछ इस प्रकार होते हैं। -

* क्या मैं कोल्ड ड्रिंक, मिल्क शेक पी सकता हूँ?
* क्या मैं बरगर, पिज़्ज़ा खा सकता हूँ?
* क्या मैं पानी-पूरी, भेल-पूरी खा सकता हूँ?
* क्या मैं आइस्क्रीम खा सकता हूँ? इत्यादि

लोगों को लगता है कि इन सवालों का जवाब तो 'ना' में ही होगा। डाएट यानी सभी स्वादिष्ट चीजें खाना बंद करके, बिना स्वादवाला भोजन करना। यह लोगों की मान्यता है। आपको यह जानकर आश्चर्य होगा कि उपरोक्त सवालों के जवाब 'हाँ' में भी हो सकते हैं। आप सोच रहे होंगे कि यह कैसे हो सकता है! तो आइये इसे पूरी तरह समझें।

आप उपरोक्त चीजें जरूर खा सकते हैं परंतु सवाल यह है कि इन्हें कब और कितनी मात्रा में खाना चाहिए?

आप जो भी खा रहे हैं, उसकी मात्रा हमेशा ध्यान में रखें। यदि पाव-भाजी खानी है तो खायें परंतु दो ब्रेड की जगह एक ब्रेड खायें और महीने में एक बार खायें, उससे ज्यादा नहीं।

आप केक, पिज़्ज़ा, बरगर जैसी चीजें खा सकते हैं परंतु रोज नहीं। आप खाने की मात्रा निश्चित करें और उतना ही खायें। एक हफ्ते का अपना कोटा तय करें, फिर उसके अनुसार ही खायें। यदि किसी दिन आपने कोई चीज ज्यादा मात्रा में खा ली तो स्वयं से कहें, 'आज मेरा एक हफ्ते का कोटा पूर्ण हो गया। अब मैं यह चीज अगले हफ्ते ही खाऊँगा।'

किसी भी चीज को सही मात्रा में खाना सीखें। इस तरह हम 'आरोग्यवर्धक खाने के अभ्यास (हेल्दी डाएटरी हैबिट)' की तरफ बढ़ेंगे। हमें अपने शरीर को स्वस्थ और तंदुरुस्त रखने के लिए उसके अनुसार भोजन करना चाहिए।

अच्छे स्वास्थ्य के लिए कुछ साधारण परंतु असरदार नुस्खे अपनायें

योग्य आहार :

योग्य आहार और अयोग्य आहार अर्थात पौष्टिक भोजन और जंक फूड में आज लोगों को फर्क पता है। जंक फूड या फास्ट फूड सेहत के लिए नुकसानकारक है। इनकी जगह हमें स्वास्थ्यवर्धक आहार लेना चाहिए। वैसे तो घर का खाना सबसे उत्तम होता है परंतु उसमें भी कुछ बातों का ध्यान अवश्य रखा जाना चाहिए। जैसे कौन से पदार्थ हमें खाने चाहिए और कौन से नहीं।

खाने में जो मसाले इस्तेमाल किये जाते हैं, वे पेट के लिए अच्छे होते हैं, जैसे जीरा, काली मिर्च, लौंग इत्यादि। उन्हें इस्तेमाल किया जा सकता है परंतु अधिक मात्रा में नहीं। मसालों में ऐंटीऑक्सीडेंट्स होते हैं इसलिए मसालों का इस्तेमाल जरूर करें परंतु कम मात्रा में। हर बात में हमें मध्यम मार्ग अपनाना चाहिए।

अच्छी सेहत पाने के लिए ड्रायफ्रूट (सूखे मेवे) भी खाये जा सकते हैं।

परंतु इसका अर्थ यह नहीं है कि कटोरी भरकर ड्रायफ्रूट खाये जायें। अधिक ड्रायफ्रूट खाने से आपके शरीर में कोलेस्ट्रोल की मात्रा बढ़ जायेगी। दो काजू, दो किशमिश, अखरोट गरी से दो टुकड़े इस मात्रा में हमें ड्रायफ्रूट खाने चाहिए।

खाने में ब्रेड का उपयोग कम करें। ब्रेड लेनी भी हो तो ब्राऊन ब्रेड लें। सफेद ब्रेड मैदे से बनी होती है, मैदा स्वास्थ्य के लिए हानिकारक है। डेअरी उत्पादनों में दूध लें परंतु मक्खन कम लें। अगर आपका वजन ज्यादा है तो मक्खन बिलकुल न लें।

लोग कहते हैं कि घी सेहत के लिए अच्छा होता है मगर शोधकार्यों के द्वारा इस तथ्य की पुष्टि नहीं की गयी है। घी स्वास्थ्य के लिए सही नहीं है, उसमें बहुत से सैचुरेटेड फैट्स हैं। इसलिए सामान्य तेल से ही खाना बनायें। घी में खाना बिलकुल न बनायें।

आहार में चरबी (फैट) और चीनी की मात्रा बहुत कम लें। एक दिन में ३ चम्मच तेल और ३ चम्मच शक्कर शरीर को चलाने के लिए काफी है। यदि परिवार में ४ सदस्य हैं तो १०-१२ छोटे चम्मच तेल की मात्रा पहले से एक कटोरी में निकालकर रखें और उसी में खाना बनायें। हरी सब्जियाँ ज्यादा से ज्यादा खायें।

आजकल बच्चों के साथ-साथ बड़ों को भी चॉकलेट खाने की आदत पड़ गयी है। अपने जन्मदिन पर या किसी भी खुशी के अवसर पर लोग चॉकलेट बाँटना पसंद करते हैं। आप चॉकलेट खा सकते हैं परंतु कितना खाना है? चॉकलेट खाने से क्या होता है? इसे भी समझें।

चॉकलेट खाने के बाद धमनियों में वसा (चरबी) जमकर गाढ़ा और चिपचिपा हो जाता है। जैसे दही जम जाती है, वैसे वसा धमनियों की दीवारों पर जमा हो जाता है और धमनी की दीवारों को मोटा तथा कठोर बना देता है। परिणामतः रक्त-संचरण में बाधा आ सकती है। यह प्रक्रिया धीरे-धीरे होती है। आपने यदि कभी-कभार चॉकलेट का छोटा सा टुकड़ा लिया तो उससे कुछ नहीं होता मगर यदि आप रोज चॉकलेट खाते हैं तो उसका असर होता है। इसलिए चॉकलेट कभी-कभी खानी चाहिए। यदि रोज चॉकलेट खाने की आदत है तो उसके बदले जेम्स (चॉकलेट की तरह लगनेवाली छोटी गोलियाँ) खायें। फिर धीरे-धीरे उसे भी बंद कर दें। आप खर्च करके चॉकलेट खरीदकर खाते हैं, फिर शरीर में तकलीफ से बचने के लिए भी खर्च करते हैं। इस तरह पैसे बरबाद करने के बजाय, चॉकलेट ही न खरीदें।

सही समय पर भोजन करें :

आज-कल की भागदौड़वाली दुनिया में देखा गया है कि ज्यादातर लोग सही समय पर भोजन नहीं करते। लोगों को यही बहाना नज़र आता है कि 'मेरे पास बहुत काम है इसलिए मुझे खाना खाने का समय नहीं मिलता।' आप ज्यादा काम करना चाहते हैं, यह सही है परंतु यदि सही समय पर भोजन नहीं किया गया तो शरीर बीमार हो जाता है और अंत में आपको उसके लिए समय निकालना ही पड़ता है।

इंसानी शरीर की एक नैसर्गिक घड़ी (बायोलॉजिकल क्लॉक) होती है। हमें उस घड़ी को सेट करना चाहिए। जैसे हम मोबाईल में समय सेट करते हैं, उसी तरह हमें अपने शरीर की घड़ी को भी सेट करना है। अपने शरीर की घड़ी को आप एक हफ्ते में सेट कर सकते हैं। एक हफ्ते तक यदि आप सही समय पर नाश्ता और भोजन करेंगे तो आपकी नैसर्गिक घड़ी (बायोलॉजिकल क्लॉक) सेट हो जायेगी। फिर आपको उसी समय पर भूख लगने लगेगी। इससे आपका पाचन भी उत्तम हो जायेगा। उदाहरण- यदि कोई रोज सुबह ८:३० बजे नाश्ता, दोपहर १:०० बजे खाना, रात में ८:०० बजे खाना खाता है तो उसका मनोशरीरयंत्र उसी समय भूख का एहसास दिलाता है।

आयुर्वेद में बताया गया है कि दोपहर १२ बजे तक दोपहर का भोजन एवं शाम ७ बजे तक रात का भोजन करना उत्तम है। यह समय निर्धारण सूर्योदय और सूर्यास्त को ध्यान में रखकर किया गया है। यदि आपके लिए इन समयों पर भोजन करना संभव है तो इनका पालन करना लाभकारी है।

आयुर्वेद बहुत पुरातन खोज है। पहले लोग सुबह ४-५ बजे जाग जाते थे और रात ८ या ९ बजे तक सो जाते थे। उस काल के हिसाब से आयुर्वेद अनुसार भोजन का समय निर्धारित किया गया था किंतु आज परिस्थितियाँ अलग हैं। आधुनिक जीवन पद्धति की वजह से इंसान के काम करने का तरीका बदल चुका है। आज इंसान रात देर तक जागता है और सुबह जल्दी नहीं उठ पाता। आज के समय अनुसार सामान्यतः भोजन करने का जो उचित समय हो सकता है, वह इस प्रकार है –

नाश्ता करने का उपयुक्त समय हो सकता है- सुबह ८.३० से ९.३० के दौरान। दोपहर का भोजन करने का उपयुक्त समय हो सकता है- दोपहर १२.३० से १.३० के दौरान और रात का भोजन करने का उपयुक्त समय हो सकता है- ८.३० से ९.३० के दौरान। ज्यादा से ज्यादा आप इन समयों को आधे घंटे तक खींच सकते हैं परंतु उससे ज्यादा न खींचें। रात सोने से २ घंटे पहले भोजन लेना स्वास्थ्य

के लिए लाभकारी है।

ज्यादातर लोग उपरोक्त समय पर भोजन नहीं करते, जिस कारण उनका स्वास्थ ठीक नहीं रहता। आप कितना भी स्वास्थ्यवर्धक आहार लें परंतु यदि आप सही समय पर भोजन नहीं करेंगे तो उस आहार की उपयुक्तता बहुत कम हो जायेगी। सही समय पर भोजन न करने से शरीर में गैस, ऐसिडिटी जैसे विकार होते हैं, जिससे आगे चलकर हमारे शरीर में कई समस्याएँ निर्माण होती हैं।

दरअसल लोग अपनी प्राथमिकता सूची में स्वास्थ्य को सबसे अंत में रखते हैं परंतु यदि प्राथमिकता सूची में स्वास्थ्य को आरंभ में रखा जाय तो आपको भोजन का समय जरूर मिल जायेगा।

संपूर्ण स्वास्थ्य होगा तो हम जितना कार्य आज कर पा रहे हैं, उससे कई गुना ज्यादा आगे कर पायेंगे।

हो सकता है कि कभी-कभी आपको भोजन के समय पर कहीं बाहर जाना पड़े तो पहले ही तय करके, भोजन एक-आध घंटा पहले कर लें परंतु समय के बाद न करें। भोजन के समय के साथ अपना तालमेल बना लें।

नाश्ता करना बिलकुल न भूलें। यदि किसी दिन उपवास हो तो भी नाश्ते के समय पर दूध पीयें और फल खायें।

यदि किसी दिन रात का भोजन करने में देरी हो जाय तो देर रात को भोजन न करें। ऐसे में एक गिलास दूध और कुछ फल खाकर सो जायें। रात को १० बजे के बाद भोजन करना सही नहीं होता क्योंकि १० बजे के बाद हमारी पाचनसंस्था शिथिल हो जाती है। रात के समय हल्का आहार ही उत्तम होता है।

सही मात्रा : 'ज' कि 'च'

लोग पार्टी में केवल स्वाद व तुलना की वजह से वे खाद्य पदार्थ ग्रहण कर लेते हैं, जो उनके लिए अनावश्यक हैं। ऐसे समय में आपको अपने आपसे सिर्फ एक सवाल पूछना चाहिए, 'यह चीज खाना मेरी जरूरत है या चाहत है? **जरूरत** यानी कोई पदार्थ विशेष आपके स्वास्थ्य को बेहतर करता हो तो वह आपकी जरूरत है। वही पदार्थ किसी अन्य इंसान के लिए नुकसानदायी हो सकता है। लेकिन फिर भी वह इंसान केवल लोभवश उसे खाना चाहता हो तो यह उसकी चाहत है। **चाहत** का अर्थ है वह खाद्य पदार्थ सिर्फ जुबान को अच्छा लग रहा है या किसी ने खाया है इसलिए उसकी बराबरी करने के लिए खाना है। सिर्फ तुलना या स्वाद की वजह से लोग वे चीजें खा लेते हैं, जिनकी उन्हें उस वक्त आवश्यकता नहीं होती।

जब भी आप कोई चीज खायें तो अपने आपसे एक ही सवाल पूछें 'ज कि च?' जरूरत कि चाहत? अगर जवाब आये 'च' (चाहत) तो दूसरा सवाल पूछें, 'मेरे शरीर की जो भी जरूरतें हैं, क्या वे पूरी हो चुकी हैं? क्या मैं केवल लालचवश यह खा रहा हूँ?' इस तरह 'ज कि च' पूछने से आपको आश्चर्य होगा कि एक ही सवाल से ज्यादा खाने की समस्या हल हो जायेगी। आगे चलकर आप अपने आपको शाबासी देंगे कि 'अच्छा हुआ मैंने सही समय पर सही निर्णय लिया और इतनी बीमारियों से बच गया।'

इस तरह एक छोटा और सीधा सवाल 'ज' कि 'च' आपको जागृत कर सकता है वरना ऐसा न हो कि आपके निर्णय नासमझी से हो रहे हों और आप बीमारियों को दावत दे रहे हों। पेट को १/२ ठोस (Solid) खाना, १/४ तरल (Liquid), १/४ हवा की जरूरत होती है इसलिए खाना दबाकर न खायें।

सही मात्रा में भोजन करना भी बहुत महत्त्वपूर्ण है। भोजन न कम और न ही अधिक मात्रा में खाना चाहिए। चावल और चपातियों की मात्रा निश्चित रखें। एक सामान्य पुरुष के लिए : ३ फुलके (बिना अधिक तेल लगाये), आधा कटोरी पके हुए चावल, १ कटोरी सब्जी, १ कटोरी दाल और सलाद। एक सामान्य महिला के लिए : २ फुलके, आधी कटोरी पके हुए चावल, १ कटोरी सब्जी, १ कटोरी दाल और सलाद। दोपहर के समय में चावल लेना टाल सकते हैं तो बेहतर है।

भोजन में पाँच प्रकार के खाद्य पदार्थों का समावेश करें :

१) चपाती २) दाल ३) सब्जी ४) सलाद और ५) छाछ (ताक)

सलाद के विषय में लोगों की मान्यता है कि सलाद अच्छी तरह कटा और सजाया हुआ हो परंतु यह सब करने की जरूरत नहीं है। यदि आपके पास समय नहीं है तो एक ककड़ी या गाजर को छीलकर उसे टिफिन में लेकर जायें। जरूरी नहीं कि उसे अच्छी तरह काटा हो या सजाया हो। सलाद खाने का मूल कारण है हमारे भोजन में कुछ कच्चे खाने का समावेश हो। सलाद से हमें ऐंटीऑक्सिडेंट्स प्राप्त होते हैं।

सब्जियाँ स्वास्थ्य के लिए बहुत फायदेमंद होती हैं। इसलिए हमारे भोजन में एक कटोरी सब्जी होनी चाहिए। शरीर के लिए सभी सब्जियाँ अच्छी होती हैं।

केवल एक ऐसी सब्जी है जो सभी सब्जियों के साथ घूमती है, वह है आलू। लोग आलू-पालक, आलू-मेथी, आलू-गोभी... सभी सब्जियों में आलू डालते हैं। इतना ज्यादा आलू शरीर के लिए बिलकुल जरूरी नहीं है। सब्जियाँ बिना आलू के बनायें। आलू को अलग छोड़ दें। जिन्हें डायबिटीज (मधुमेह) है, उन्हें तो आलू

बिलकुल नहीं खाना चाहिए। यदि आलू खाना है तो कभी-कभार छिलकेसहित उबालकर, कम तेल में छौंक लगाकर खा सकते हैं क्योंकि आलू कार्बोहाइड्रेट का उत्तम स्त्रोत है।

लोग बड़े शौक से वड़ा-पाव खाते हैं। आप खुद सोचें कि वड़ा-पाव खाने के बाद आपके शरीर को क्या मिलता है? कुछ नहीं। पाव मैदे का बना होता है और आलू में भी कार्बोहाइड्रेट के अलावा कुछ नहीं होता। यदि वड़ा-पाव का पोषण मूल्य इतना कम है तो उसे खाने की बिलकुल जरूरत नहीं है।

पाँच पदार्थ सुनकर लोगों को लगेगा कि इतने सारे डिब्बे हम ऑफिस में कैसे ले जायें? ध्यान से सोचें तो इतने सारे डिब्बे नहीं हैं। एक डिब्बे में रोटी, एक में सब्जी और एक में सलाद। इस तरह तीन डिब्बे बना लें। एक बॉटल लें, जिसमें छाछ बनाकर ले जायें। यदि फिर भी दिक्कत है तो रोटी में सब्जी डालकर उसका पराठा बना लें। पराठे का अर्थ वह पराठा नहीं जिसमें लोग मक्खन डालकर, उसे १ इंच मोटा बनाते हैं। यहाँ पराठे का अर्थ है, चपाती में सब्जी डालकर उसका पराठा बनाना। इस तरह का पराठा खाने से आपको बहुत हल्का महसूस होगा और नींद भी नहीं आयेगी।

इस तरह इन पाँच पदार्थों को अपने भोजन में शामिल करें और सही समय पर भोजन करें।

ऐंटीऑक्सीडेंट्स :

धूम्रपान करने से, जंक फूड (भेल, पानी-पुरी, वड़ा-पाव इ.) खाने से, ज्यादा तले पदार्थ खाने से तथा तले हुए तेल का बार-बार इस्तेमाल करने से फ्री रेडिकल्स बनते हैं, जो शरीर को नुकसान पहुँचाते हैं। इन फ्री रेडिकल्स का सफाया करनेवाले एजंट को ऐंटीऑक्सीडेंट्स कहते हैं।

ऐंटीऑक्सीडेंट्स भोजन में पाये जानेवाले वे तत्त्व हैं, जो हमारे शरीर में होनेवाली ऑक्सीकृत क्षति (ऑक्सीडेटिव डॅमेज) को रोकते हैं या उस प्रक्रिया को धीमा करते हैं। हृदय रोग, स्नायु-क्षति, डायबिटीज, आर्थराइटिस, कैंसर आदि रोग ऑक्सीडेटिव डॅमेज के कारण पैदा हुए फ्री रेडिकल्स की ऊपज हैं। अतः भोजन में भरपूर फल व सब्जियों का समावेश करना चाहिए, साथ ही भरपूर मात्रा में पानी पीना चाहिए। ऐंटीऑक्सिडेंट्स हमारे शरीर की रोग-प्रतिरोधक क्षमता को भी बढ़ाते हैं तथा कैंसर व अन्य संक्रमण होने से हमारा बचाव करते हैं। ऐंटीऑक्सिडेंट्स रक्त में से एल. डी. एल. (हानिकारक कोलेस्ट्रॉल) को निकालने में मदद करते हैं।

इन्हें आज से ही त्यागें या कम करें :

अज्ञान, बेहोशी, मान्यताएँ, आलस्य, थकान, मानसिक रोग, तनाव, ईर्ष्या, द्वेष, विषय भोग की अति, विकार, खाने में मैदा, ज्यादा कैलोरीज का खाना (उदा. वनस्पति घी, मक्खन), अत्यधिक तैलीय मसालेदार खाद्य, चाय, कॉफी, सिगरेट, बिना भूख के भोजन ग्रहण करना, तंबाकू व शराब का नशा। सुपारी, शक्कर, मिठाई, ठंढा पेय, बासी खाना, अचार, मछली, अंडे, मांस, मावा, मिठाई, आईस्क्रीम इत्यादि।

इन्हें आज से ही अपनायें :

तेजज्ञान, होश, सत्य श्रवण व पठन, व्यायामासन, परिश्रम, विश्राम करने की कला, उपवास, प्रार्थना, ध्यान, उपासना, प्राणायाम, शुभ चिंतन, उदारता, संयम, मोटा चोकर युक्त आटा (यानी मोटा पिसा हुआ आटा), छिलके सहित दालें, कनी समेत चावल, दलिया, अंकुरित अनाज, आँवला (विटामिन सी के लिए), फल का रस, नींबू पानी, कम तेलवाले पदार्थ, कम कैलोरीजवाला खाना (उदा. हरी सब्जियाँ, गाजर, मूली), कच्चा तथा उबला हुआ खाद्य, रेशेदार खाद्य पदार्थ (सब्जियों, फलों, अनाज के छिलकों में उपलब्ध), एक उबाल का दूध, आयुर्वेदिक चाय, छाछ, लस्सी इत्यादि।

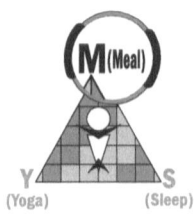

निसर्गोपचार का दृष्टिकोण
नाश्ता और अंकुरित अमृत सेवन

सदा स्वस्थ्य रहना है तो जितने घंटे आप नींद लेते हैं,
कम से कम उतने गिलास पानी पीयें।

4 आरोग्यदायी जीवन जीने के लिए सबसे महत्त्वपूर्ण है अपने शरीर से प्रेम करना। आप जब अपने शरीर से प्रेम करने लगते हैं तब स्वाभाविक है कि उसे नुकसान पहुँचानेवाला कोई भी कार्य आप नहीं करेंगे।

यदि आपने पूरे सप्ताह सुबह उठने के बाद सैर पर जाने की आदत डाल दी तो संभावना है कि आठवें दिन आपको खुद-ब-खुद सुबह सैर पर जाने की इच्छा होगी। इस तरह आप व्यायाम करने का भी निश्चय कर सकेंगे। परिणामतः आपके मन में दिनभर अच्छे, प्रसन्न एवं सकारात्मक विचार आने शुरू हो जायेंगे। ऐसा प्रयोग करके देखने से यकीनन आप आश्चर्यजनक नतीजा पायेंगे।

'जैसा खायें अन्न, वैसा रहे मन,

जैसा रहे मन, वैसा दिखे तन'

इन चार वाक्यों में आहार पद्धति का सारांश छिपा हुआ है। योग्य अन्न सेवन के बाद आपका व्यक्तित्व अधिक आकर्षक और सौम्य बनता है।

निसर्गोपचार में आहार और उपवास इन बातों पर जोर दिया जाता है। 'आहार यानी औषधि!'... 'जितनी स्पष्टता, उतनी स्वस्थता' ऐसा माना जाता है। आपमें जितनी अधिक खुलने की संभावना होगी, आपके विचारों में जितनी स्पष्टता और दृढ़ता होगी, उतने ही आप सुदृढ़ व स्वस्थ होंगे। यह स्पष्टता योग्य आहार के चुनाव के लिए उपयोगी है। आहार के साथ-साथ योग, ध्यान, मसाज, मडबाथ (शरीर पर मिट्टी मलना) इत्यादि पूरक उपचार निसर्गोपचार में दिये जाते हैं।

अन्न का चुनाव करना सहज व आसान :

अपने लिए अन्न का चुनाव करना कोई कठिन कार्य नहीं है। आप कितने संवेदनशील हैं, यह आपके अन्न के चुनाव से पता चलता है। छोटे बच्चों को यदि मिर्च खाने के लिए दी जाय तो बच्चे मिर्च तीखी लगते ही उसे थूक देते हैं। अगर बच्चे ने मिर्च निगल भी ली तो उसकी पाचनसंस्था प्रभावित होकर, जुलाब द्वारा उसे शरीर से बाहर निकाल देती है क्योंकि छोटे बच्चे अत्यंत संवेदनशील होते हैं।

बड़े हमेशा अयोग्य आहार का चुनाव करते हैं। इसकी वजह है कि बड़े होते ही इंसान की संवेदनशीलता खो जाती है। आपकी हर कोशिका (Cell) बताती है कि आपने क्या खाया है। आपने यदि अयोग्य आहार का सेवन किया तो आपका शरीर आपको इस बात का संकेत देता ही है परंतु इंसान ने शरीर का संकेत समझना छोड़ दिया है इसलिए शरीर के साथ फिर से नये सिरे से संवाद शुरू करने की आवश्यकता है।

आपके आस-पास आज तरह-तरह के अन्न पदार्थ उपलब्ध हैं, इनमें से आपका आहार क्या होना चाहिए? यह आपको सोच-समझकर तय करना चाहिए। मानव शाकाहारी प्राणी है। उसकी संपूर्ण शारीरिक बनावट शाकाहार के हिसाब से ही बनी हुई है। मांसाहार के बारे में सोचने की जरूरत ही नहीं है। इसलिए यह सोचें कि 'हमें शाकाहार में क्या खाना चाहिए?' अधिकतर लोग स्वयं के लिए अन्न का चुनाव करते वक्त, कौन सा अन्न योग्य है और कौन सा अयोग्य, इसी शंका में उलझे रहते हैं। हालाँकि इसमें इतना उलझने की जरूरत नहीं है।

अन्न में सदा तंतुमय, जलयुक्त और अपक्व आहार का चुनाव किया जाना चाहिए। अन्न के दो मुख्य प्रकार हैं– एक 'अल्कलाईन' और दूसरा 'ऐसिडिक'। आहार में ८० प्रतिशत अल्कलाईन पदार्थों का प्रमाण और २० प्रतिशत ऐसिडिक पदार्थों का प्रमाण होना चाहिए। कोई भी अन्न का प्रकार जितना संपूर्ण हो, उतना अच्छा होता है। गेहूँ से बनी हुई रोटी अच्छी होती है लेकिन रोटी बनाने के लिए गेहूँ से ही बने हुए रवा या मैदे का इस्तेमाल किया जाय तो वही रोटी निःसत्व हो जाती है। इसलिए पदार्थ के संपूर्ण तत्त्व महत्त्वपूर्ण हैं। अन्न पर जितनी अधिक प्रक्रिया होगी, उतनी ही उसकी उपयुक्तता कम होती जायेगी इसलिए नैसर्गिक रूप का आहार ग्रहण करना अधिक उत्तम है।

अल्कलाईन आहार में फल, सब्जियाँ, अंकुरित दालें, छाछ इत्यादि का समावेश होता है। दालें, मैदा, चाय इत्यादि ऐसिडिक पदार्थ हैं।

दिन की शुरुआत अमृत सेवन से करें :

दिन की शुरुआत अमृत सेवन से होनी चाहिए क्योंकि सुबह आपकी पूर्ण पाचनप्रणाली अन्न पचाने के लिए उत्सुक होती है। ऐसे समय में आप चाय और बिस्कुट पेट में ढकेलते हैं, जो पूर्णतः गलत है। दिन की शुरुआत पहले पानी पीकर, फिर नींबू पानी से करें। जिन्हें नींबू के सेवन से तकलीफ होती हो, वे नींबू पानी न पीकर ग्रीन टी पी सकते हैं। नींबू शरीर के लिए अत्यंत उपयुक्त होता है। उसके बाद नाश्ते में अंकुरित मूँग, ककड़ी, गाजर का रस, मूली इत्यादि का सेवन करें। ये सभी पदार्थ नैसर्गिक स्वरूप में लेने चाहिए। अंकुरित मूँग थोड़ा सा पकायें, बिना नमक-मसालों के ही खायें। गाजर का रस शरीर के लिए अत्यंत उपयुक्त होता है, गाजर के मौसम में इसका भरपूर इस्तेमाल करें। नैसर्गिक आहार लेने के बाद मन दिनभर बहुत प्रसन्न और उत्साहित रहता है। एक बार इसका अनुभव लेकर जरूर देखें, नाश्ते में मौसमी फलों का समावेश अवश्य करें।

जब आप सुबह अयोग्य यानी ऐसिडिक आहार लेते हैं तब शरीर का बहुत नुकसान होता है। नैसर्गिक आहार से दिन सही मायने में उत्साहवर्धक और स्फूर्तिदायक बनता है।

दोपहर का भोजन :

बहुत बार दोपहर में हम बिना सोचे-समझे आहार ग्रहण करते हैं। हम डिब्बे में सब्जी-रोटी लेकर जाते हैं, जिसमें सब्जी मसालेदार व ज्यादा पकायी होती है। बहुत सी सब्जियों में आलू होता है या फिर आलू की सब्जी ही बहुत बार होती है क्योंकि आलू पकाने में आसान होता है। यह समझें कि रोटी से हमें कार्बोहाईड्रेट मिलता है और आलू से भी हमें कार्बोहाईड्रेट प्राप्त होता है यानी हम दोनों पदार्थों में कार्बोहाईड्रेट का ही सेवन करते हैं। हमारे भोजन में जीवनसत्व और खनिज पदार्थ का प्रमाण शून्य होता है। इस बात को ध्यान में रखकर दोपहर के भोजन का चयन करें। दोपहर के खाने में अंकुरित मूँग व दही इन दोनों का मेल उत्तम होता है। आपको यदि रोटी या भाकरी की आदत हो तो भोजन में एक कम पकायी हुई सब्जी और दो तरह के सलाद लें। दोपहर के भोजन में सलाद होना ही चाहिए। सलाद में गाजर, पत्ता गोभी, बीट और ककड़ी इत्यादि सब्जियों का समावेश करें।

कच्चा और अंकुरित अन्न खाने का यह फायदा है कि ये सभी पदार्थ चबाकर खाने पड़ते हैं। दाल, चावल पकी सब्जी इत्यादि पदार्थ हम बिना चबाये ही निगल जाते हैं। अन्न को चबाकर खाने से, उसमें पाचक रस अच्छी तरह घुल जाते हैं, जिससे पाचनक्रिया सुलभ हो जाती है। बिना चबाये, निगला हुआ अन्न खाने में

आसान लेकिन पचने में कठिन होता है। मुँह में पाचक रस का होना हमारे लिए एक अमूल्य वरदान है। हमें उसका उपयोग करना चाहिए।

दोपहर के खाने के बाद जिन लोगों को भाग-दौड़ का काम करना पड़ता है, जैसे- मार्केटिंग और फील्डवर्क क्षेत्र के कर्मचारियों को जहाँ तक हो सके हलका आहार लेना चाहिए क्योंकि भाग-दौड़ के कारण अन्न ठीक से नहीं पचता।

सब्जियों के तीन प्रकार होते हैं - कंदमूल, फल-सब्जी, पत्तेदार सब्जी। पत्तेदार सब्जियों को थोड़ा सा पकाकर खायें क्योंकि पत्तेदार सब्जियों में बैक्टीरिया होते हैं, जो केवल धोकर खतम नहीं होते इसलिए इन्हें कच्चा खाना हानिकारक सिद्ध होता है। इसमें से पत्तेदार सब्जियाँ उत्तम होती हैं क्योंकि उसमें लोह और कैल्शियम प्रचुर मात्रा में होता है। पालक शरीर के लिए उत्तम होता है इसलिए पालक का सूप पीया जा सकता है परंतु आलू पालक खाने से फायदा नहीं होगा। पालक से मिलनेवाले फायदे के लिए उसका रस निकालकर पीना अधिक लाभदायी है।

शाम को जब भूख महूसस हो तब कोई फल खायें, जूस पीयें या ग्रीन टी लें। चाय की आदत न छूटती हो तो शाम को बहुत थकने के बाद एक कप चाय पीने में हर्ज नहीं है। शाम के समय में हो सके तो हल्का और थोड़ा अन्न लें।

रात को हो सके तो ज्वारी की रोटी खायें। ठंढ के दिनों में बाजरी की रोटी खायें। चपाती से बेहतर है भाकरी खायें। रात में शरीर को आराम मिलता है इसलिए अन्न का पचन ठीक ढंग से होता है।

अंकुरित मूँग सबसे निर्दोष आहार है। इसे दिन में तीन बार खाने में हर्ज नहीं है क्योंकि अंकुरित मूँग छिलके सहित होने के कारण उसमें अन्न का 'होलनेस' स्थायी रहता है। भीगने के बाद उसका वजन तीन गुना ज्यादा हो जाता है, जिससे वह पचने में हलका बन जाता है।

आहार के बारे में हमें मन की इच्छा या जुबान की ललक को नहीं बल्कि शरीर की माँग को ध्यान में रखना चाहिए। शरीर हरदम वर्तमान में जीता है, हमें अपनी जरूरतों के बारे में बताता है लेकिन मन भूतकाल में जीता है इसलिए उसमें विविध स्वाद की यादें बनी रहती हैं। इसलिए अपने मनपसंद पदार्थ का नाम सुनते ही हमारे मुँह में पानी आ जाता है। हमें हरदम अपने शरीर की आवाज सुननी चाहिए। इसे एक उदाहरण से जानें। खाना खाते वक्त पहली चपाती अमृत के समान लगती है। दूसरी का स्वाद उससे कम और तीसरी एकदम बेस्वाद लगती है। फिर हमारा हाथ स्वाद के लिए चटनी-अचार की तरफ बढ़ता है। जरूरत खतम होने के बाद भोजना करना घातक है इसलिए अपने मन पर नियंत्रण रखें। जरूरत के अनुसार खाने की

आदत बना लें। जब शारीरिक दृष्टि से अन्न की जरूरत खतम होती है तब उसका स्वाद बदल जाता है। यहाँ पर समाधानी वृत्ति महत्त्वपूर्ण साबित होती है।

हर दिन नाश्ते और खाने में एक फल और भरपूर प्रमाण में सब्जियाँ खायें। इससे आपको भोजन की तृप्ति भी मिलेगी और साथ में कैलरीज की मात्रा कम होगी।

कुछ लोग सुबह नाश्ता करना टालते हैं, उन्हें यह मान्यता होती है कि सिर्फ दो बार भोजन करने से वजन नियंत्रण में रहेगा। दरअसल सुबह नाश्ता जरूर करें, इससे दिनभर कम खाने की इच्छा होगी। आप चाहें तो दोपहर में फल तथा जूस भी ले सकते हैं। आहार संबंधी निम्नलिखित नुक्तों को सदा याद रखें।

१) समय पर भोजन करना हितकर होता है।
२) नाश्ते में फलों का सेवन सर्वोत्तम होता है।
३) रात के खाने में भोजन से पहले सलाद लें।
४) अन्न को बहुत अधिक न पकायें, न तलें और न ही ज्यादा मसाला डालें।
५) अपने भोजन में घी, मक्खन, तेल, चीज, आइस्क्रीम इत्यादि चिकनाईयुक्त पदार्थों की मात्रा को कम करके दिनभर में १००-१५० कैलरीज कम करें।
६) अंकुरित अनाज खायें, सूप पीयें। इससे भूख जल्दी नहीं लगती और पेट भी भरा रहता है।
७) मांसाहार का त्याग करें, जिससे आप धीरे-धीरे सुडौल हो जायेंगे।
८) हर रोज नये-नये स्वाद का खाना खाया करें।
९) क्रीम से दूर रहें। ज्यादा कैलरीज युक्त पदार्थों को शरीर में जाने न दें।
१०) घर में खाने की शुरुआत सलाद और सूप से करें।
११) शीत पेयों को अपने से दूर रखना ही समझदारी है।
१२) भोजन के बाद फलों का सेवन करना आयुर्वेद में निषिद्ध बताया गया है। फलों को सुबह खाने से सोने सा प्रभाव, दोपहर में चांदी सा प्रभाव एवं रात में तांबे सा प्रभाव होता है। (यहाँ तांबे सा प्रभाव का मतलब है - एकदम बिना काम का।)
१३) लो कैलोरी 'ड्रिंक' यह भ्रम है। कोई भी हेल्थ एक्सपर्ट इस बारे में पूर्ण विश्वास से नहीं बता पाता कि 'यह लो कैलोरी ड्रिंक है' इसलिए इसके फंदे में न पड़ें।
१४) जो करना है, उसका शुभारंभ तुरंत करें।

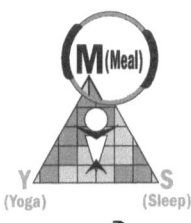

आहार द्वारा रोग मुक्ति
अधिक मीठा, खट्टा और तीखा

सत्य-असत्य, गुणों-अवगुणों के बीच विवेकपूर्ण फर्क समझना आध्यात्मिक स्वास्थ्य है।

5 अधिकांशतः अयोग्य आहार के सेवन द्वारा ही रोग की उत्पत्ति होती है और योग्य आहार के सेवन से रोग मुक्त भी हुआ जा सकता है। इसलिए हर रोग से बचने का अत्यंत सरल व सहज उपाय है योग्य आहार का चुनाव। अपने आहार का चुनाव अपने शरीर की प्रकृति को समझकर करें ताकि रोग होने ही न पाये।

यह बात संशोधनों द्वारा सिद्ध हो चुकी है कि अधिकतर खाने की चीजों में ऐसे तत्त्व पाये जाते हैं, जिनसे रोग मुक्ति में सहायता मिलती है। यदि आप इस बारे में जानकारी रखते हैं और विश्वास व धैर्य के साथ इस पर अमल करते हैं तो आहार द्वारा रोग मुक्ति संभव है। छोटी-छोटी बीमारियों में तो यह पूर्ण तरह से प्रभाव करती है, जैसे कब्ज, सर्दी-खाँसी, पेट-दर्द, स्थूलता वगैरह। बड़ी और पुरानी बीमारी में भी दवाइयों के साथ कुछ पूरक उपचार जैसे मसाज, ऐक्युप्रेशर, ऐक्युपंक्चर, लोहचुंबक चिकित्सा, योग, प्राणायाम, व्यायाम इत्यादि के साथ आहार चिकित्सा लेने पर बीमारी से जल्दी छुटकारा पाना संभव होता है और बीमारी जड़ से निकलने में सहायता होती है। कैन्सर जैसी बीमारी में भी आहार द्वारा छुटकारा पाना संभव है लेकिन उसके लिए किसी जाने-माने तज्ञ डॉक्टर के मार्गदर्शन की आवश्यकता होती है।

हमें इस बात की जानकारी होनी चाहिए कि किन चीजों के सेवन से क्या लाभ मिलता है? हमारी प्रकृति के लिए कौन सी चीजें सही व उपयोगी हैं? शरीर

में वात-पित्त-कफ* इन तीनों का संतुलन बनाये रखना आवश्यक होता है। जिस इंसान में ये तीनों दोष सम मात्रा में संतुलित रहते हैं, वे समप्रकृतिवाले कहलाते हैं। आपको अगर समप्रकृति इंसान बनना है तो स्वास्थ्य विषयक नियमों का पालन करें। प्रकृति को सम बनाने के लिए आहार बहुत बड़ा कार्य करता है। हरदम इस बात की खबरदारी लें कि वात-पित्त-कफ में वृद्धि न होने पाये। वायु बढ़ जाय तो बस्ती का उपयोग करें, पित्त बढ़ जाय तो विरेचन लें और कफ बढ़ जाने पर वमन करें।**

हर इंसान को अपने प्रकृति के अनुसार संतुलित, पोषक आहार लेना जरूरी है। हर एक के लिए स्वच्छ जल, छाछ या दूध लेना आवश्यक है। ऋतु अनुसार फलों का सेवन करें। हर ऋतु में, मौसम में बदलाव होता है, उसके अनुसार आहार में बदलाव करके शरीर की प्रतिकार क्षमता और ताकत कायम रखें। ठंढ में जठराग्नि (पाचन शक्ति) ज्यादा जागृत होती है। इस समय आहार में मधुर व स्निग्ध (चिकनायी युक्त) पदार्थ लेना चाहिए। ठंढ में शक्ति का संचय करने के लिए दूध और घी संतुलित मात्रा में लेना चाहिए। आँवला, टमाटर, पालक, फल इत्यादि का भरपूर सेवन करने से शरीर सुदृढ़ और उत्साही बनता है।

गर्मियों में पित्त बड़ जाने के कारण जठराग्नि थोड़ी मंद हो जाती है इसलिए भूख भी कम लगती है। आहार सहजता से पचता नहीं है, जिससे जुलाब, उलटियाँ इत्यादि रोग हो सकते हैं। ऐसे समय में आहार कम लेना चाहिए। आहार में नींबू, छाछ, कच्चा आम इत्यादि का सेवन लाभदायक होता है। इसके साथ ही सब्जियों और फलों का रस एवं नारियल पानी लेना चाहिए।

बरसात के दिनों में शरीर में वायु का प्रकोप बढ़ जाता है। जठराग्नि मंद हो जाती है, जिससे आहार का पाचन ठीक से नहीं होता और बार-बार बीमारी दबोच लेती है। इसे टालने के लिए चातुर्मास के चार मास में एक बार सादा भोजन करना हितकर होता है। उसी तरह नियमितता से खट्टे-मीठे फल, नींबू और शहद व अदरक के रस का सेवन लाभप्रद होता है।

रोग होने के बाद इसे ठीक करने से अच्छा है, 'पथ्य का पालन करें', पथ्य यानी जो चीजें खाना वर्जित हैं, उन्हें न खाने का पालन करनेवालों को सहसा रोग नहीं होता, पथ्य का पालन न करनेवालों का रोग हजारों दवाइयों के बावजूद भी

**वात-पित्त-कफ के बारे में विस्तारित जानकारी भाग १३, १९, २०, २१ में दी गयी है।*

***बस्ती, विरेचन और वमन कैसे करना है, इसकी जानकारी भाग १९, २०, २१ में दी गयी है।*

ठीक नहीं होता। आयुर्वेद में विरुद्ध आहार* लेना निषिद्ध माना गया है। जैसे - दूध-केला, फल-दूध, खट्टा-मीठा।

इसलिए जरूरी है कि आप इस बात की जानकारी रखें कि आहार किस प्रकार औषधि का काम करता है।

अधिक मीठा खाने से

१) हमेशा अधिक मीठा खानेवाले लोगों में धीरे-धीरे, कई वर्षों बाद हड्डियों में दर्द होने की शिकायत उभरने लगती है।
२) ऐसे लोगों में सिर के बाल गिरने की संभावना भी होने लगती है।
३) ऐसे लोगों के गुर्दे असंतुलित हो जाते हैं।
४) रक्त शर्करा (डायबटीज/प्रमेह) रोग हो सकता है।

मीठा खाना ही हो तो शहद का उपयोग करें, जिससे हानि नहीं होगी।
किसी भी चीज की अति में न जायें। अमृत को जहर न बनायें। वरदान को अभिशाप न बनायें।

अधिक खट्टा खाने से

१) अधिक खट्टा खाने से मांस में कड़ापन आ जाता है।
२) चमड़ी में झुर्रियाँ जल्दी पड़ने लगती हैं, जिससे बुढ़ापा जल्दी प्रकट होता है।
३) अधिक लार पैदा करने की वजह से स्प्लीन (spleen) व यकृत (लिवर) कमजोर पड़ जाते हैं।

अधिक तीखा खाने से

१) अधिक तीखा खाने से जुबान की संवेदनशीलता कम हो जाती है, जिससे इंसान खाने का आनंद खो बैठता है और ज्यादा तीखे खाद्य पदार्थों की फरमाइश करने लगता है, जो आगे चलकर पेट के विकारों को जन्म देती है।
२) मांस-पेशियों में गाँठें पड़ने लगती हैं।
३) हाथ, पैर और नाखून सिकुड़कर खराब होने लगते हैं।
४) बवासीर जैसे रोग पैदा होते हैं और तकलीफ देते हैं।

वात, कफ, पित्त तीनों दोष हर शरीर में होते हैं। इनका असंतुलन वातावरण, गलत खान-पान, आवश्यकता से अधिक काम, अपूर्ण आराम, व्यसनों तथा शरीर पर अनुशासन न होने की वजह से होता है। आत्मअनुशासन, संयम व धीरज से तीनों दोषों को संतुलित किया जा सकता है। हमारे अंदर एक ऐसा स्थान है, जहाँ पर शून्य प्रतिशत दोष होता है। उसी स्थान पर संपूर्ण स्वास्थ्य उपलब्ध है। उस स्थान को कहते हैं 'तेजस्थान' (हृदय)।

---

*आयुर्वेद में विरुद्ध आहार यानी वह आहार जो एक-साथ लेना वर्जित है।

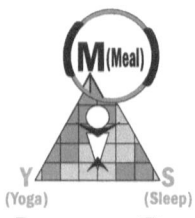

कच्चे भोजन की महिमा
स्वास्थ्य के लिए कैसा भोजन करना चाहिए

बिना स्वास्थ्य सफलता असफल है इसलिए सफलता के साथ स्वास्थ्य भी चाहिए तो परिश्रम करें।

6 इंसान को यदि सही अन्न ग्रहण करने की कला आ जाय तो उसे कोई भी रोग नहीं लग सकता।

आइए अब इस अध्याय द्वारा जानें आरोग्यवर्धक खाने के प्रकार

पाँच कारण पके खाने के पक्ष में दिये जाते हैं :

१. पकाया हुआ भोजन शीघ्र पच जाता है।
२. पकाया गया भोजन अधिक स्वादिष्ट हो जाता है।
३. पकाया गया भोजन कम विकृत होता है।
४. पकाये गये खाने में जीवाणु नष्ट हो जाते हैं।
५. पकाये गये भोजन में विभिन्नताएँ लायी जा सकती हैं।

पाँच कारण पके खाने के विपक्ष में दिये जाते हैं :

१. पकाया गया भोजन अधिक कठोर हो जाता है।
२. पकाया हुआ खाना यदि मसालेदार व तेलयुक्त है तो देर से पचता है।
३. स्वाद में भिन्नता होना ही खाने का अधिक स्वादिष्ट होना नहीं है।
४. कच्ची मूली या ककड़ी की अपेक्षा आग पर पकी मूली का स्वाद कम हो जाता है।

५. पकाये जाने पर भोजन विकृत तथा मृत हो जाता है।
   (भाप में पकाना सर्वोत्तम है। कुछ चीजें पकाकर ही खानी चाहिए। सब्जियों में भी ज्यादातर सब्जियों को एक भाँप देना अत्यावश्यक होता है।)

कच्चे खाने का महत्त्व :

आप अपनी जिंदगी में कच्चा खाना खाकर भी स्वस्थ रह सकते हैं। यदि आपको कच्चा खाना खाने की कला आ जाय तो जिंदगी में कोई भी रोग नहीं लग सकता है। पकाये हुए और कच्चे खाने में तालमेल बिठायें। अपने सामान्य व व्यवहारिक ज्ञान का उपयोग करके कच्चा खाना खाने की कला सीखें।

कच्चे भोजन के सेवन का निर्णय मन में यह प्रश्न उत्पन्न कर सकता है कि भोजन रुचि और स्वाद से नहीं खाया जायेगा। यह स्पष्ट है कि यदि आप कच्चे भोजन में रुचि उत्पन्न नहीं कर सकते तो आपको इसके सेवन से पूर्ण लाभ नहीं मिल सकता परंतु यह धारणा गलत है कि कच्ची चीजों के सेवन से स्वाद नहीं मिलता अथवा कच्चे, बेस्वाद भोजन को स्वादिष्ट नहीं बनाया जा सकता।

आग पर पकाये गये व्यंजन सभी को स्वादिष्ट प्रतीत नहीं होते। उन्हें भी स्वादिष्ट बनाने का प्रयत्न किया जाता है। इसी प्रकार कच्चे भोजन का भी कलापूर्वक सेवन किया जा सकता है। उनमें भी स्वाद उत्पन्न किया जा सकता है और अलग-अलग तरीकों से बनाने की रुचियों को संतुष्ट किया जा सकता है।

कच्ची चीजों के मिश्रण को कैसे तैयार किया जाय, मेज पर उन्हें किस प्रकार सजाकर रखा जाय, यह एक पुरानी कला है और इसका मनोवैज्ञानिक महत्त्व भी है।

कच्चा भोजन खाने का मतलब यह नहीं कि कच्चा भोजन ही खायें और कुछ न खायें। आहार में पके हुए भोजन व कच्चे खाने का योग्य सम्मिश्रण उत्तम स्वास्थ्य के लिए हितकारी है।

कच्चे खाने के लिए जरूरी बातें :

१. सब्जियों को अच्छी तरह धोना और साफ कपड़े से पोंछ लेना जरूरी है।

२. सब्जियों को काटते समय यह ध्यान जरूर दें कि उनमें कीड़ा तो

कच्चा खाना यदि तकलीफ दे तो खाने से पहले उसे २ मिनट गरम पानी में जरूर रखें। विशेषतः अंकुरित धान्य ।

नहीं लगा है।

३. हाथ साफ-सुथरे हों।
४. चाकू भी साफ होना जरूरी है।
५. कटी हुई सब्जियों को बहुत देर तक खुला न छोड़ें क्योंकि इससे सब्जियों के विटामिन्स नष्ट हो जाते हैं।

फलों को भोजन का अंग बनायें :

खाने में फल कब खायें, कब न खायें, यह आप निर्धारित कर सकते हैं। फलाहार करने का अर्थ यह नहीं है कि हर आधे-एक घंटे में, बिना भूख के भी आप फल खायें। ऐसा नहीं कहा जा रहा वरना आपका पेट खाने से भरा है, ऊपर से आप फल भी खाये जा रहे हैं तो पेट में गड़बड़ होने ही वाली है। फिर लोग कहते हैं कि 'फलाँ-फलाँ फल हमें नहीं पचता, यह फल अच्छा नहीं है। मौसमी फल खाने चाहिए मगर बिना भूख के फल न खायें।

यदि आप खाना खाने से पहले फल खाते हैं तो उतना ही खाना कम खायें। कुछ लोग खाना खाकर तुरंत फल खाना शुरू करते हैं। इस तरह पेट में पचाने के लिए पदार्थों की मात्रा बढ़ जाती है। यदि कुछ देर रुककर फल खाये जायें तो आप ज्यादा फल नहीं खायेंगे क्योंकि पेट अपनी तरफ से भरा होने का संकेत देगा। खाने के तुरंत बाद फल खाने से पेट संकेत नहीं देता या हम संकेत समझ नहीं पाते। इसलिए बेहतर होगा कि आप फल और सलाद, खाना खाने से पहले खायें।

फल खाने से शरीर की क्षमता बढ़ती है। जिससे आप ज्यादा काम कर पायेंगे और इतना ही नहीं, कम समय में ज्यादा काम कर पायेंगे। फलों में ऐंटीऑक्सिडेंट्स, विटामिन्स, मिनरल्स तथा अधिक मात्रा में तंतु पाये जाते हैं। फलों में वे तत्त्व होते हैं, जो हमारे शरीर के लिए उपयुक्त हैं इसलिए भोजन में फलों का समावेश होना जरूरी है।

फलों से शरीर को आवश्यक सभी चीजें मिलती हैं। मौसमी अथवा अपने प्रदेश में जो फल उपलब्ध हों, उन्हें चुनें।

सभी को यह गलतफहमी है कि नींबू ऐसिडिक है लेकिन यह गलत है। संतरा, मोसंबी और नींबू किसी भी प्रकृति के इंसान ने खाया तो कोई हर्ज नहीं है। कुछ फलों को छिलके सहित खायें।

यदि आप सुबह नाश्ते में फल खाना चाहें तो साथ में दूध भी ले सकते हैं। यदि भोजन के साथ फल खाना चाहें तो फलों को भोजन का अंग समझकर खायें।

भोजन के साथ फल खा रहे हैं तो भोजन की मात्रा उतनी कम करें, जितने फल आप खा रहे हैं। खाने में ज्यादातर तरकारियाँ खाने की आदत डालें। गेहूँ का दलिया, चोकर समेत आटा, मूली, पपीता व हरी पत्तेदार सब्जियाँ, तुरई, परवल, पत्तागोभी इत्यादि लाभकारी हैं।

सूखे मेवों में- किशमिश, मनुक्का, अंजीर, अखरोट, बदाम स्वास्थ्य के लिए अच्छे हैं। सही मात्रा में इनका इस्तेमाल करने से आपका पेट साफ रहता है, इनका उपयोग करें। आपको यह देखना होगा कि आपको किस प्रकार का स्वाद भाता है, आपके शरीर को कौन सा फल रास आता है और कौन सा फल तकलीफ देता है। आपको अपने शरीर को समझना होगा कि वह क्या-क्या कहता है तथा वह किस प्रकृति का है।

हर इंसान के शरीर की रचना भिन्न-भिन्न होती है। कोई शरीर बैंगन खाकर तरोताजा महसूस करता है तो कोई बीमार हो जाता है। किसी को केले पौष्टिकता देते हैं तो किसी को तकलीफ देते हैं।

कुदरत में कई फल मिलते हैं। हर फल में बीज, छिलका और रस होता है। यदि कोई फल आपके शरीर को रास न आता हो तो उस फल के कुछ बीज भी साथ में खायें, उदा. तरबूज और अमरूद इत्यादि। यदि बीज के साथ फल तकलीफ देता हो तो बीज निकालकर खायें। कुछ फल छिलके समेत खायें तो तकलीफ नहीं देंगे या कुछ फल छिलके निकालकर खायें। (सेब, चीकू, नाशपाती (Pear) इ. को छिलके सहित ही खाना फायदेमंद होता है।) केला यदि आपको तकलीफ देता हो तो केला खाने के बाद केले के छिलके से लगा हुआ सार (गूदा) भी खाना चाहिए।

इस तरह आपने देखा कि जो फल आपको तकलीफ देते हैं, उनका इलाज भी उसी फल में दिया गया है। कुदरत के काम करने का यह तरीका है। जिसे समझने के लिए जरूरत है व्यवहारिक बुद्धि और संवेदनशीलता की।

यदि आप अपने शरीर का निरंतर निरीक्षण करेंगे तब आप यह जान जायेंगे कि आपको कौन सा आहार और कौन से फल कब, कहाँ और कैसे खाने चाहिए। यह जानकारी आपको जीवनभर स्वस्थ रहने में मदद करेगी।

खाने के विषय में कभी किसी के साथ जबरदस्ती नहीं करनी चाहिए। यह जरूरी नहीं कि जिस पदार्थ के सेवन से आपको स्वाद मिल रहा है, वह सभी को स्वादिष्ट लगे। अतः दूसरों के स्वाद को आदर की दृष्टि से देखें। कच्चा भोजन किसी पर थोपना व्यर्थ है।

उचित भोजन से उत्तम स्वास्थ्य

छः महत्त्वपूर्ण सुझाव

आशीर्वाद और दुआ में वह शक्ति होती है, जिससे हम अपने जीवन में सुख, शांति, स्वास्थ्य और संतुष्टि प्राप्त कर सकते हैं।

7

१. जुबान को लगाम दें :

अच्छे स्वास्थ्य के लिए सबसे पहले अपनी जुबान पर लगाम लगायें। आपकी जुबान स्वाद की गुलाम न बने। जुबान कठोर शब्द इस्तेमाल न करे। स्वादिष्ट भोजन के लोभ में जुबान का गलत उपयोग न करें।

अ) यदि रात को आप पार्टी में जानेवाले हैं तो दोपहर का भोजन कम करें। ऐसा करने से पार्टी में खाया गया भोजन आपके स्वास्थ्य को नष्ट नहीं कर पायेगा।

ब) यदि आपकी प्लेट में दो गुलाब जामुन आ जायें तो अपनी जुबान को वश में करने का मौका न छोड़ें। एक ही गुलाब जामुन खाकर हाथ हटा लें। ये छोटे-छोटे प्रयोग आपके स्वास्थ्य के लिए वरदान सिद्ध होंगे।

क) खाना सामने आते ही तुरंत उस पर टूट न पड़ें। कुछ क्षण सभी को धन्यवाद देते हुए प्रार्थना करें। भोजन के रंग-रूप को निहार लें, जिससे आपके मुँह में खाने को पचाने का एन्जाइयुक्त स्राव (सलाइवा) तैयार होगा। उसके बाद ही धीरे-धीरे भोजन ग्रहण करें।

ड) आपकी मनपसंद चीज जब आपके सामने आ जाय तब तुरंत उसे खाने की बजाय अपने आपसे कहें कि 'पहले यह काम खतम करो, फिर इसे खाओ।' काम को करते हुए मन बार-बार उस चीज को खाने की माँग करेगा लेकिन उसे कहें, 'यदि तुम फिर से माँग करोगे तो एक घंटा बढ़ा दिया जायेगा' तब मन चुप हो जायेगा। काम खतम करके जब आप वह चीज खायेंगे तब आप उसे आज़ादी से खा पायेंगे,

गुलामी से नहीं।

ऐसा करके आप आज़ादी का आनंद पायेंगे तथा अपनी इंद्रियों के सवार बनेंगे, इंद्रियाँ आपकी सवार नहीं बनेंगी।

२. शरीर की बात सुनें :

इंसान का शरीर एक मशीन की तरह काम करता है लेकिन यह साधारण मशीन से बिलकुल भिन्न है। शरीर के हर अणु में प्रज्ञा समाई हुई है।

आपका शरीर भावों के द्वारा अपनी अवस्था व चाहत संप्रेषित करता है। शरीर की ये बातें हमेशा समझदारी से सुनें, जिससे शरीर आपका अच्छा दोस्त बन जायेगा।

१) पेट भर जाने के बाद शरीर तुरंत संकेत (डकार) देता है।
२) कौन सा खाना नहीं खाना चाहिए, यह बताता है।
३) कौन से मौसम में, कौन सा फल खायें, यह बताता है।
४) कब काम और कब आराम करना चाहिए, यह समझाता है।

फलों की खासियत है कि वे जिस मौसम में आते हैं, उस मौसम में हमारे शरीर के लिए उपयुक्त होते हैं। यह प्रकृति की कृपा है कि वह हर मौसम में हमारे लिए उपयुक्त उपहार देती है इसलिए मौसमी फलों का फायदा उठाना चाहिए।

३. भोजन करते वक्त चार सावधानियाँ :

अ) जब आप भोजन हाथ से खा रहे हों तब नाखून कटे हुए हों। यदि नाखून बढ़े हुए हों तो चम्मच से खाना खायें।

ब) नाखून छोटे होने के बावजूद उनमें मिट्टी हो सकती है इसलिए पूरी सफाई के बाद ही हाथों को खाना खाने के लिए इस्तेमाल करना चाहिए।

क) कुछ लोग पंच पकवान, छः रस, छत्तीस भोज एक साथ करने की चाहत रखते हैं, जिससे पेट पर अत्याचार होता है इसलिए कई सब्जियाँ साथ में न खायें। एक सूखी या रस्सेदार सब्जी, दाल, चावल, चपाती, कच्चा सलाद आदर्श आहार है।

ड) अंधेरे अथवा कम रोशनी में खाना न खायें क्योंकि कीट, पतंग, कीड़े-मकोड़ों के खाने में गिरने का अंदेशा रहता है।

४. पेट को खाना और समय दें :

हर इंसान आजीविका के लिए दौड़-धूप कर रहा है। इस दौड़ का पहला उद्देश्य है- अपने तथा परिवारों के पेट को दो वक्त का खाना मिले लेकिन आश्चर्य

की बात यह है कि इंसान जिस चीज के लिए इतनी मेहनत कर रहा है, उसी चीज के लिए उसके पास समय नहीं है। इंसान खाने की क्रिया को पाँच मिनट में समाप्त कर देता है। इसी खाने के लिए उसने कितना पसीना बहाया होता है लेकिन इसे चबाने के लिए वह जुबान को थोड़ा भी कष्ट पहुँचाना नहीं चाहता।

इसलिए भोजन के लिए उचित समय दें, चबाकर और आनंद लेकर खाना खायें। कुछ लोग बिना रुके खाना खाते हैं और तुरंत खाना समाप्त कर देते हैं, इस आदत से बचें। पेट को आराम भी दें। जब आप उपवास रखते हैं तब शरीर की ऊर्जा, जो खाने को पचाने में व्यस्त होती है, वह शरीर के विषैले पदार्थों को शरीर से बाहर निकालने का कार्य करती है। इस तरह हमारा शरीर साफ-स्वच्छ होता है। रोग दूर भागते हैं।

५. चिंता व भोजन साथ में न खायें :

कुछ लोग खाना खाते वक्त सिर्फ खाना नहीं खाते, दुनिया भर की बातें सोचते हैं। इस तरह की आदत पाचन क्रिया में बाधा बनती है। खाना खाते वक्त सोचना रक्त प्रवाह को दिमाग की तरफ ले जाता है, जब कि रक्त प्रवाह की आवश्यकता पेट की तरफ होती है। इस तरह इंसान की आधी शक्ति पाचन में लगती है और आधी शक्ति सोचने में लगती है। ऐसी हालत में आप न तो ठीक से सोच पाते हैं, न ठीक से चबा पाते हैं और न ही ठीक से हजम कर पाते हैं।

खाने को यदि ठीक ढंग से पचाना हो तो उसे चिंता के साथ कभी न खायें। सही भोजन काल के साथ-साथ एकाग्रचित्तता भी जरूरी है। हर व्यक्ति को सदैव निश्चिंत होकर और सही समय पर भोजन करना चाहिए। अपनी इच्छाओं, चिंताओं को भोजन के वक्त दूर रखें। महत्त्वाकांक्षी (बेचैन) लोग बहुत भाग-दौड़ करनेवाले होते हैं। ऐसे लोग खाना भी खाते हैं तो उनके मन में कई तरह के विचार चल रहे होते हैं। 'अभी क्या करना है', 'बाद में क्या करना है', यह चिंता उन्हें लगी रहती है। लोग एकाग्रचित होकर खाना नहीं खाते इसलिए अजीर्ण, गैस, कब्ज जैसे रोगों से सदैव घिरे रहते हैं। आप हमेशा निश्चिंत रहकर और उपासना करके भोजन करें।

६. भोजन के लिए पाँच स्वास्थ मार्ग संकेतों (SMS) का प्रयोग करें :

SMS १) सुबह के अंत के बाद मट्ठा पीयें,

शाम के अंत के बाद दूध पीयें,

रात के अंत के बाद पानी पीयें।

यह है स्वास्थ्य त्रिकोण में रहने का पहला मार्ग संकेत।

SMS २) सदा कुदरत के नियमों पर चलें, कुदरत से सेवा करना सीखें। पेड़, पौधे, सूरज, चाँद, तारे, नदियाँ, पहाड़ सभी निःस्वार्थ भाव से सेवा कर रहे हैं। सर्वेक्षण के द्वारा पता किया गया है कि जो लोग सेवा के कार्य में रुचि लेते हैं, वे लोग अन्य लोगों की अपेक्षा कम बीमार होते हैं। स्वार्थ रोग है। यह रोग शारीरिक रोग बढ़ाता है। आप भी सेवा के किसी कार्य में निःस्वार्थ भाव से भाग लें। कुदरत का यह नियम है कि जिस चीज के लिए आप निमित्त बनते हैं, वह आपके जीवन में बढ़ती है। यदि आप स्वास्थ्य पाना चाहते हैं तो दूसरों को स्वास्थ्य पाने में मदद करें।

सेवा में मेहनत करने की वजह से शारीरिक स्वास्थ्य पारितोषिक रूप (बोनस) में मिल जाता है। दूसरों को खुशी पहुँचाकर आंतरिक और सच्ची खुशी मिलती है, जो मानसिक स्वास्थ्य प्राप्त करने में मदद करती है।

यदि आप चाहते हैं कि आपके जीवन में स्वास्थ्य आये तो किसी और को स्वास्थ्य दिलाने में मदद करें। जब आप किसी को अपने हाथों द्वारा रेकी (एनर्जी), हीलिंग पॉवर (व्हाईट लाईट), प्रार्थना दे रहे हैं या किसी को व्यायाम (योगा) सिखा रहे हैं तो आप उन्हें स्वास्थ्य प्रदान करने का माध्यम (चैनल-निमित्त) बनते हैं। दूसरों को स्वास्थ्य प्राप्त करने में मदद करने से उसका असर आपके स्वास्थ्य पर भी पड़ता है।

SMS ३) वात, कफ, पित्त दोष को संतुलित करने के लिए योग्य आहार लें। हर इंसान के शरीर का स्वभाव अलग-अलग है। यदि आप वात दोष प्रकृति के इंसान हैं तो वात संतुलन के लिए इसी पुस्तक में पढ़ें 'वात प्रकृति के लिए स्वास्थ्य त्रिकोण' *(देखें भाग १३ और १९)*।

यदि आप कफ दोष प्रकृति के इंसान हैं तो कफ संतुलन के लिए इसी पुस्तक में पढ़ें 'कफ प्रकृति के लिए स्वास्थ्य त्रिकोण' *(देखें भाग १३ और २०)*।

यदि आप पित्त दोष प्रकृति के इंसान हैं तो पित्त संतुलन के लिए इसी पुस्तक में पढ़ें 'पित्त प्रकृति के लिए स्वास्थ्य त्रिकोण' *(देखें भाग १३ और २१)*।

SMS ४) हमारे शरीर को दिन में लगभग १६०० कैलोरीज की जरूरत होती है। लगभग उतनी ही कैलोरीज खर्च करना भी आवश्यक है। हमारे क्रिया-

कलापों द्वारा कैलोरीज खर्च होती हैं। अपने कैलोरीज का हिसाब रखें। इन्हें चरबी बनने से रोकें तथा हार्टअटैक और मोटापे से बचें।

SMS ५) भोजन के बाद यदि आप फल खाते हैं तो उतना भोजन कम करें तो ही फल 'फल' की तरह लाभ देंगे। खाना खाते वक्त समस्याओं पर न सोचें, सोचना ही है तो कुछ ऐसी बातें सोचें जो हल्की-फुलकी, आनंद देनेवाली हों।

इन पाँच स्वास्थ्य मार्ग संकेतों के साथ ३० महत्त्वपूर्ण नियमों का यदि आप पालन करते हैं तो आप सदा स्वास्थ्य त्रिकोण में रहेंगे। *(देखें भाग १४)*

भोजन में चोकरयुक्त आटे का इस्तेमाल जरूर करें। रोटी बनाने के लिए अच्छा गेहूँ लेकर उसे धूप में सुखा लें, उस गेहूँ को अच्छी तरह साफ करके चक्की में मोटा पीसवा लें। पुराने जमाने में गेहूँ को हाथ चक्की में पीसते थे, जिससे आटा मोटा पिसता था। उस आटे का इस्तेमाल बिना छाने ही करें, उसकी रोटी बनाकर खायें। अच्छी रोटी बनाने के लिए २ से ३ घंटे पहले ही आटे को अच्छी तरह गूँथकर रख दें।

मोटी रोटी अच्छी होती है पर इसे सेंकने के लिए धैर्य की जरूरत होती है। ऐसी अवस्था में पतली रोटी ही ठीक होगी। मोटी रोटी खाने से कई बार आवश्यकता से अधिक रोटी खा ली जाती है।

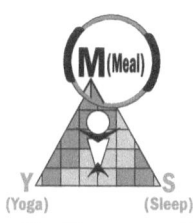

खाना पीयो, पानी पीयो

पानी पीयो प्रयोग

इंसान अति में जीना पसंद करता है इसलिए प्रकृति से दूर होते चला जाता है, जब कि प्रकृति हमेशा समता में काम करती है।

8

'हमें वह खाना तंदुरुस्त नहीं करता जो हम खाते हैं बल्कि हमें वह खाना तंदुरुस्त करता है जो हम पचाते हैं।'

हमारा शरीर खाना पचाने के लिए बहुत मेहनत करता है, जिसमें बहुत सारा समय व शक्ति खर्च होती है। अपने शरीर को खाना पचाने में मदद करें। खाना इतना चबाकर खायें कि ऐसा लगे कि हमने खाना पीया है।

हमारे मुँह में बत्तीस दाँत हैं। हर दाँत, हर निवाले को एक बार चबाये तो एक निवाले को बत्तीस बार चबाया जाना चाहिए। कहने का अर्थ यह है कि खाना चबा-चबाकर खाने से खाना पीने का आनंद आता है और तंदुरुस्ती अलग मिलती है।

पानी पीयो प्रयोग P_3

जैसे शरीर को बाहर से साफ व निर्मल रखने के लिए, स्नान करने के लिए जल आवश्यक होता है, वैसे ही अंदर की सफाई करने के लिए भी जल आवश्यक है।

नये और पुराने रोग दूर करने के लिए सीधा और सहज तरीका है P_3 -'पानी-पीयो प्रयोग'। 'नियमित पानी पीयो प्रयोग P_3' एक सपोर्टिव थेरपी है। नियमित पानी पीयो प्रयोग P_3 करने से नीचे दी गयी तथा कई अन्य बीमारियाँ नियंत्रण में रखी जा सकती हैं।

सिर दर्द, ब्लड प्रेशर, ऐनिमिया, संधिवात, पैरेलिसिस, फैटनेस, फिट्स (मूर्छा), खाँसी- कफ, दमा, टी.बी., मेनिनजाईटिस, लीवर की बीमारियाँ, गुर्दे की बीमारी, पित्त, गैस्ट्रॉइटीस, पेट की तकलीफ, डायबिटीज, दिमाग से संबंधित सभी प्रकार के रोग, स्त्रियों से संबंधित रोग (माहवारी, ल्यूकोरिया, गर्भाशय का कैन्सर), नाक, कान, गले से संबंधित रोग इत्यादि।

नियमित ७-८ गिलास पानी पीने से पेट में बननेवाले अतिरिक्त अम्ल (ऐसिड) का शमन होता है। इससे पेट की जलन और गैस में आराम मिलता है।

इसलिए एक दिन में कम से कम ८ गिलास यानी २ लिटर पानी पीना आवश्यक है। जितना ज्यादा पानी पीयेंगे, उतने ज्यादा विषैले तत्त्व शरीर से बाहर निकल जायेंगे। गरमियों में इससे भी ज्यादा पानी पीयें। ठंढ के दिनों में हमें प्यास महसूस नहीं होती तो लगता है कि पानी की जरूरत नहीं है मगर फिर भी पानी पीयें। कम से कम ८ गिलास पानी तो लें ही- २ गिलास सुबह, २ गिलास दोपहर, २ गिलास शाम और २ गिलास रात को। जिनका वजन ज्यादा है, वे खाने के पहले भी पानी पीयें ताकि खाना कम खाया जाय। जिनका वजन बहुत कम है, उन्हें खाना खाने से पहले पानी नहीं पीना चाहिए। खाना खाने के १५ मिनट बाद ही पानी पीना चाहिए। खाने के तुरंत बाद २-३ घूँट पानी पीयें।

जितना ज्यादा मूत्रत्याग होगा, उतना ही आपके शरीर के लिए अच्छा है क्योंकि इससे शरीर में से विषैले तत्व बाहर निकलते हैं। इसलिए ऐसे फलों तथा सब्जियों का उपयोग ज्यादा करें, जिनमें पानी की मात्रा ज्यादा हो।

शरीर में हाय कोलेस्ट्रॉल की वजह से धमनियों की बाहरी सतह मोटी एवं सख्त हो जाती है, जिसके कारण धमनियाँ संकरी हो जाती हैं और रक्त प्रवाह की गति धीमी हो जाती है। इस वजह से हृदय में रक्त और ऑक्सीजन कम प्रमाण में पहुँचता है। रक्त और ऑक्सीजन की कमी से हार्ट अटैक होता है।

ज्यादा पानी पीने से कोलेस्ट्रॉल की मात्रा कम होती है, जिससे खून आसानी से बिना रुकावट धमनियों से प्रवाहित होने लगता है और हृदय तक पहुँचता है।

हम सिर दर्द का कारण कुछ भी समझें परंतु असल में कई बार पानी की कमी के कारण शरीर में सोडियम और पोटैशियम का स्तर गड़बड़ा जाता है, जिससे शरीर के दूसरे अंगों पर दबाव बढ़ता है और फिर सारी सूचनाएँ मस्तिष्क तक पहुँचती हैं।

जब मस्तिष्क में पानी की कमी के कारण सारी क्रियाएँ सही तरह से नहीं हो पातीं तो कभी-कभी सिर दर्द हो सकता है। सिर दर्द में चाय और कॉफी से अस्थायी

आराम तो मिल सकता है लेकिन इससे पानी का स्तर और कम हो जाता है इसलिए अच्छा यही है भरपूर पानी पीया जाय।

पानी पीयो प्रयोग इस तरह करें :

१) रोज भरपूर (२ लीटर) पानी पीयें, जितना ज्यादा पी सकें, शुद्ध जल पीयें।

२) हर रोज सुबह खाली पेट थोड़ा (आधे गिलास से शुरुआत करें) जल अवश्य लें, यह पेट की बीमारियों का आसान इलाज है। धीरे-धीरे जल की मात्रा बढ़ाकर तीन गिलास करें।

३) बिना ब्रश किये भी पानी पी सकते हैं। पानी पीने के बाद ४५ मिनट तक कुछ न खायें। पानी पीने के बाद ब्रश कर सकते हैं। रात में कुल्ला करके, मुँह साफ करके सोयें।

यह प्रयोग शुरू करने के साथ सुबह नाश्ते के बाद, दोपहर और रात के खाने के एक से डेढ़ घंटे के बाद पानी पी सकते हैं। रात को सोने से पहले कुछ न खायें।

बीमार या नाजुक सेहत के लोगों के लिए यदि एक साथ ३ या ४ गिलास पानी पीना संभव न हो तो वे पहले एक या आधे गिलास से शुरुआत करें, फिर धीरे-धीरे एक-एक गिलास करके पानी की मात्रा बढ़ाते जायें। फिर चार गिलास पानी हर रोज पीयें। पानी साफ व शुद्ध हो इस बात का खयाल रखें।

४) रात को तांबे के बर्तन में रखा हुआ जल सुबह पीना अधिक लाभकारी है। यदि आपको ऐसिडिटी है तो मिट्टी के बर्तन में रखा जल लें। कफ दोष में गुनगुना पानी लें। तांबे के बरतन में चांदी का सिक्का डालकर रखें, सुबह वह पानी पीयें, त्रिदोष में फायदा होता है।

५) अपनी आँखों को रोज साफ पानी से 'आय गिलास' द्वारा धोयें, विद्यार्थियों के लिए यह उत्तम है।

६) दमा व एलर्जीवालों को उबालकर ठंडा किया पानी पीना फायदेमंद होता है।

७) सर्दी-जुकाम में पर्याप्त मात्रा में पानी पीने से फेफड़ों के आस-पास जमी म्यूकस की परत पतली व चिकनी हो जाती है और बलगम आसानी से बाहर आ जाता है।

८) ज्यादा पानी पीने से गुर्दे में पथरी एवं मूत्राशय के संक्रमण से बचा जा सकता है।

९) गर्भवती महिलाओं को ज्यादा से ज्यादा पानी पीना चाहिए।

१०) ज्यादा पानी पीने से चेहरे की त्वचा मुलायम बनी रहती है तथा झाइयों और मुँहासों से भी बचा जा सकता है।

११) पानी पीने के अलावा बहता पानी देखना मन को प्रसन्न करता है।

१२) नदी के किनारे बैठकर प्राणायाम करना ज्यादा लाभकारी है।

१३) जौ का पानी (बार्ली वॉटर) पीने से शरीर से विषैले पदार्थ बाहर निकल सकते हैं।

१४) जीरा पानी (दो टी स्पून जीरा आधा लीटर पानी में उबालकर) पीने से ऐसिडिटी कम होती है।

आयुर्वेद और जलपान

आयुर्वेद में जल के दो स्रोत बताये गये हैं :

१) दिव्य जल

२) भौम जल

दिव्य जल का स्रोत आकाश (वर्षा) है तथा भौम जल का स्रोत है भूमि। आइये इनके बारे में विस्तार से जानते हैं।

दिव्य जल : दिव्य जल वर्षा से प्राप्त किया जाता है। वर्षा ऋतु की प्रारंभिक एक-दो फुहारें छोड़कर, बाद की वर्षा का जल पीने के लिए एकत्रित किया जाता है। यह जल शीघ्र पचनेवाला, शीतल, बलकारक, तृप्ति देनेवाला और बुद्धिवर्धक होता है। यह जल मिनरल वाटर के समान शुद्ध, विकाररहित एवं गुणकारी होता है।

विशेष रूप से, शरद ऋतु की वर्षा में एकत्र किये गये पानी को निर्दोष एवं श्रेष्ठ माना जाता है।

भौम जल : भूमि से प्राप्त होनेवाला जल, भौम जल कहलाता है। पानी का मीठा, खारा, हल्का और पौष्टिक होना, जिस भूमि से उसे प्राप्त किया गया है, उस भूमि के गुणों पर निर्भर करता है। इस जल के अनेक स्रोत हैं जैसे कूप, नदी, झरना, तालाब, बावड़ी आदि।

जलपान विधि : एक बार में ही अधिक जल पीने से अन्न का पाचन उचित रूप से नहीं होता क्योंकि यह अग्नि को मन्द कर देता है तथा पानी न पीने से भी यही क्रिया होती है इसलिए जठराग्नि को बढ़ाने के लिए या पाचन क्रिया ठीक रखने के लिए बार-बार, थोड़ा-थोड़ा जल पीना उचित होता है।

शीतल जल के गुण : मूर्छा, पित्त दोष, गरमी, दाह, विष विकार, रक्त विकार, मद्य से उत्पन्न विकार, थकान, भ्रम, अजीर्ण, श्वास, वमन आदि रोगों में शीतल जल लाभदायक है।

शीतल जल निषेध : पसली की पीड़ा, जुकाम, वात के रोग, अफरा, अरुचि, ग्रहणी रोग, गुल्म, हिक्का (हिचकी) में शीतल जल वर्जित है। निषेध किये गये रोगों की अवस्था में, उष्ण जल पीना चाहिए।

उष्ण जल के गुण : कुछ परिस्थितियों में उष्ण जल पीने की आवश्यकता होती है। यह जल हलका, सुपाच्य, वात एवं कफ को शांत करनेवाला होता है। इसे औषध के अनुपात में लिया जाता है। कुछ आयुर्वेदिक औषधियों को थोड़े गरम पानी के साथ लिया जाता है।

सामान्य पीने योग्य जल : जो जल किसी भी प्रकार की गंध से रहित, सुखदायक, शीतल, तृष्णा को मिटानेवाला, साफ, हल्का एवं पीने में रुचिकारक हो, वह जल पीने योग्य है।

अयोग्य जल : पहली वर्षा का पानी, चिपचिपा, कृमियोंवाला, कीचड़ युक्त, दुर्गंधित, सूर्य एवं चन्द्रमा की किरणें जिस तक नहीं जाती हों, अन्य ऋतुओं में बरसनेवाला, पात्र में बहुत दिनों तक रखा हुआ जल वर्जित है। इसके पीने से अफरा, अरुचि, ज्वर, पांडु, मंदाग्नि, खुजली, वमन आदि हो सकते हैं।

शास्त्रों में ताम्र पात्र में रखा गया जल पीने का विधान है अर्थात सोना, चांदी के पात्र न हों तो ताम्र या मिट्‌टी के बर्तन में रखा गया जल पीना चाहिए। ताम्र पात्र में रखा जल ऑक्सीजन एवं ताम्र के साथ मिलकर कॉपर ऑक्साइड बनाता है। इससे जल का मल दूर हो जाता है। अतः पीनेवालों को चाहिए कि पात्र में ऊपर का जल पीयें, नीचे का जल छोड़ दें।

हंसोदक : शास्त्रों में, दिन में सूर्य की किरणों में एवं रात्रि में चन्द्रमा की चाँदनी में रखे जल को हंसोदक कहा गया है। यह जल चिकनायी युक्त, त्रिदोष नाशक विकार रहित होने के कारण, इसे स्नान-पान आदि के लिए उत्तम माना गया है।

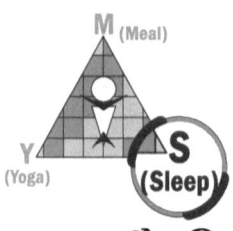

नींद, आराम और विश्राम
स्वास्थ्य के लिए विश्राम भी जरूरी है

मनन मन का व्यायाम है जो मन को स्वस्थ बनाता है,
बाद में नमन होना सिखाता है। मनन से मन मिटे, दमन से नहीं।

9

उत्तम स्वास्थ्य पाने में जितना योगदान भोजन और व्यायाम का है, उतना ही योगदान विश्राम का भी है। इंसान को दिनभर काम करने के बाद रात में सुकून भरी नींद की आवश्यकता होती है। यह एक नैसर्गिक प्रक्रिया है। हर प्राणी अपने जीवन का एक तिहाई हिस्सा नींद के सुखद आनंद में व्यतीत करता है। सामान्यतः सुबह सोकर जागना, दोपहर तक उत्साहपूर्ण रहना, शाम को सुस्ती लगने पर थोड़े मनोरंजन के बाद फिर से फ्रेश होना और रात में नींद के अधीन हो जाना- यह मनुष्य की दिनचर्या है। हर दिन हर एक इंसान का नींद में जाना स्वाभाविक है, उस समय हमारा मस्तिष्क हमें सोने की सूचना देता है। नींद हर इंसान की नैसर्गिक जरूरत है। नींद के बिना ज्यादा समय तक जीवित रहना नामुमकिन है। नींद से हमारे शरीर की हर कोशिका को ताजगी मिलती है। कुछ घंटों की नींद से शरीर का रोम-रोम पुनः नयी स्फूर्ति की अनुभूति करता है क्योंकि घंटों काम के बाद आराम मिलना स्वास्थ्य की दृष्टि से अत्यंत आवश्यक है।

गहरी नींद और अनिद्रा :

गहरी नींद आना उत्तम स्वास्थ्य का लक्षण है। अनिद्रा से इंसान का स्वास्थ्य प्रभावित होता है। आज-कल अनिद्रा का रोग लोगों में खूब पनप रहा है। चिंता और मानसिक समस्याओं में उलझे रहने के कारण मनुष्य अनिद्रा का शिकार हो जाता है।

कम नींद के अनेक दुष्परिणाम दिखायी देते हैं। वाहन चालक की नींद पूरी

नहीं हुई तो दुर्घटना होने की अधिक संभावना रहती है। इसी कारण कई दुर्घटनाएँ रात में तीन से पाँच बजे के दौरान होती हैं।

सिरदर्द, हृदयरोग, उच्च रक्तचाप, अम्लपित्त, अल्सर, आँखों के विकार इत्यादि व्याधियों की वजह से भी नींद कम हो सकती है।

जब हमें गहरी नींद मिलती है तब हमारी पाचन प्रणाली सुचारू रूप से कार्य करती है, मन शांत रहता है, एकाग्रता बढ़ती है, कार्य करने में स्फूर्ति आती है, नयी-नयी कल्पनाओं से नये आविष्कार होते हैं, स्मरणशक्ति में वृद्धि होती है और कार्यक्षमता बढ़ती है।

आपने कई बार देखा होगा कि कम नींद के कारण इंसान के चेहरे और आँखों पर सूजन हो जाती है और ज्यादा देर तक सोनेवाले इंसान भी शीघ्र ही नजर में आ जाते हैं।

रात सोने के लिए होती है परंतु व्यवसाय के कारण कुछ लोगों को रात में जागना पड़ता है। दिन में पूरे सात घंटे की नींद पूरी नहीं होती, ऐसे समय में स्वास्थ्य बिगड़ना स्वाभाविक है इसलिए कोशिश करें कि नींद पूर्ण हो। योगा की कुछ क्रियाएँ व प्राणायाम की आदत डाल लें ताकि कम नींद से ज्यादा दुष्परिणाम होने न पायें। बीमारी में अधिक आराम की आवश्यकता होती है इसलिए ज्यादा नींद लेने की जरूरत होती है। गृहिणियों को इस बात का ध्यान रखना चाहिए कि दोपहर में आधे घंटे से ज्यादा नींद न लें। रात में जल्दी सोना सेहत के लिए लाभदायक होता है।

अनिद्रा के कारण शरीर में थकान, सुस्ती और आलस्य समाया रहता है। अगर आप रात में पूरी नींद नहीं ले पाये तो दिनभर सुस्ती में दिन व्यतीत करते हैं। अगर बिस्तर पर लेटते ही आप तुरंत नींद की आगोश में गये तो समझें कि आपको नींद पूर्ण करने की अत्यंत जरूरत है।

सोते समय काम-काज के विचारों का त्याग करें। चिंता, भय, क्रोध, तनाव का त्याग करें। मन को प्रसन्न रखने की चेष्टा करें। बिस्तर पर लेटकर मांस-पेशियों को हलका छोड़ दें। पूरे शरीर को इस तरह ढीला छोड़ दें, जैसे शव पड़ा हो। सब कुछ भूलकर ईश्वर का सिमरन, शुभविचार और उपासना करते हुए सोयें। विश्राम मिलने के बाद शरीर में चुस्ती, फूर्ति और ताजगी आती है।

शुभविचारों का शरीर पर इतना असर होता है कि अनेक बीमारियाँ विचारों से ही ठीक हो जाती हैं। जब भी समय मिले तब प्रभु का या अपने गुरुदेव का जप, ध्यान करें और उनकी कृपा को न भूलें। विचारों को शुद्ध, शुभ और पवित्र रखें। आपके अच्छे-बुरे विचारों का सीधा प्रभाव आपके शरीर पर पड़ता है। दूषित

विचारों से न केवल मन दूषित होकर रोगी होता है बल्कि शरीर भी रोगी होता है। अतः स्वस्थ बने रहने के लिए विचारों की शुद्धता का होना अनिवार्य है।

शरीर, मस्तिष्क और मन को विश्राम :

नींद का मतलब है शरीर और मन को विश्राम देना, जिससे दिमाग अगले दिन के काम करने के लिए इंसान को तैयार करता है। गहरी नींद के बाद इंसान ताजगी महसूस करता है और नये दिन का स्वागत आत्मविश्वास से करने के लिए तैयार हो जाता है।

चिंता एक ऐसी बीमारी है जो निद्रा की सबसे बड़ी दुश्मन है। आज के युग में इसी ने अनिद्रा का रोग फैला रखा है।

१) नींद लानेवाली दवाइयों से दूर रहें। (बीमारी की अवस्था में ही केवल कुछ दिनों के लिए हलकी दवा ली जा सकती है)।

२) प्राणायाम करना, खेलों में भाग लेना, अच्छा संगीत सुनना, नींद आने के लिए उपयोगी और बेहतर उपाय है। तेजी से चलना और साइकिल चलाना भी अच्छा व्यायाम है।

३) सोने से पहले पुस्तक पढ़ें या हलका संगीत सुनें।

४) बार-बार घड़ी देखकर चिंतित न हों कि अभी तक नींद नहीं आयी।

५) जबरदस्ती, प्रयास सोने का उलटा शब्द है, जो नींद को कोसों दूर कर देता है। नींद लाने के लिए प्रयास न करें, केवल उपस्थित व तैयार (बिस्तर पर लेटकर आँख बंद करके लेटे) रहें।

६) गलत रास्ते से पैसा कमाना तथा दूसरों से नफरत करना छोड़ दें।

७) थोड़ा गरम दूध पीकर सोने से नींद आने में सहायता मिलती है।

८) सोने से पहले पूरे विश्वास व प्रेम से प्रार्थना करें।

९) सोने के लिए आप जिस तकिये का इस्तेमाल कर रहे हैं, उस पर प्यार से हाथ घुमायें क्योंकि वह आपको गहरी नींद में ले जायेगा, जहाँ आप अपने अनुभव पर होंगे। सुबह उठकर उसी तकिये को धन्यवाद दें।

१०) अगर आपको रात में नींद नहीं आती हो तो पैरों को गरम पानी से धोयें या कुछ समय पाँव गरम पानी की बालटी में डालकर कुर्सी पर बैठें। इससे थकावट कम होगी और अच्छी नींद आयेगी।

११) सरसों के तेल से मालिश करके सोने से अच्छी नींद आती है।

क्या ८ घंटे की नींद लेना जरूरी है :

नींद कितनी लेनी चाहिए यह उम्र, स्वास्थ्य, वातावरण, कार्यभार इत्यादि बातों पर निर्भर करता है। एक दिन यानी चौबीस घंटों में सामान्यतः एक तिहाई घंटे की नींद (८ घंटे) आवश्यक होती है। छोटे बच्चों को दिन में सोलह घंटे की नींद की आवश्यकता होती है, कुमारावस्था में नौ घंटे की नींद भरपूर होती है, उसके बाद सात-आठ घंटे की नींद काफी होती है। वृद्ध लोगों को ज्यादा नींद नहीं आती, वे लोग दिन में थोड़ी-थोड़ी देर बाद एक-आध घंटे की नींद लेते रहते हैं।

शारीरिक श्रम करनेवाले व्यक्तियों की अपेक्षा मानसिक श्रम अधिक करनेवाले को नींद की आवश्यकता अधिक होती है। सामान्य व्यक्ति को ७ से ८ घंटे नींद की आवश्यकता पड़ती है।

कुछ लोगों के लिए ४ से ६ घंटे नींद लेना पर्याप्त होता है। कम व गहरी नींद लेकर भी शरीर को हरदम ताजा रखा जा सकता है। रात में कम नींद ली तो दिन में झपकी (कॅट नैप) लेना अति उपयोगी है।

अपनी नींद को बिना किसी दुष्परिणाम के धीरे-धीरे ६ से ७ घंटे तक लाया जा सकता है। यह तभी संभव है जब आपके पास ठोस व उच्च लक्ष्य हो।

आराम करना दिल से सीखें :

सत्वोगुणी का आराम पूर्ण आराम है। ऐसे लोग आराम में काम करना जानते हैं इसलिए वे काम में राम का आनंद ले सकते हैं। जैसे इंसान का दिल लगातार काम करता है, एक मिनट में सत्तर बार फूलता है क्योंकि उसने सत्तर बार सिकुड़कर आराम भी किया होता है। इस तरह इतने लंबे समय (८० से १०० साल) तक लगातार काम करते हुए भी हमारा दिल ठीक से काम कर सकता है।

इंसान भी अगर यह कला जान जाय तो लगातार काम करते हुए भी वह आराम में रह सकता है। तमोगुणी का आराम हराम है, रजोगुणी आराम कर नहीं सकता मगर सत्वोगुणी का आराम हराम नहीं, राम है।

शिथिल होने की कला (Art of Relaxation) :

शिथिलीकरण का मतलब केवल भरपूर नींद लेना नहीं है। नींद मिलने से शरीर को तो आराम मिलता है परंतु जरूरी नहीं कि शरीर के साथ मन को भी आराम मिले। बहुत बार बीमारी में डॉक्टर नींद की गोली देते हैं, ऐसी अवस्था में तन को तो आराम प्राप्त होता है लेकिन मन को वह गहरी नींद नहीं मिलती जो नैसर्गिक नींद में मिलती है। नींद का सही अर्थ है तन व मन दोनों को आराम मिलना।

जिस तरह शरीर के हर अंग को व्यायाम मिलना आवश्यक है, उसी तरह शरीर के हर अंग को आराम मिलना भी आवश्यक है। इंसान का ७० प्रतिशत तनाव व थकावट उसकी आँखों के चारों तरफ होता है इसलिए तरोताजा होने के लिए रोज अपनी आँखों को यह सूचना दें कि 'मेरे अंदर जो तनाव है, उसे निकाल दो।' आँखें हमारा कहना मानती हैं इसलिए इस तरह की सूचनाएँ देने के कुछ ही देर बाद आप तरोताजा महसूस करेंगे।

शरीर के हर अंग को प्यार से, धीरे-धीरे व लय में सूचनाएँ दें। अगर आपने इस तरह की सूचनाएँ दीं कि 'रिलैक्स हो जाओ... तनाव को जाने दो' तो शरीर आपका कहना मानकर तनावमुक्त हो जायेगा । यही प्रयोग करके आप शरीर के हर अंग को तनावमुक्त बनाकर, शरीर में ज्यादा क्षमता, ऊर्जा प्राप्त कर सकते हैं, जिससे आप पूर्ण दिवस में पहले से अधिक काम कर सकते हैं।

शिथिल (Relax) होने के लिए प्राणायाम का उपयोग भी किया जाता है। उदा. चार की गिनती तक साँस लेना और छः की गिनती तक साँस छोड़ना। इस तरह साँस को नियंत्रित किया जाता है, जो स्वास्थ्य के लिए लाभकारी है। शरीर में ऑक्सीजन की मात्रा संतुलित रखने में तथा शरीर से कार्बन डायऑक्साइड निकालने में प्राणायाम एक प्रभावशाली अस्त्र है। प्राणायाम के अलावा नीचे दिये गये प्रयोग भी तन और मन के शिथिलीकरण के लिए सहायक हैं।

- बैठकर या लेटकर एक लंबी साँस लें और उसे धीरे-धीरे छोड़ें।
- अपने मन को आराम देने के लिए एक ऐसा दृश्य अपनी आँखों के सामने लायें, जो अब तक के लिए आपको सबसे प्रिय हो। उदा. किसी बगीचे का दृश्य, किसी पहाड़ी के झरने का दृश्य - जहाँ आप पिकनिक पर गये थे, किसी समुंदर के किनारे का दृश्य इत्यादि।
- अपनी आँखों को उस दृश्य में विहार करने (टहलने) दें। उस दृश्य की सभी खास बातों पर ध्यान दें।
- जब आपका मन वह दृश्य पूरी तरह से देख ले, भोग ले तब अपने शरीर को जाँच लें। यदि कोई अंग अब भी तनावपूर्ण लगे तो उस अंग को खिंचाव देकर ढीला छोड़ दें और उस अंग को कहें, 'तनाव को जाने दो... जाने दो (रिलैक्स ... रिलैक्स .... रिलैक्स)।' इस तरह शरीर के हाथ-पैर, कंधे, कमर, घुटनों और आँखों से तनाव निकाल दें। हमारे अंग हमारा कहना मानते हैं। यह विधि शरीर शिथिलीकरण के लिए असरदार है। इस अवस्था में कुछ समय पड़े रहें। स्वास्थ्य के लिए यह एक योग निद्रा है।

विश्राम की गहराई के लिए कुछ ध्यान (मेडीटेशन)

१. साँसों का ध्यान :

१. ध्यान के सही आसन (सुखासन) या मुद्रा में बैठें।
२. एक-दो बार लंबी साँस लेकर उसे धीरे-धीरे छोड़ें और अपने आपको तनाव रहित करें।
३. आपकी साँस जिस तरह चल रही है, उसे उसी तरह चलने दें। छोटी साँस है या गहरी साँस है, सहज, स्वाभाविक जैसी भी है, उसे वैसे ही चलने दें। साँस को यदि नियंत्रित करते हैं तब वह ध्यान नहीं, प्राणायाम कहलाता है।
४. साँस अंदर जा रही है या बाहर आ रही है, यह जानते रहें... अब अंदर गयी... अब बाहर आयी... दाहिनी नासिका से... बायीं नासिका से... या दोनों से इत्यादि। साँस की हर दिशा और हर अवस्था (ठंढी या गरम साँस) जानते रहें।
५. मन को अंदर और बाहर आने-जानेवाली साँस पर एकाग्रित करें। जो साँस अंदर जा रही है, उसे जानें और जो साँस बाहर आ रही है, उसे पहचानें... ये अंदर गयी... ये बाहर आयी... अंदर गयी... बाहर आयी। जैसे चल रही है, स्वाभाविक साँस, सहज साँस उसे जानते रहें।
६. साँस कभी लंबी चलेगी तो कभी छोटी। शरीर को स्थिर रखते हुए हर साँस के आने-जाने को जानते रहें।
७. २० से ४५ मिनट जैसी सुविधा हो, यह ध्यान करते रहें। कुछ दिनों के बाद जब आप इस ध्यान में प्रवीण हो जायें तब साँस के अंतराल का ध्यान करें।

२. अंतराल ध्यान (Feel in the blank) :

मानसिक स्वास्थ्य प्राप्त करने के लिए कौन सी दवाई (टॉनिक) इस्तेमाल की जा सकती है? आप दिनभर में १६,००० से लेकर ३०,००० बार साँस लेते हैं। इन ३०,००० साँसों से आपको ३०० साँसें मानसिक स्वास्थ्य प्राप्त करने के लिए इस्तेमाल करनी है। आप जब साँस लेते हैं तब साँस अंदर जाती है, फिर बाहर आती है। बाहर आने के साथ आप देखते हैं कि कुछ क्षणों के लिए साँस न अंदर जा रही है, न बाहर आ रही है, रुक गयी है। उस वक्त वहाँ कुछ भी नहीं है और उसी 'कुछ नहीं' पर आपको आपका ध्यान एकाग्रित करना है, जिसके लिए

१. इस ध्यान की शुरुआत वैसे ही करें, जैसे साँस के ध्यान की शुरुआत की थी। अपनी साँस को आते-जाते नाक के छिद्रों पर जानते रहें।

२. अब जो साँस अंदर जायेगी और लौटेगी तो एक सेकण्ड का चाहे हजारवाँ हिस्सा भी क्यों न हो मगर उस अंतराल (प्वाईंट) पर मन को एकाग्रित करें, जहाँ साँस न अंदर जा रही है, न बाहर आ रही है यानी गैप है। (feel in the blank, don't fill in the blank). यही गैप, अंतराल दो विचारों के बीच में भी होता है। लोग इस अंतराल में और ज्यादा विचार (fill) भर देते हैं इसलिए सदा सिर (हेड) में रहते हैं, ध्यान हमें हृदय में लाता है।

३. उसी तरह बाहर आकर जब साँस फिर से अंदर जायेगी तब एक समय ऐसा होगा, जहाँ साँस कुछ समय रुक गयी है। उस अंतराल (गैप) पर ध्यान रखें। मन में यह निश्चय करते हुए कि 'हर साँस के दोनों सिरों को मैं लगातार जाँचता रहूँगा – जहाँ साँस दिशा बदलती है। अंदर जानेवाली साँस बाहर लौटती है, बाहर आयी हुई साँस अंदर पलटती है। यदि कभी यह बिंदु छूट जाय तो चिंता न करें, आगे आनेवाली साँस पर ध्यान दें।

४. साँस हमेशा आपके साथ रहती है इसलिए यह ध्यान कहीं भी, किसी भी समय किया जा सकता है।

आत्मसुझाव (Auto Suggestion) द्वारा स्वास्थ्य व आराम प्राप्त करें :

हमारा शरीर, हमारी बात सुनता है लेकिन हम यह बात नहीं जानते इसलिए हम अपने आपको कोई सुझाव नहीं देते हैं। आज से ही अपने आपको आत्मसूचनाएँ देना शुरू करें – 'मैं स्वस्थ हूँ'... 'मैं जागृत हूँ'... 'मैं सदा समता में रहता हूँ'... 'मैं निडर और साहसी हूँ'... 'मैं हर कार्य कर सकता हूँ'... 'मेरे जीवन में अच्छे लोग आ रहे हैं'... 'मेरी सत्य की पहचान बढ़ रही है'... 'हर दिन, हर तरीके से मेरा मन एवं शरीर बेहतर से बेहतर होता जा रहा है'... 'ईश्वर की अनंत शक्ति मुझे हर दिशा में, हर तरह से मार्गदर्शन दे रही है।' ये सारे आत्मसुझाव आश्चर्यजनक परिणाम लायेंगे। आत्मसूचना से चरित्र निर्माण, आत्म-छवि (पर्सनॅलिटी) में निखार, सफलता और पूर्ण स्वास्थ्य प्राप्त करना संभव है। अपने आपको आत्मसुझाव देने के लिए नीचे दिये गये सात तरीकों को अपनाने से अधिक लाभ होगा।

१) शरीर को शिथिल (रिलैक्स) करके, लेटकर या बैठकर, जैसी सुविधा हो अपने आपको आत्मसुझाव दें।

२) मन ही मन में या बुदबुदाते हुए धीमे से आत्मसुझाव दें।

३) पूरे विश्वास व समझ के साथ आत्मसुझाव दें।

४) अपनी ही आवाज में आत्मसुझावों को रेकॉर्ड करके रोज आराम से लेटकर वे आत्मसुझाव सुनें।

५) सारे आत्मसुझाव धीरे-धीरे, प्यार से व भावना के साथ दें।

६) आत्मसुझाव देने से पहले व अंत में यह कहें कि 'अब मैं जो भी सुझाव दूँगा या दिये हैं, वे मेरे शरीर, मन और वातावरण पर सकारात्मक असर करेंगे और मैं उन्हें तुरंत ग्रहण करूँगा।'

७) लय और ताल में दिये गये सुझाव जल्दी असर करते हैं इसलिए कुछ सुझाव दिन भर, जब भी याद आयें गुनगुनाते रहें।

सोते समय यह प्रार्थना दोहराएँ :

'हे परमेश्वर ! आपने मेरा दिन सही बनाया

मैं आज सारा दिन आनंदित रह पाया,

अब मेरी रात भी उत्कृष्ट बनाना।

इन सभी कृपाओं के लिए आपका बहुत-बहुत धन्यवाद।'

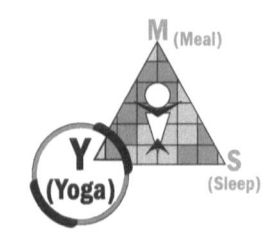

व्यायामासन - भाग १
स्वास्थ्य का तीसरा कोना

जो काम बोरिंग और कठिन हो उन्हें पहले करने की आदत डालें।
क्या व्यायामासन करना आपको बोरिंग लगता है?

10 भोजन को श्रम करके पचायें, दवाइयाँ खाकर नहीं। जो लोग व्यायाम या सैर करते हैं, योगासनों का अभ्यास करते हैं या प्राणायाम द्वारा अपनी साँस प्रक्रिया को शक्तिशाली बनाते हैं, वे स्वस्थ रहते हैं। ऐसे लोग यदि बीमार भी होते हैं तो उनमें रोग की तीव्रता बहुत कम होती है और वे जल्दी ठीक भी हो जाते हैं। भोजन भले ही कितना भी संतुलित और पौष्टिक क्यों न हो परंतु यदि शरीर उसका उपयोग नहीं कर पाये तो ऐसा भोजन शरीर के लिए व्यर्थ है। शारीरिक श्रम का लाभ यह है कि इससे खाना जल्दी पच जाता है। खट्टे या कड़वे डकार नहीं आते। पेट में दर्द या गैस नहीं होती और शौच (मल त्याग) सामान्य होता है। जो लोग कसरत से जी चुराते हैं और खाने पर संयम नहीं रखते, ऐसे लोगों को शरीर के कई रोग सताते हैं।

कसरत करने के दौरान आपके शरीर से पसीना बहना जरूरी है। जितना ज्यादा पसीना बहेगा, कैलोरीज का उतना ज्यादा दहन (Burn) होगा। आज-कल जिम, हैल्थ क्लब या स्लिमिंग सेंटर्स में जाना एक फैशन बन गया है, प्रतिष्ठा का मापदण्ड बन गया है। ऐसे लोगों का ध्यान अपने शरीर को लाभ पहुँचाने में नहीं बल्कि अपनी सामाजिक प्रतिष्ठा बढ़ाने में होता है। प्रदर्शन और झूठी शान की वजह से केवल दिखावे के लिए कसरत न करें।

व्यायाम का स्वरूप कम खर्चीला, सहज और स्वाभाविक होना चाहिए। केवल प्राणायाम व योगासनों द्वारा भी कई लोगों को अपनी सेहत ठीक रखते हुए

पाया गया है। नियम यह है कि शरीर को शुद्ध, स्वच्छ वायु के द्वारा ऑक्सीजन मिले ताकि रक्त की शुद्धि होकर सभी अंगों का विकास हो। जिन्हें कमजोरी या कुछ रोग हैं, उन्हें अपनी सेहत को ध्यान में रखकर श्रम करना चाहिए।

स्वास्थ्य के लिए जरूरी व्यायामासन :

उच्चतम स्वास्थ्य पाने के लिए जितना महत्त्व संतुलित आहार का है, उतना ही महत्त्व व्यायाम का भी है। नित्य व्यायाम करने से शरीर स्वस्थ, सुंदर और बलिष्ठ बनता है। रक्त का शुद्धिकरण होता है तथा मांसपेशियाँ सुगठित होती हैं। व्यायाम करने से शरीर हलका-फुलका बनता है। जो भी खाया-पीया हो वह ठीक से पच जाता है और काम करने की शक्ति बढ़ जाती है। व्यस्तता से भरे जीवन के कारण कुछ लोगों के पास व्यायाम के लिए समय निकाल पाना मुश्किल होता है। किंतु यह आवश्यक नहीं है कि व्यायाम करने में लंबा समय लगाया जाय। व्यायाम व्यस्त परिस्थितियों में भी किया जा सकता है। जैसे प्रातः काल घूमना, टहलना। सुबह संभव न हो तो शाम को भी खुली हवा में घूमा जा सकता है। बगीचे में या छत पर भी टहला जा सकता है। रोजमर्रा के काम स्कूटर या अन्य वाहन पर न करते हुए, पैदल चलकर भी किये जा सकते हैं। योगासन तथा प्राणायाम भी अवश्य करने चाहिए। योगासन शरीर के अंतर्बाह्य अंगों को स्वस्थ्य रखने की क्रिया है। जब तक हमारे शरीर के सारे अंग स्वस्थ्य नहीं होते तब तक हम पूर्ण रूप से कार्यशील नहीं रह सकते। शरीर के हर अवयव को व्यायाम मिलने के लिए योगासन उपयुक्त है। किसी भी तरह का व्यायाम करें परंतु यह याद रखें कि व्यायाम करना शरीर के लिए अति आवश्यक है। हँसना भी स्वास्थ्य के लिए जरूरी होता है क्योंकि यह भी एक प्रकार की कसरत है। प्रतिदिन सूर्योदय से घंटा भर पहले उठने और कुछ हलके व्यायाम करने से भी स्वास्थ्य पर प्रभावकारी असर पड़ता है।

व्यायामासन कब न करें :

१. भर पेट खाना खाने के बाद व्यायाम न करें।

२. तेज धूप से आने के बाद व्यायाम न करें।

३. रोगी, गर्भवती स्त्री और अधिक उम्रवाले लोग व्यायाम न करें। किसी योग्य डॉक्टर अथवा योग आचार्य से मार्गदर्शन लेकर ही हलके व्यायाम करें।

४. अधिक चिंता या अधिक थकावट होने पर व्यायाम न करें।

५. जोश में आकर अधिक व्यायाम न करें।

६. अधिक ठंढी जगह या अधिक गरम जगह पर व्यायाम न करें।

७. नींद पूरी नहीं हुई तो व्यायाम न करें।

व्यायामासन कहाँ करें, कब करें, कहाँ न करें :

१. खुली, हवादार जगह पर या कमरे की खिड़कियाँ खोलकर प्रातः काल व्यायाम व प्राणायाम करें।

२. खुले मैदान, बाग-बगीचे, पार्क इत्यादि स्थान व्यायाम के लिए उपयुक्त हैं लेकिन केवल प्रदर्शन के लिए व्यायाम न करें।

३. प्रदूषण व गंदगीवाली जगहों पर व्यायाम कभी न करें।

४. व्यायाम शुरू करने से पहले शौचालय से होकर आयें। भरे पेट (वज्रासन के सिवाय) योगासन न करें। फिर आसनों की शुरुआत सीधे खड़े होकर, इस शुभ विचार के साथ करें कि 'मैं जो भी व्यायाम करने जा रहा/रही हूँ, वह मेरे शरीर में तंदुरुस्ती और फूर्ति का एहसास लायेगा।'

५. योगासन करने के पहले जमीन पर मोटा कंबल बिछा लें।

६. अनावश्यक जोर लगाकर कोई भी आसन न करें। धीरे-धीरे शरीर को कई दिनों के अभ्यास से लचीला बनायें। जिन्हें कमर दर्द है, वे ऐसे आसन न करें, जिसमें कमर पर अनावश्यक दबाव पड़े। जिन्हें गरदन में तकलीफ है, वे अपनी ठोड़ी को दबाव देकर नीचे न करें।

७. आसन करते हुए केवल नाक से साँस लें। आसनों के बाद तुरंत ठंढे पेय या खाना न लें। ढीले वस्त्र पहनें, तंग वस्त्रों से रक्त संचार में बाधा होती है।

व्यायामासन के लाभ :

१. व्यायाम शरीर को आकर्षक, मजबूत, खूबसूरत व निरोगी बनाता है।

२. व्यायाम शरीर में चुस्ती, फूर्ति, उमंग व आशा जगाता है। नियमित व्यायाम से अच्छी भूख लगती है।

३. व्यायाम फेफड़ों, मांस-पेशियों, हड्डियों, रक्त संचार व दिमाग की कार्यशैली को ठीक रखता है। नियमित व्यायाम करने पर शरीर लचीला बनता है।

४. व्यायाम तनाव, चिंता, मोटापा, हृदयरोग, रक्तचाप आदि परेशानियों से हमें दूर रखता है।

५. इस पुस्तक द्वारा जो व्यायामासन आप सीखने जा रहे हैं, वे सहज

व हलके-फुलके हैं। इनसे ज्यादा तनाव या थकावट नहीं आती है। इन्हें करने से रोज का तनाव निकल जाता है और ताजगी का एहसास होता है।

टहलना - आज का उत्तम व्यायाम :

आज सबसे उत्तम व्यायाम है 'वॉकिंग' यानी चलना। रोज कम से कम बीस मिनट तेज चलना शरीर के लिए आवश्यक है। चलने के बाद आप देखेंगे कि आपका शरीर आसानी से काम कर पाता है। आपको अपना शरीर हल्का महसूस होने लगेगा।

वॉकिंग के लिए बीस मिनट सही तरीके से दें। ऐसा न हो कि बहुत तेज भागकर आपने बीस मिनट का व्यायाम दस मिनट में ही खतम कर दिया हो और ऐसा भी न हो कि बीस मिनट आप बिलकुल आराम से चल रहे हैं। यदि आपको कोई तकलीफ नहीं है तो आपको बीस मिनट तेज चलना है अर्थात आपकी तेजी ८०-१२० कदम हर मिनट होनी चाहिए। चलते वक्त देखें कि एक मिनट में आप कितने कदम चल रहे हैं। इससे आपको पता चलेगा कि आपका चलना सही है या नहीं।

तेजी से चलने को 'ब्रिस्क वॉक' कहा जाता है। ब्रिस्क वॉक से शरीर में जो भी अच्छे हॉर्मोन्स, जिन्हें हम 'फील गुड' हॉर्मोन्स (Endorphins) कहते हैं, वे सक्रिय होते हैं। इससे शरीर की पाचनशक्ति बढ़ती है और शरीर के सारे अवयव सुचारू रूप से काम करने लगते हैं। यह वर्ल्ड हैल्थ ऑर्गनाईज़ेशन (WHO) द्वारा किये गये परीक्षणों में बताया गया है। ब्रिस्क वॉक द्वारा सभी तरह की बीमारियों से बचा जा सकता है, जैसे उच्चरक्तचाप, डायबटीज इत्यादि। यदि आपके परिवार में किसी को ऐसी बीमारियाँ हैं, जो आपको भी होने की संभावना है तो टहलने से इन बीमारियों को टाला जा सकता है। जिनका वजन ज्यादा है, उन्हें ज्यादा समय चलना चाहिए।

आधुनिक युग की घातक बीमारियों में हृदय की बीमारी का स्थान सर्वप्रथम है। यह बीमारी अत्यधिक तनाव, धूम्रपान, अधिक कैलोरीवाला भोजन, बिना हलचलवाली जीवन पद्धति इत्यादि बातों से होती है।

हम वॉकिंग करने से पहले यह नहीं सोचते कि यह छोटा कदम उठाने से हमारे जीवन में कितना परिवर्तन आ सकता है। केवल २० मिनट प्रतिदिन वॉकिंग, हमारे जीवन को स्वस्थ रखने के लिए काफी है। इसे कल से नहीं बल्कि आज से शुरू करें। इसे अपने जीवन का अंग बना लें।

वॉकिंग के अन्य कई फायदे भी हैं, जैसे यह शरीर में कोलेस्ट्रॉल की मात्रा को घटाता है, सिगरेट की आदत छुड़ाने में मदद करता है, हृदय की कार्यक्षमता बढ़ाता है, तनाव और चिंता से दूर रखता है इत्यादि। अमेरिका में एक सर्वेक्षण द्वारा जाना गया है कि वॉकिंग से लोगों का १४% तक तनाव कम हुआ है।

वॉकिंग में यदि बोरियत लगे तो आप कानों में हेडफोन लगाकर, संगीत सुनते हुए भी वॉकिंग कर सकते हैं। जिन लोगों को घुटनों में दर्द रहता है, उनके लिए यह हिदायत है कि वे सामान्य गति से चलें। वॉकिंग एक सामान्य, कम खर्चवाला सरल परंतु असरदार व्यायाम है।

१. चलते-चलते सरल घरेलू व्यायाम :

१) ये व्यायाम सभी तरह के लोग (बच्चे, जवान और बूढ़े) कर सकते हैं। सुबह-शाम दोनों समय या एक समय, जब भी सुविधा हो घर से बाहर कुछ दूरी तक या समीप के बगीचे में सैर करने की आदत डालें।

२) सैर के समय ऊँची एड़ी के जूते न पहनें। हरी घास पर कुछ देर नंगे पाँव चलने की आदत डालें। ऐसा करने से आँखों की दृष्टि तेज होती है, पैर को एक्युप्रेशर मिलता है जो लाभकारी है। ताली बजाने के व्यायाम से हाथों के बिंदुओं को एक्युप्रेशर मिलता है।

३) चलते समय कमर और पीठ को सीधा रखें, कंधे झुकने नहीं चाहिए।

लाभ :

१) सैर करते-करते ऑक्सीजन की पूर्ति के अलावा कुछ दिन इसका अभ्यास करने पर आपके खड़े होने, चलने की मुद्रा हमेशा के लिए ठीक हो जायेगी।

२) सही मुद्रा के अभ्यास से रीढ़ सीधी रहेगी और कभी पीठ का दर्द नहीं होगा।

३) आपकी चाल का आकर्षण बढ़ जाने से आपके व्यक्तित्व का आकर्षण भी बढ़ जायेगा। यह इसका अतिरिक्त लाभ होगा।

४) चलते-चलते कई समस्याओं (उलझनों) के समाधान मिल जाते हैं। सैर के साथ मुफ्त में नये विचार मिलते हैं, नयी तरकीबें सूझती हैं।

२. हलके-फुलके व्यायाम :

व्यायाम शुरू करने से पहले मानसिक तौर पर शरीर को आसनों के लिए तैयार करना चाहिए। शरीर की लचक बढ़ाने के लिए पूर्ण शरीर को अलग-अलग दिशाओं में मोड़ना चाहिए। नीचे कुछ व्यायाम दिखाये गये हैं, जो आपके शरीर का लचीलापन बढ़ायेंगे। यह आसन सरवाइकल की तकलीफ के लिए लाभकारी है।

विधि :

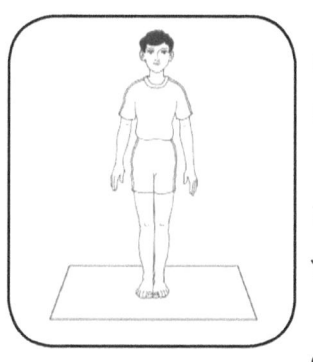

१. सीधे खड़े हो जायें।

२. नाक से ताजी साँस भरते हुए, दोनों बाँहों के बाजुओं को छाती की तरफ सीधे फैलायें।

३. फिर दोनों बाँहों को सिर के ऊपर सीधे करें।

४. फिर से दोनों बाँहों के बाजुओं को छाती की तरफ सीधे फैलायें।

५. अब बाँहों को नीचे की तरफ ले आयें (जैसे आप सीधे खड़े होते हैं) और साँस छोड़ दें।

६. इस क्रिया को तीन बार दोहरायें।

७. फिर से सीधे खड़े हो जायें और अपने दोनों हाथ (बाजू) ऊपर ले जायें।

८. साँस लेकर दोनों हाथों को कानों से सटाते हुए ऊपर उठाएँ। हाथ खींचे रहें।

९. अब हाथ के दोनों पंजों को जोड़ें।

१०. पैरों को एक फुट तक फैलायें और पैरों के अँगूठों को थोड़ा अंदर मोड़ लें।

११. साँस भरकर फिर से सीधे खड़े हो जायें।

१२. अब दोनों बाँहों को ऊपर उठाकर, आहिस्ते-आहिस्ते कमर से मुड़ें।

१३. पाँव की तरफ, हाथों के पंजों से पाँव को छूने की कोशिश करें।

१४. इस स्थिति में २० से ३० सेकण्ड रुकें।

१५. साँस छोड़ें। फिर साँस लेकर वापस सामान्य स्थिति में आ जायें।

१६. इस क्रिया को ३ बार दोहरायें।

१७. सीधे खड़े हो जायें, दोनों बाजुओं को सीधा रखें।

१८. कमर से थोड़ा मुड़ें।

१९. दाहिने हाथ से बायें पाँव को छूने की कोशिश करें और बायें हाथ से दाहिने पाँव को छूने की कोशिश करें।

२०. फिर वापस पहलेवाली स्थिति में आ जायें। इस क्रिया को ३ बार दोहरायें।

२१. सामने दिये गये अलग-अलग चित्रों अनुसार अपने शरीर की लचक बढ़ायें।

२२. इन आसनों के अलावा अपने कंधों, गरदन, बाहों के लिए यह व्यायाम करें। दोनों बाँहों को मोड़ें।

२३. हाथ के पंजे कंधों पर रखें।

२४. साँस भरते हुए बाँहों को गोल घुमायें। हाथ कंधे पर रखकर गोलाकार में ३ बार आगे की तरफ और ३ बार पीछे की तरफ घुमायें।

अगर आपके हाथ, पाँव तक नहीं पहुँच रहे हैं तो कोई दिक्कत नहीं है। रोज थोड़ा-थोड़ा अभ्यास करते रहेंगे तो यह संभव होने लगेगा। जिन्हें कमर दर्द की शिकायत हो वे इसे न करें।

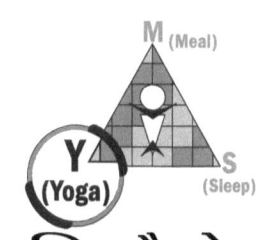

शक्ति और रोशनी

सूर्यनमस्कार

आपका शरीर ईश्वर की उच्चत्तम अभिव्यक्ति के लिए बना है।
इसमें से डर, अहंकार, लालच, नफरत इत्यादि निकाल दें।
ये विकार शरीर को मंदिर से खंडहर बना देते हैं।

11

हमारी धरती सूर्य की परिक्रमा करते हुए सभी जीवों के लिए शक्ति प्राप्त करती है। सूर्य शक्ति का स्रोत है। सूर्य प्रकाश श्रेष्ठ औषधि है। दुनिया का हर प्राणी सूर्य के पालन-पोषण से ही पोषित होता है। सूर्य में जितनी रोगनाशक शक्ति है, वह किसी और वस्तु में नहीं है।

उत्तम स्वास्थ्य पाने के लिए वायु, प्रकाश व धूप-स्नान की जरूरत होती है। कम कपड़े पहनकर, सिर पर कपड़ा रखकर बाहर खुले में वायु, प्रकाश व धूप-स्नान करना चाहिए ताकि जिन अंगों में साधारणतः हवा, प्रकाश तथा धूप नहीं लगती है, वहाँ पर धूप लगे। शरीर पर हवा के झोंके लगने से, कई लोगों को जुकाम हो जाता है लेकिन जो वायु, प्रकाश व धूप-स्नान करते हैं, उनके साथ ऐसा नहीं होता, उनका शरीर सुदृढ़ और त्वचा स्वस्थ होती है।

सूर्य से मिलनेवाली किरणों से विटामिन डी प्राप्त होता है। ये किरणें (सात रंग) हमारे शरीर व हड्डियों के लिए आवश्यक हैं।

सूर्य स्नान की विधि :

१) चेहरे व सिर के कुछ नाजुक भागों को ढँककर, शरीर के बाकी हिस्सों को सूर्य स्नान करायें। यह स्नान सुबह की कच्ची धूप में घर के आँगन या छत पर लें। अपने सिर व आँखों को ठंढे तौलिए से ढँककर रखें। सूर्य से मिलनेवाली

कच्ची धूप शरीर के लिए अति उत्तम है। इससे रक्त में लाल रक्त कणों (RBC) की संख्या बढ़ती है।

२) अपनी आँखों को ठंढे पानी से गीला करके, बिना पोछे कच्ची धूप में, सूरज की ओर आँख बंद करके खड़े हो जायें। चेहरे को बहुत धीरे-धीरे दायें से बायें तथा बायें से दायें घुमाते रहें।

३) तेज धूप से बचें। जब दोपहर में घर से बाहर निकलें तब एक गिलास पानी पीकर निकलें। धूप से वापस लौटकर तुरंत पानी न पीयें, कुछ देर रुककर पानी पीयें।

४) जिन लोगों का शरीर पित्त प्रकृति का है, वे इस प्रयोग को बहुत थोड़ी देर के लिए करें। सूरज की गर्मी से शरीर में पित्त बढ़ जाता है।

५) सूर्योदय के साथ हमारी शक्ति बढ़ती जाती है और सूर्यास्त के साथ हमारी शक्ति कम होती जाती है इसलिए ही रात में जल्दी सोने और जल्दी खाना खाने का नियम बनाया गया है। देरी से खाया गया खाना सूर्य न रहने की वजह से देरी से पचता है। सूर्य की उपस्थिति में हमारी पाचन शक्ति तीव्र गति से काम करती है इसलिए रात का भोजन दोपहर के भोजन से कम होना चाहिए।

६) सूर्यनमस्कार और व्यायाम नियमित करें। सूर्यनमस्कार यह एक सर्वांग-सुंदर और अत्यंत फायदेमंद व्यायाम है। इसमें पूरे शरीर का व्यायाम हो जाता है।

योग और सूर्यनमस्कार :

योग जैसा अन्य कोई व्यायाम नहीं है। इससे शरीर और मन हर तरीके से आरामदायक स्थिति में आ जाते हैं। योग सभी माँसपेशियों पर असर करता है। आजकल विदेशों में योग की ख्याति बढ़ती जा रही है। वहाँ पर सभी योगासन करने लगे हैं। भारतीय लोग योगासन कम करते हैं, जब कि योगासन विश्व को भारत की ही देन है। आप कम से कम थोड़े आसनों से ही शुरुआत करें।

योगासन में सूर्यनमस्कार उत्तम योग है। दिन में १२ सूर्यनमस्कार करने से कोई भी बीमारी आपको छू न सकेगी। सूर्यनमस्कार को सबसे अच्छा व्यायाम माना जाता है क्योंकि यह हृदय की सभी रक्त वाहिनियों तथा रक्त कोशिकाओं को भी

साफ करता है।

सूर्यनमस्कार में कई प्रकार के आसन एक साथ पिरोये गये हैं, जिसके अनेक फायदे इस प्रकार से हैं जैसे –

१) सूर्यनमस्कार से शरीर सुदृढ़ बनता है।
२) इससे शरीर का रक्तसंचार सुचारु रूप से होता है।
३) इससे उत्साह और स्फूर्ति बढ़ती है।
४) इससे रोगों के प्रति प्रतिकार शक्ति और पाचन शक्ति बढ़ती है।
५) इससे शरीर की कांति और तेज बढ़ता है।
६) इससे शरीर का मोटापा कम होता है और सौंदर्य बढ़ता है। इससे आंतरिक अंगों की मालिश भी होती है।

हम अगर हर रोज १२ सूर्यनमस्कार करने की आदत डालें तो हमें अपना स्वास्थ्य बरकरार रखने में सहायता मिल सकती है। यह व्यायाम यदि सुबह किया जाय तो अच्छा है लेकिन सुबह वक्त न मिले तो शाम के समय, खाने के ४-५ घंटे बाद, जब पेट खाली हो तब किया जा सकता है। शुरू में साँस पर विशेष ध्यान दें। बाद में आपको इसका अच्छा अभ्यास हो जायेगा।

सूर्यनमस्कार करने का तरीका :
एक पूरा चक्र एक से दो मिनट

१) साँस लेकर दोनों हाथ वक्ष (सीने) के पास नमस्कार की मुद्रा में जोड़ें। साँस अंदर लेते वक्त छाती को फुलायें। पीठ सीधी रहे। साँस छोड़ें, पेट को अंदर खींचें।

२) फिर से साँस लें। दोनों हाथों को ऊपर उठाते जायें। हाथों को जितना हो सके, उतना पीछे की ओर ले जायें। घुटने मिले हुए न हों।

क्र.२

३) साँस छोड़कर, नीचे झुककर हाथों को दोनों पैर के अँगूठे की रेखा में नीचे जमीन पर टिका दें, सिर घुटने पर लगायें (यदि यह संभव न हो तो जितना झुक सकते हैं उतना झुकें। साँस छोड़ते वक्त पेट अंदर कर लें)।

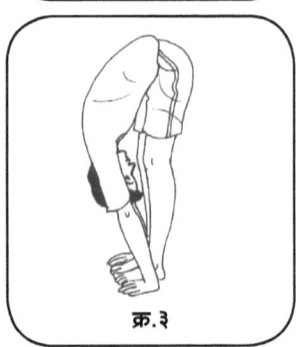

क्र.३

४) साँस लेकर बायाँ पैर पीछे करें, नजर ऊपर रखें और घुटना जमीन पर टिका दें। दायाँ पैर दोनों हाथों के बीच में रहे। सामने दिये गये चित्र अनुसार सूर्य नमस्कार की क्रियाएँ जारी रखें।

क्र.४

५) साँस छोड़ते हुए दायाँ पैर भी पीछे करें। कुछ क्षण सामान्य साँस चलने दें।

क्र.५

६) अब वक्ष (सीना), माथा और घुटने जमीन पर टिका दें। पेट थोड़ा ऊपर उठा होना चाहिए। इस आसन में थोड़ी देर रहें। साँस सहज चलती रहे।

क्र.६

७) साँस लेकर कमर से ऊपर का भाग उठायें। गरदन जितनी हो सके पीछे की तरफ करें, घुटने जमीन पर ही रखें।

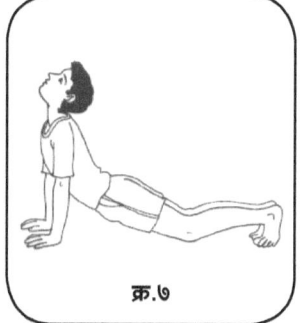

क्र.७

८) साँस छोड़ते समय शरीर को पीछे की तरफ ले जाकर एड़ी जमीन पर टिका दें। गरदन को नीचे की तरफ लेकर कंठ पर दबायें।

क्र.८

९) साँस लेकर बायाँ पैर दोनों हाथों के बीच में रखें। जिस तरह चौथे कदम में ले गये थे।

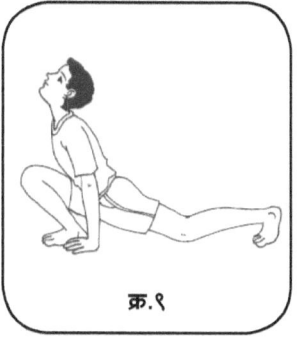

क्र.९

१०) साँस छोड़कर दायाँ पैर बायें पैर के पास रखें, सीधे होकर सिर घुटनों को लगायें। अपनी कोहनियों और कंधों को ढीला रखें।

क्र.१०

११) अब सीधे होकर दोनों हाथों को साँस लेते हुए ऊपर उठायें। हाथ जितने हो सके उतने पीछे की ओर ले जायें। जिस तरह दूसरे कदम में ले गये थे।

क्र.११

१२) फिर साँस लेते-लेते सीधे खड़े हो जायें। जिस तरह पहले कदम में खड़े थे। इस तरह आपके सूर्य नमस्कार का एक चक्र पूरा हुआ। कुछ क्षण साँस लेते-छोड़ते इसी मुद्रा में रहें। फिर दूसरा चक्र शुरू करें।

क्र.१२

इस तरह प्रतिदिन कम से कम १२ सूर्यनमस्कार करने का अभ्यास करें। सूर्यनमस्कार में साँस पर ध्यान देना अत्यंत आवश्यक है। साँस को कब लेना, कब छोड़ना, कब रोककर रखना, यह हर दिन के अभ्यास से पता चलेगा। शुरुआत तीन सूर्यनमस्कार से करें, अनुभव के साथ सूर्यनमस्कार चक्र बढ़ाते जायें। अपनी शक्ति के अनुसार सूर्यनमस्कार बढ़ाकर अभ्यास कर सकते हैं।

सूर्यनमस्कार करने के बाद कमर के बल लेट जायें। पूरे शरीर को ढीला छोड़ दें। आँखें बंद रखकर विश्राम लें। साँस को अपने ढंग से चलने दें।

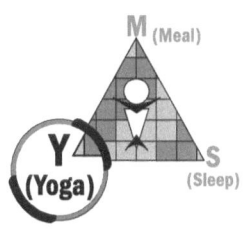

प्राणायाम

ए.ई.आय.ओ.यू.

आपके आस-पास पड़ी हुई छोटी-छोटी चीजों में भी कई आश्चर्य हैं। आपकी साँस चलना भी एक आश्चर्य है।

12 प्राणायाम का शाब्दिक अर्थ है, 'प्राण का आयाम ।' इस आयाम का अर्थ केवल वायु नहीं बल्कि बहुत व्यापक है।

प्राणायाम से शरीर की सभी कोशिकाओं को नवजीवन प्राप्त होता है इसलिए कहा गया है कि शरीर की हर कोशिका को स्वास्थ्य प्रदान करने हेतु प्राणायम अत्यावश्यक है।

इंसान के पाँच तरह के शरीर होते हैं १) स्थूल शरीर २) प्राणमय शरीर ३) मनमय शरीर ४) विज्ञानमय शरीर और ५) विवेकमय शरीर। इंसान का दूसरा शरीर जिसे प्राणमय शरीर कहा गया है, वह है हमारी साँसें। इस शरीर को स्वस्थ रखने के लिए चाहिए प्राणायाम। प्राणमय शरीर को धूल, धुआँ, दुर्गंध इत्यादि बरदाश्त नहीं होता। जैसे आपने एक अगरबत्ती जलायी हो और उसे जलाये रखने के लिए ऑक्सीजन की जरूरत है तो वह ऑक्सीजन अगरबत्ती के लिए प्राणमय शरीर है और बाकी जो उसकी डंडी पर लगा सुगंधी मिश्रण है, वह उसकी उम्र है।

हमें पता नहीं कि साँस में कितनी शक्ति है क्योंकि यह अन्नमय और मनमय शरीर को जोड़नेवाली बायो-एनर्जी है, जिसकी वजह से हम जिंदा हैं। यह हमारा पासपोर्ट है, जो हमें बताता है कि हम इतने साल जिंदा रह सकते हैं। तो क्या हम यह जानते हैं कि हमारी साँस सही ढंग से चल रही है या नहीं...?

उदा. जैसे किसी इंसान को एक करोड़ साँसें दी गयी हों तो वह जितनी जल्दी उसे खतम करेगा, उतनी ही जल्दी उसकी आयु कम होगी इसलिए यह जानना बहुत

जरूरी है कि हम किस तरह साँस लेते हैं क्योंकि कई लोग ऐसे हैं, जिन्हें यह भी मालूम नहीं कि वे ठीक ढंग से साँस ले भी रहे हैं या नहीं। जैसे साँस लेते वक्त पेट बाहर आना चाहिए या अंदर जाना चाहिए। वे गलत तरीके से साँस लेते हैं और फेफड़ों का इस्तेमाल १० प्रतिशत भी नहीं करते। सही साँस लेते वक्त पेट ऊपर उठना चाहिए और साँस छोड़ते वक्त पेट अंदर जाना चाहिए। हर एक अपनी साँस को ऊपर दी गयी जानकारी से जाँचे।

प्राणमय शरीर को स्वस्थ रखने के लिए प्राणायाम, ओम्, सोहम्, वॉव्हल ब्रिदींग-ए, ई, आय, ओ, यू (A, E, I, O, U) भस्त्रिका, कपालभाति, अनुलोम विलोम इत्यादि का योग्य मार्गदर्शन लेकर अभ्यास करें। प्राणायाम यानी साँस को किसी विशेष समय तक रोकना, लेना और छोड़ना। प्राणायाम द्वारा शरीर की ऊर्जा को गति मिलती है। आपने देखा होगा कि जब आप कोई वजन उठाते हैं तो पहले साँस अंदर भरते हैं, फिर साँस को रोकते हैं और फिर वजन उठाते हैं। इस तरह वजनदार चीज भी हलकी लगती है। लंबी सीढ़ी भी छोटी लगती है। जो लोग इसे सही ढंग से समझ पाते हैं, वे अपने शरीर से ज्यादा काम करवा पाते हैं।

प्राणायाम शुरू करने से पहले कुछ आवश्यक जानकारी :

१) प्राणायाम करनेवाले साधक को प्राणायाम के महत्त्वपूर्ण अंग समझ लेने जरूरी हैं। जैसे कि प्राणायाम करने की विधि, किस प्राणायाम से कौन से लाभ मिलते हैं, पूरक, रेचक, कुंभक शब्दों का अर्थ। 'पूरक' यानी साँस अंदर लेना। 'रेचक' यानी साँस बाहर छोड़ना। 'कुंभक' यानी साँस को रोककर रखना।

२) प्राणायाम सदा हवादार, सात्विक और खुले स्थान पर करना चाहिए।

३) प्राणायाम के लिए सिद्धासन, वज्रासन, पद्मासन या सुखासन में (पालथी मारकर) बैठना उचित है। जरूरत पड़ने पर कुर्सी पर भी बैठा जा सकता है।

४) बैठने के लिए कंबल, चटाई, चद्दर का इस्तेमाल करें। खुले, ठंढे फर्श पर न बैठें।

५) साँस सदा नासिका से ही लेनी चाहिए। इससे साँस छनकर (फिल्टर होकर) अंदर जाती है। इससे शरीर का तापमान व्यवस्थित व स्थिर रहता है और दूषित तत्त्व, किटाणु, धूल के कण इत्यादि शरीर के अंदर न जाकर नासिका के छिद्रों में ही रुक जाते हैं।

६) खाली पेट योगासन व प्राणायाम करना चाहिए यानी सुबह मल त्याग, स्नान इत्यादि करने के बाद प्राणायाम करना चाहिए। प्राणायाम के पश्चात यदि

स्नान करना हो तो १५-२० मिनट बाद कर सकते हैं। शाम को प्राणायाम करने के लिए भी कम से कम ४ घंटे पहले भोजन कर लेना चाहिए।

७) हठपूर्वक व ताकत लगाकर प्राणायाम न करें। शुरुआत में ५ से १० मिनट ही अभ्यास करें तथा धीरे-धीरे समय बढ़ाते हुए आधे घंटे तक ले जायें या उतना ही बढ़ायें, जितना रोज कर सकते हैं। हमेशा नियमित समय व संख्या (साइकिल) में अभ्यास करें, कम या ज्यादा न करें। कुछ दिनों के बाद थोड़ा समय बढ़ायें।

८) यदि सुबह उठकर पेट साफ न हो तो रात में त्रिफला चूर्ण गरम पानी के साथ लें। कुछ दिन कपालभाति प्राणायाम करने के बाद कब्ज स्वतः ही दूर होने लगेगी।

९) प्राणायाम करते समय मन शांत तथा प्रसन्न रखें। प्राणायाम करने से भी मन शांत, प्रसन्न तथा एकाग्रचित्त होने लगता है।

१०) कुछ प्राणायामों से शरीर में गर्मी बढ़ती है तो कुछ प्राणायामों से शरीर में ठंढक बढ़ती है और कुछ प्राणायाम सामान्य होते हैं। गर्मियों में प्राणायाम की अवधि सामान्य अवधि से थोड़ी कम रखी जा सकती है उदा. कपालभाति प्राणायाम। ऐसे प्राणायाम ठंढियों में अत्यंत लाभकारी हैं, इनकी अवधि बढ़ायी जा सकती है। उसी तरह जो प्राणायाम ठंढक बढ़ायें वे सर्दियों में कम करें उदा. शितली प्राणायाम।

११) प्राणायाम करते हुए थकान महसूस हो तो दूसरा प्राणायाम शुरू करने से पहले ५-६ लंबी साँसें लेकर विश्राम कर लें।

१२) बीमार, गर्भवती महिला, भूख से विचलित और ज्वर से ग्रस्त रोगी को प्राणायाम नहीं करना चाहिए।

१३) प्राणायाम के लिए भोजन सात्विक, पोषक और चिकनाई युक्त हो। दूध एवं फलों का प्रयोग हितकारी है। वात, कफ, पित्त दोष अनुसार आदर्श भोजन का चयन करें।

१४) मन को शांत करने के लिए ईश्वर के नाम का उच्चारण, शुभ विचार, हलका व मधुर संगीत सुनना, प्राणायाम से पहले लाभकारी है।

१५) विधि का पूर्ण लाभ लेने के लिए प्राणायाम के अभ्यास काल में पीठ, गरदन, सीना, सदा सीधा रखकर बैठें। जब भी आप प्राणायाम करें, आपकी रीढ़ की हड्डी सीधी होनी चाहिए, इसके लिए आप किसी भी ध्यानात्मक आसन में बैठ जायें। सभी प्रकार के प्राणायामों के अभ्यास से पूर्ण लाभ उठाने के

लिए कुछ सकारात्मक व प्रेरणा देनेवाले पंक्तियों पर मनन करना उपयुक्त है।

१६) योग्य व अनुभवी आचार्य के मार्गदर्शन से प्राणायाम, योगासन सीखने चाहिए।

१७) कुछ हलके-फुलके व्यायाम *(देखें पृ.सं.६५)* करने के बाद प्राणायाम करने से साँस अंदर-बाहर लेना ज्यादा सहज लगता है इसलिए कुछ योगा अभ्यास के बाद प्राणायाम करें तो ज्यादा लाभ मिल सकता है।

प्राणायाम की शुरुआत :

सुबह, शाम खुली हवा में गहरी साँस लें। इस प्रक्रिया में मुँह बंद रखकर नाक से धीरे-धीरे साँस खींचते हुए गहरी साँस भरें। इस तरह पेट का भाग ऊपर न उठे और साँस फेफड़ों में भरने के बाद, दोनों पसलियों की ओर फैले।

हर साँस को जितनी देर आसानी से रोक सकते हैं, उतनी देर रोकें। फिर थोड़ा सा मुँह खोलकर साँस को धीरे-धीरे तब तक बाहर निकालते रहें, जब तक कि फेफड़े खाली न हो जायें। इस अभ्यास को प्रति दिन ५ बार से शुरू करके धीरे-धीरे १५ तक ले जायें। यदि आप नियमित रूप से सैर के लिए नहीं निकल सकते तो गहरी साँस लेने का यह प्राणायाम आपके लिए अत्यंत आवश्यक है। इसमें कोई भी कठिनाई नहीं है।

वृद्ध, अपंग और रोगी व्यक्ति भी लेटे-लेटे यह प्राणायाम कर सकते हैं। इसके नियमित अभ्यास से फेफड़ों के रोग ठीक होते हैं।

नीचे दो महत्त्वपूर्ण प्राणायाम दिये जा रहे हैं। इन्हें नियमित रूप से करने पर कई बीमारियाँ ठीक हो सकती हैं।

१. स्वर प्राणायाम (वॉवल ब्रीदिंग) :

इस प्राणायाम में अंग्रेजी के वर्णमाला से पाँच स्वर अक्षरों का उच्चारण किया जाता है।

a (ए), e (ई), i (आय), o (ओ), u (यू)

विधि :

१) सुखासन (पालथी मारकर), शुद्ध हवा में बैठ जायें।

२) दो से तीन लंबी गहरी साँसें लेकर धीरे-धीरे छोड़ें। यह इस प्राणायाम की पूर्व तैयारी है।

३) अब नाक से लंबी साँसें लेकर मुँह से 'ए' का उच्चारण करते हुए साँस को छोड़ते रहें। जब तक पूरी साँस बाहर नहीं निकल जाती तब तक 'ए' का उच्चारण जारी रखें। इस क्रिया को तीन बार दोहरायें। इससे मुँह और नाक

के ऊपरी हिस्सों में लाभ पहुँचता है।

४) दो-तीन सामान्य साँसें लेकर एक लंबी साँस लें। अब मुँह से 'ई' का उच्चारण करते हुए साँस को छोड़ते रहें। जब तक पूरी साँस बाहर नहीं निकल जाती तब तक 'ई' का उच्चारण जारी रखें। इस क्रिया को तीन बार दोहरायें। इससे गले के हिस्सों में लाभ पहुँचता है।

५) दो-तीन सामान्य साँसें लेकर फिर से एक लंबी साँस लें। इस बार मुँह से 'आय' का उच्चारण करते हुए साँस को छोड़ते रहें। जब तक पूरी साँस बाहर नहीं निकल जाती तब तक 'आय' का उच्चारण जारी रखें। इस क्रिया को तीन बार दोहरायें। इससे समस्त शरीर के रक्त प्रवाह में असरकारक परिणाम प्राप्त होते हैं।

६) अब दो-तीन सामान्य साँसें लेकर फिर से एक लंबी साँस लें। अब मुँह से 'ओ' का उच्चारण करते हुए साँस को छोड़ते रहें। जब तक पूरी साँस बाहर नहीं निकल जाती तब तक 'ओ' का उच्चारण जारी रखें। इस क्रिया को तीन बार दोहरायें। इससे फेफड़ों की शक्ति बढ़ती है।

७) फिर से दो-तीन सामान्य साँसें लेकर एक लंबी साँस लें। अब मुँह से 'यू' का उच्चारण करते हुए साँस को छोड़ते रहें। जब तक पूरी साँस बाहर नहीं निकल जाती तब तक 'यू' का उच्चारण जारी रखें। इस क्रिया को तीन बार दोहरायें। इससे पेट के हिस्सों में लाभ पहुँचता है।

नोट : इस प्राणायाम से पूर्ण प्राणायाम के थोड़े लाभ मिलते हैं। कम से कम यह प्राणायाम रोज करें। ज्यादा लाभ लेने के लिए बाकी प्राणायाम भी जरूर करें। ए, ई, आय, ओ, यू एक साथ एक के बाद एक उच्चारण करके इसे उसी क्रम में तीन बार भी दोहरा सकते हैं।

२. कपालभाति प्राणायाम :

कपालभाति का अर्थ होता है चेहरे का तेज। कपाल का अर्थ है ललाट या माथा और भाति का अर्थ होता है तेज (आभा)। जिस प्राणायाम को करने से माथे पर आभा, ओज व तेज बढ़ता हो, वह प्राणायाम कपालभाति कहलाता है। इस प्राणायाम की विधि भस्त्रिका से थोड़ी अलग है।

विधि :

१) भस्त्रिका में रेचक (साँस छोड़ना) व पूरक (साँस अंदर लेना), लगभग समान रूप में किये जाते हैं, जबकि कपालभाति प्राणायाम में मात्र रेचक अर्थात साँस को शक्ति पूर्वक बाहर छोड़ने में ही पूरा ध्यान दिया जाता है।

२) इस प्राणायाम में पहले अंदर भरी हुई सारी साँस को नाक द्वारा बाहर फेंकें। इस तरह अपना ध्यान साँस छोड़ने पर ही लगायें। साँस अंदर भरने के लिए कोई प्रयत्न न करें। सहज रूप से जितनी साँस अंदर चली जाती है, जाने दें और फिर से साँस छोड़ें।

३) पूरी एकाग्रता से साँस को बाहर छोड़ते रहें। हर बार साँस छोड़ते ही कुछ हवा शरीर द्वारा अंदर ले ली जायेगी लेकिन आप फिर से साँस को बाहर निकाल दें। ऐसा करते हुए स्वाभाविक रूप से पेट के अंदर खिंचाव की क्रिया होती है, जिसमें मूलाधार चक्र (नाभि के नीचे) तथा पेट के ऊपर विशेष बल पड़ता है। इस प्राणायाम को कम से कम ३ से ५ मिनट तक अवश्य ही करें।

४) कपालभाति प्राणायाम करते समय मन में ऐसे विचार करने चाहिए कि 'साँस को बाहर छोड़ते समय मेरे शरीर के सारे रोग बाहर निकल रहे हैं और विलीन हो रहे हैं।' जिसे जो शारीरिक रोग हो, उस दोष या विकार (काम, क्रोध, लोभ, मोह, ईर्ष्या, द्वेष, आदि) को बाहर छोड़ने के बहाने रेचक (साँस बाहर) करना चाहिए। इस प्रकार अपने रोगों तथा मानसिक विकारों के नष्ट होने का विचार मन में रखें।

सूचनाएँ :

१. तीन मिनट से प्रारंभ करके पाँच मिनट तक इस प्राणायाम का अभ्यास करें।

२. शुरू में कपालभाति प्राणायाम करते हुए जब-जब थकान अनुभव हो तब-तब बीच में विश्राम कर लें।

३. एक से दो महीने के अभ्यास के बाद इस अभ्यास को पाँच मिनट तक किया जा सकता है। अनुभवी योग शिक्षक की अनुमति से ही समय बढ़ायें।

४. इस प्राणायाम से शुरू में आपको पेट या कमर में दर्द हो सकता है लेकिन वह धीरे-धीरे अपने आप मिट जाता है।

५. गर्मी के दिनों में पित्त प्रकृतिवाले लोग इसे दो मिनट से ज्यादा न करें।

६. जिन्हें कमर दर्द की शिकायत हो, वे यह प्राणायाम न करें।

लाभ :

१. इस प्राणायाम से मस्तिष्क व चेहरे पर तेज, आभा व सौंदर्य बढ़ता है।

२. समस्त कफकारक रोग, दमा, साँस, एलर्जी, साइनस आदि विकार नष्ट होते हैं।

३. हृदय, फेफड़ों व मस्तिष्क के समस्त रोग दूर हो जाते हैं।

४. मोटापा, मधुमेह, गैस, किडनी से संबंधित सभी रोग कम हो जाते हैं।

५. कब्ज जैसे पुराने रोग इस प्राणायाम को नियमित रूप से लगभग पाँच मिनट तक प्रतिदिन करने से मिट जाते हैं।

६. ह्रदय की शिराओं (रक्त वाहिनियों) में आये हुए अवरोध (रुकावटें) खुल जाते हैं।

७. मन स्थिर, शांत व प्रसन्न रहता है। नकारात्मक विचार नष्ट होते जाते हैं। जिससे निराशा व व्याकुलता से छुटकारा मिलता है।

८. इस प्राणायाम को करने से आमाशय, पेन्क्रियाज, आँत, प्रोसटेट का आरोग्य विशेष रूप में बढ़ता है। पेट की बीमारियों पर इस प्राणायाम से ज्यादा असर होता है। पेट की तकलीफें इस प्राणायाम को करते ही कम होते देखी गयी हैं।

यदि आप अन्य प्राणायाम के प्रकार भी सीखना चाहते हैं तो भाग २५ में उन प्राणायामों की विधि दी गयी हैं, उन्हें पढ़कर प्राणायाम का पूरा लाभ लें।

अपनी काया पहचानें

वात, कफ, पित्त (वी.के.पी.)

जो समस्या हमें मार ही नहीं डालती, वह हमें और भी मजबूत करती है। रोग के सही निदान से हम पहले से ज्यादा तंदुरुस्त और मजबूत होकर उठते हैं।

13 भोजन और आयुर्वेद (आयु+वेद उम्र बढ़ाने का ज्ञान) :

सूरज की रोशनी पृथ्वी पर कहीं कम तो कहीं ज्यादा मात्रा में पड़ती है। कहीं बारिश ज्यादा पड़ती है तो कहीं अकाल भी पड़ता है। प्रकृति के इस नियम की वजह से हर देश में अलग-अलग मौसम होते हैं। कहीं पर चार तो कहीं पर तीन मुख्य मौसम होते हैं :

१) गरमी २) जाड़ा (ठंढ) और ३) बरसात

हर मौसम वात, पित्त तथा कफ प्रकृतिवाले लोगों के स्वास्थ्य के अनुकूल नहीं होता। उदा. ठंढ और बारिश का मौसम, कफ प्रकृति के लोगों के लिए कफ दोष बढ़ाता है। इस कारण वे सर्दी, खाँसी, दमा इत्यादि रोगों से पीड़ित हो जाते हैं।

प्रकृति ने इस समस्या के समाधान के लिए मौसमी फल बनाये हैं। हर मौसम में होनेवाले रोगों को ठीक करने के लिए उसी मौसम में कुछ फल ज्यादा मात्रा में पैदा होते हैं। इंसान यदि इन फलों को सूझ-बूझ के साथ अपनी प्रकृति को (वात, पित्त, कफ) जानकर, सही मात्रा में ग्रहण करे तो वह थोड़े ही प्रयास से उच्च स्वास्थ्य प्राप्त कर सकता है।

स्वास्थ्य का अर्थ किसी एक मौसम में स्वस्थ रहना नहीं है बल्कि तीनों मौसम में संतुलित रहना है।

भोजन और आयुर्वेद :

यह सही है कि हमें हमारे शरीर की आवश्यकतानुसार (वात, पित्त, कफ) भोजन ग्रहण करना चाहिए किंतु एक परिवार में सभी की प्रकृति के अनुसार अलग-अलग भोजन तैयार नहीं किया जा सकता। व्यवहारिक रूप से यह मुमकिन भी नहीं है। भारतीय भोजन में यह खूबी है कि इससे त्रिदोषों को संतुलित किया जा सकता है। हमारे भोजन में हम जो मसाले (जैसे - हींग, जीरा, हल्दी, लहसुन, अदरक, राई, मेथी इत्यादि) इस्तेमाल करते हैं, वे त्रिदोषों को संतुलित करते हैं इसलिए ऐसा भोजन सभी ग्रहण कर सकते हैं। हाँ, इस बात का ध्यान रखें कि दही, फल इत्यादि हम अपने शरीर की प्रकृति अनुसार ही ग्रहण करें।

संतुलित भोजन इंसान की आयु बढ़ाता है। जो ज्ञान लंबी उम्र का उपाय बताता हो, उसे आयुर्वेद (आयु+वेद) कहते हैं। इस ज्ञान के अनुसार इंसान को तीन मुख्य प्रकृतियों (दोषों) में विभाजित किया गया है।

१) वात प्रकृति दोष

२) पित्त प्रकृति दोष

३) कफ प्रकृति दोष

कुछ लोग एक दोष से, कुछ लोग दो दोषों से तो कुछ लोग तीन दोषों से पीड़ित होते हैं। ये इस प्रकार हैं :-

४) वात-पित्त दोष

५) वात-कफ दोष

६) पित्त-वात दोष

७) पित्त-कफ दोष

८) कफ-वात दोष

९) कफ-पित्त दोष

१०) त्रिदोषी (वी.के.पी.)

इस तरह आपने देखा कि कुल दस तरह के शरीर होते हैं। इनमें से सबसे ज्यादा तकलीफ दसवें प्रकार के लोगों को होती है क्योंकि उन्हें तीनों दोषों को (वात-कफ-पित्त) संतुलित करना (साधना) पड़ता है। इनके बाद दो दोषोंवाले लोग

होते हैं, जिनमें वात-पित्त प्रकृतिवाले शरीरों को ज्यादा सजग रहना पड़ता है। इनके बाद एक दोषवाले इंसान आते हैं। इन्हें अपने शरीर के एक दोष को सँभालना पड़ता है यानी उस दोष को बढ़ानेवाले पदार्थों (अनाज, मसाले और फलों) से परहेज करना पड़ता है। तथा उस दोष को कम करनेवाले पदार्थों का सेवन करना होता है। इनमें वात प्रकृति के लोगों को ज्यादा सजग होने की आवश्यकता है। स्वास्थ्य प्राप्ति के लिए सबसे पहले आपको अपनी काया को पहचानना चाहिए। आपकी काया ऊपर दिये गये दस प्रकारों में से कौन से प्रकारों में आती है, यह जाँच लें और नीचे दिये गये मार्गदर्शन अनुसार अपनी काया को पहचान लें। उसके बाद उन दोषों को कम करनेवाले पदार्थों का ज्ञान प्राप्त करें तथा उन दोषों को बढ़ानेवाले खाद्य पदार्थों, मसालों तथा फलों से परहेज करें। यह सदा याद रखें कि 'इलाज से ज्यादा परहेज बेहतर है।'

अपनी काया पहचानें 'Know Thy MSY' **- वात :**

वात (वायु) 'V' चंचल, उत्साही, अनियमित शरीर

१) वात दोषयुक्त काया चंचल व फुर्तिली होती है।

२) इस तरह की काया में उतावलापन व जल्दबाजी का पैटर्न (स्वभाव) होता है।

३) इस तरह की काया रखनेवाले लोग तेजी से बोलते हैं। यदि आप ऊपर दिये गये स्वभाव के हैं तो इसकी पूरी संभावना है कि आप वात दोष प्रकार की देह रखते हैं या वात-पित्त प्रकार में आते हैं।

४) वात प्रकृति के लोग नयी बात जल्दी सीख लेते हैं तथा वह बात जल्दी भूल भी जाते हैं।

५) वात, लोगों में उत्साह व ताजगी भर देता है लेकिन साथ में उन्हें मूडी व मन-मौजी भी बना देता है।

६) वात दोष बढ़ते ही ये लोग अपने अंदर चिड़चिड़ापन महसूस करते हैं। ये जल्दी तनाव पकड़ लेते हैं और चिंतित हो उठते हैं।

७) वात प्रकृति के लोग कल्पनाशील, ज्यादा अधीरता दर्शानेवाले और बातूनी भी हो सकते हैं।

८) ऊपर लिखी गयी बातों की वजह से इन्हें नींद आने में दिक्कत रहती है। इन्हें जल्दी नींद नहीं आती या इनकी नींद कच्ची रहती है।

९) वात दोषयुक्त काया में सदा अनियमितता रहती है। ये खाने का समय, आराम व नींद का समय बदलते रहते हैं।

१०) वात दोषयुक्त काया में कब्ज की शिकायत ज्यादा रहती है तथा इनके हाथ पैर ठंढे रहते हैं। यदि आपके जीवन में नियमितता नहीं है और हाथ पैर ठंढे व कब्ज जल्दी होती है, ठंढा मौसम आपको तकलीफ देता है तो आप वात प्रकृति की काया या वात-कफ काया रखते हैं। इस दोषयुक्त काया में पाचन शक्ति मंद होती है।

११) वात दोषयुक्त काया की त्वचा रूखी, शुष्क व सूखी रहती है। उनके बाल भी रूखे-रूखे रहते हैं।

१२) वात दोषयुक्त काया के मुँह का स्वाद बिगड़ता रहता है, उनके शरीर की रक्त वाहनियाँ (शिराएँ) उभरी हुई रहती हैं। उनके नाखूनों में भी रूखापन होता है।

१३) वात दोषयुक्त काया में अकड़न जल्दी होती है।

१४) काम का दबाव बढ़ते ही वे जल्दी व्याकुल हो जाते हैं।

ऊपर दिये गये लक्षणों में से यदि अधिकांश लक्षण आपकी काया के हैं तो आप वात दोषयुक्त काया रखते हैं। भाग १९ में अपने दोष को संतुलित करने के लिए क्या खायें और क्या न खायें, क्या करें और क्या न करें, यह जरूर पढ़ें।

अपनी काया पहचानें 'Know Thy MSY' - कफ :
कफ (जल) 'K' शांत, मधुर, धीरे काम करनेवाले

१) कफ दोषयुक्त काया वात के विपरीत (अलग) इत्मीनान से कार्य करनेवाली होती है। यह काया आसानी से तनावग्रस्त नहीं होती।

२) कफ दोषयुक्त काया शांत व शीतल होती है, इन्हें क्रोध जल्दी नहीं आता। इन्हें ठंढा व नम मौसम परेशान करता है।

३) कफ दोषयुक्त काया का आकार विशाल होता है, ये धीमी लेकिन नपी-तुली चाल से चलते हैं। यदि आप में इस तरह के गुण पाये जाते हैं तो आप कफ प्रकृति की काया रखते हैं।

४) कफ दोषयुक्त कायावाले लोग सुबह जल्दी नहीं उठ पाते। उनका दिन देरी से शुरू होता है लेकिन देर रात तक ये काम कर सकते हैं। उनकी ऊर्जा का

स्तर देर तक बरकरार रहता है।

५) ये लोग क्षमाशील, स्नेहमयी व मधुर स्वभाव के होते हैं तथा इनकी सहन शक्ति ज्यादा होती है।

६) इनके जीवन में नियमितता, स्थिरता रहती है। इनके शरीर का वजन जल्दी बढ़ जाता है। इनका पाचन मंद होता है और वे भारीपन महसूस करते हैं।

७) इनकी त्वचा चिकनी (तेलयुक्त), नर्म व साफ होती है तथा आँखें साफ रहती हैं।

८) कफ दोषयुक्त काया के बाल घने, काले व लहरदार होते हैं।

९) कफ दोषयुक्त कायावाले लोग देरी से सीखते हैं लेकिन लंबे समय तक याद रखते हैं। Slow and Steady.

१०) कफ प्रकृति के इंसान चाहे निर्णय देरी से लेते हैं लेकिन उनके द्वारा लिए गये निर्णय पक्के होते हैं।

११) कफ दोषयुक्त काया में अस्थमा, नाक बंद रहना, कफ, सर्दी, जुकाम, एलर्जी, साइनस की तकलीफें जल्दी होने की संभावना रहती है।

१२) इन्हें गहरी नींद आती है। इन्हें कम से कम ८ घंटे की नींद चाहिए।

१३) ये लोग बिना खाना खाये, वात, पित्त के मुकाबले कुछ समय आसानी से रह सकते हैं।

१४) इनमें जमा करने की प्रवृति (आदत) होती है। कफ दोषयुक्त काया में चरबी जल्दी जमा होती है।

१५) कफ दोषयुक्त काया के मुँह में मीठापन तथा अधिक लार आना, भारीपन, निद्रा और सर्दी के लक्षण रहते हैं।

ऊपर दिये गये लक्षणों में से यदि अधिकांश लक्षण आपकी काया के हैं तो आप कफ दोषयुक्त काया रखते हैं। भाग २० में अपने दोष को संतुलित करने के लिए क्या खायें और क्या न खायें, क्या करें और क्या न करें, यह जरूर पढ़ें।

अपनी काया पहचानें 'Know Thy MSY' **– पित्त :**

पित्त गरम, 'P' जोशीली, ठंढ प्रेमी, आलोचक काया

१) पित्त दोषयुक्त काया के लोग संकल्प शक्तिवान होते हैं। इस कारण लोग

उन्हें अड़ियल व जिद्दी समझ लेते हैं।

२) इन्हें क्रोध जल्दी आता है और ये शांत भी जल्दी हो जाते हैं।

३) इनके काम करने की क्षमता ज्यादा होती है। ये नेतृत्व करने की कला तथा पहल करने का गुण रखते हैं।

४) इनके चेहरे पर तेज तथा त्वचा में लालिमा होती है। इनकी त्वचा भी बातचीत (Communication) करती है।

५) पित्त दोषयुक्त काया की हथेलियाँ गीली व गरम (पसीनेदार) होती हैं। यदि ऊपर दिये गये सारे गुण आपकी काया में हैं तो आप एक पित्त प्रधान देह रखते हैं।

६) ये लोग गर्मी में बेचैन रहते हैं। इनका पित्त असंतुलित हो जाता है। इन्हें जल्दी पसीना आता है। चेहरे पर मुँहासे, फुंसियाँ निकल आती हैं।

७) इन्हें भूख ज्यादा लगती है। ये लोग उपवास रखने में बहुत कठिनाई महसूस करते हैं। इनकी पाचन शक्ति तीव्र होती है।

८) ये लोग खाने में विलंब बरदाश्त नहीं कर पाते। इनकी भूख तेज होती है। ये एक वक्त में ज्यादा खाना खा सकते हैं।

९) इनके बाल पतले, सीधे व भूरे होते हैं। बालों के जल्दी सफेद या गिरने की संभावना होती है। यदि पित्त को संतुलित नहीं किया गया तो चेहरे पर झुर्रियाँ तथा शरीर से दुर्गन्ध भी जल्दी आ सकती है।

१०) इनमें कब्ज से ज्यादा दस्त होने की संभावना रहती है।

११) ये अधीर होते हैं और बातों के विवरण में ज्यादा जाते हैं।

१२) मसालेदार खाने इन्हें बरदाश्त नहीं होते और इसलिए ये पेट व सीने में जलन महसूस करते हैं।

१३) पित्त दोषयुक्त काया के लोग चुनौतियाँ आसानी से स्वीकार करते हैं।

१४) ऐसे लोग दूसरों की या अपनी आलोचना जल्दी करते हैं इसलिए दूसरों को अपना दुश्मन भी जल्दी बना लेते हैं।

१५) इन्हें ठंढी का मौसम व ठंढी चीजें जैसे कि आइस्क्रीम इत्यादि ज्यादा पसंद है। यदि ये सारे या इनमें से अधिकांश लक्षण आप में हैं तो आप पित्त

दोषयुक्त काया रखते हैं।

ऊपर दिये गये लक्षणों में से यदि अधिकांश लक्षण आपकी काया के हैं तो आप पित्त दोषयुक्त काया रखते हैं। भाग २१ में अपने दोष को संतुलित करने के लिए क्या खायें और क्या न खायें, क्या करें और क्या न करें, यह जरूर पढ़ें।

यदि आप में ज्यादा लक्षण कफ के हैं, थोड़े वात के हैं तो आप कफ-वात दोष की काया रखते हैं। इस तरह सभी दोषों के लक्षण पढ़कर अपनी काया की पहचान करें। यह पहचान आपके योग्य-आरोग्य का पहला कदम होगा।

रोग यानी असंतुलन :

वात : वात- हवा और आकाश का मिला-जुला रूप है। यह हमारी शारीरिक, मानसिक और ज्ञानेन्द्रियों की क्रियाशीलता के लिए जिम्मेदार है।

पित्त : पित्त- अग्नि और पानी का मिला-जुला रूप है। यह शरीर में गर्मी, ऊर्जा, पाचन की क्रिया के लिए जिम्मेदार है।

कफ : कफ- पृथ्वी और पानी का मिला-जुला रूप है। यह शारीरिक बनावट एवं द्रव्यों के संतुलन के लिए जिम्मेदार है।

वात की विशेषता है- रूखापन, सूखापन। पित्त की विशेषता है- गर्मी (अग्नि) और कफ की विशेषता है- भारीपन। अत: जब भी हम शरीर में रूखापन महसूस करते हैं तब वात दोष अधिक होता है, जिससे त्वचा और बाल रूखे हो जाते हैं। शरीर के अंदर रूखापन आने के कारण कब्ज की शिकायत होती है।

जब शरीर में पित्त दोष बढ़ता है तब हम गर्मी का अनुभव करते हैं। जब शरीर में अत्यधिक भारीपन होता है तब कफ दोष अधिक होता है, जिस वजह से आलस्य, मोटापा इत्यादि उत्पन्न होता है।

ये तीनों दोष, एक साथ कार्य करके शरीर को सुदृढ़ और स्वस्थ रखते हैं परंतु इन तीनों के कार्य में असंतुलन हो जाय तो विकार (रोग) उत्पन्न होते हैं। यह असंतुलन हमारी गलत जीवन-शैली व खान-पान से उत्पन्न होता है। यदि हम अपनी प्रकृति के अनुसार खान-पान रखें तो रोग उत्पन्न न होंगे।

तीन दोष यदि पूरी तरह से संतुलित हैं तो इंसान स्वास्थ्य का वरदान पाता है। यदि ये तीन दोष असंतुलित हैं तो कई तरह के रोग शरीर पर प्रकट होते हैं। जिनका असर मन पर भी गहराई से होता है। उदा. यदि वात दोष बढ़ जाता है तब

शरीर में वायु (ऐसिडिटी) बढ़ने के साथ-साथ बेचैनी भी बढ़ जाती है। इस दोष के ठीक होते ही बेचैनी दूर हो जाती है।

हर इंसान को अपने शरीर के दोष को जान लेना चाहिए कि वह वात प्रकृति, पित्त प्रकृति या कफ प्रकृति का है। हो सकता है वह वात-पित्त, पित्त-कफ या वात-कफ प्रकृति का हो। इस जानकारी को प्राप्त करके यह जान लेना है कि कौन सा आहार, कौन से दोष को शांत करता है तथा कौन सा आहार, कौन से दोष को उग्र करता है।

जब भी शरीर में तीनों दोषों का संतुलन बिगड़ जाय तब तुरंत इस ज्ञान का लाभ लेते हुए सही आहार लेना चाहिए और सही उपचार शुरू करना चाहिए। वात का निवास स्थान नाभि के नीचे रहता है, बढ़ जाने पर वह शरीर के सभी अंगों में दर्द के रूप में यात्रा करता है। पित्त का निवास स्थान नाभि और सीने के बीच में है, जिसके बढ़ जाने पर वह सारे शरीर पर अलग-अलग लक्षणों में प्रकट होता है। कफ का निवास स्थान सीने में है, जिसके बढ़ जाने पर वह पूरे शरीर में यात्रा कर सकता है और जोड़ों के दर्द, भारीपन के रूप में प्रकट होता है।

पालक, मेथी, प्याज, लहसुन, अदरक, शहद, हींग, हल्दी, नींबू, संतरा, दही, गाजर इत्यादि ये कुछ ऐसी चीजें हैं, जो हर दिन उपयोग में आती हैं। इनके बारे में सारी जानकारी इकट्ठी करें। कौन सा फल, कौन सी सब्जी, कौन सा मसाला, किस दोष को राहत देगा, यह जानकर उसकी मात्रा अपने दैनिक भोजन में बढ़ानी चाहिए। कौन सा फल, कौन सी सब्जी, कौन सा मसाला, किस दोष को उग्र करेगा, यह जानकर उसकी मात्रा अपने भोजन में कम कर देनी चाहिए।

वात-दोष में पाचन अग्नि अनियमित रहती है। कफ-दोष में पाचन अग्नि (जठराग्नि) मंद होती है। पित्त-दोष में यह अग्नि तीव्र होती है। इस ज्ञान को समझते हुए हर एक अपनी पाचन अग्नि अनुसार भोजन करे।

सूर्योदय के साथ यह अग्नि बढ़ती जाती है और सूर्यास्त पर यह अग्नि मंद होती जाती है इसलिए रात का भोजन, दोपहर के भोजन से कम होना चाहिए और जितनी जल्दी हो सके, उतनी जल्दी खाना चाहिए।

कुछ लोग देर रात पार्टियों, सिनेमाघरों में खाना खाते हैं, जो हानिकारक होता है। अंधेरे में वे बहुत सी ऐसी चीजें निगल जाते हैं, जो फेंकने लायक होती हैं इसलिए अंधेरे में न खायें, रोशनी में समझ व संयम से खाना खायें।

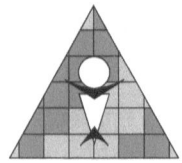

स्वस्थ रहने के ३० महत्त्वपूर्ण नियम

स्वास्थ्य सार

शरीर व मन स्वस्थ हो यह बात हर एक मानता है लेकिन इनके साथ रिश्तों, बुद्धि, पैसे, ज्ञान में भी स्वास्थ्य हो-यह बहुत कम लोग जानते हैं।

14

सदा स्वस्थ रहने के लिए नीचे दिये गये ३० नियमों का पालन करें।

१) 'मेरे पास बीमार रहने का टाईम नहीं है', यह विचार रखनेवाला इंसान उन लोगों से कम बीमार रहता है, जो लोग बिना लक्ष्य लेकर जी रहे हैं इसलिए स्वस्थ जीवन जीने के लिए सबसे पहले अपने लिए एक लक्ष्य निर्धारित करें।

२) हम अपनी काया में रोज परिवर्तन ला रहे हैं, उसे मंदिर बनाकर या खंडहर बनाकर तो क्यों न इसे होश के साथ पवित्र मंदिर, मस्जिद, गुरुद्वारा, गिरजाघर बनाया जाय। इसके लिए भोजन अधिक से अधिक सादा और सरल होना चाहिए। भोजन में अधिकांश भाग ताजे फल, कच्ची और भाप से पकी तरकारियों का होना चाहिए तथा भोजन में दूध, दही, मेवों का समावेश भी होना चाहिए। सुबह के नाश्ते में अपने शरीर की प्रकृति के अनुसार ताजे फल या फलों के साथ दूध भी ले सकते हैं।

३) दोपहर के खाने में दाल, चावल, रोटी, सब्जी के साथ कच्ची तरकारियाँ जैसे टमाटर, गाजर, पत्तागोभी, प्याज, पालक, मूली लें। यह न मिले तो मौसमी फल लें और साथ में थोड़ा अखरोट, बादाम, मूँगफली या २५० ग्राम दही या अधिक अंकुरित मूँग या चना लें।

४) शाम को भाप से पकी २-३ तरकारियाँ, चोकर समेत आटे की रोटी और साथ में थोड़ा घी, मक्खन लें। ज्यादा चरबीवाले लोग तेल, घी, मक्खन,

पनीर से बचें तथा हमेशा स्किम्ड मिल्क- बिना मलाई, चिकनाईवाला दूध ही लें।

५) भोजन तभी करें जब भूख लगी हो। यदि भोजन के समय भूख न हो तो भोजन बिलकुल न करें या कम करें। चालीस साल की उम्र के बाद सुपाच्य, साधा, सात्विक आहार लें, २ वक्त के भोजन को ६ हिस्सों में यानी दिन में ६ बार थोड़ा-थोड़ा लें। भोजन हल्का होना चाहिए। मसालेदार, तला हुआ या ज्यादा मीठा न लें।

६) भोजन के पहले भूख लगे तो पानी, कोई फल, टमाटर या गाजर का २०० ग्राम रस पी लें। इन तरल पेयों, रसों को छोड़कर भोजन के समय से पहले कोई भी ठोस चीज खाना हानिकारक है।

७) भूख से अधिक खाना भी हानिकारक होता है। देखा गया है कि लोग चटपटा व मसालेदार भोजन ज्यादा पसंद करते हैं और जरूरत से ज्यादा ही खा लेते हैं। यदि आप स्वाभाविक भोजन करेंगे तो अधिक खाने की आदत यानी पेटूपन से आसानी से छुटकारा पायेंगे। केवल डॉक्टरों के स्वास्थ्य के लिए ज्यादा न खायें।

८) भोजन को अच्छी तरह से चबाना जरूरी होता है। अच्छी तरह से चबाने से मुँह की लार भोजन में अच्छी तरह मिल जाती है, जो अमाशय और आंतों में भोजन के आसानी से पचने का कारण बनती है।

९) अधिक से अधिक पैदल चलें। तेज चलना, सैर करना एक बढ़िया व्यायाम है।

१०) महीने में एक दिन भोजन का उपवास, चिंता का उपवास (Worry Fast - इस दिन चाहे कुछ भी हो जाय हम चिंता नहीं करेंगे), वाणी का उपवास (मौन) रखें।

११) चाय या कॉफी अधिक न लें। जरा ध्यान से देखेंगे तो आपको स्वास्थ्य विनाशक चीजों की जगह लेनेवाली बहुत सी स्वास्थ्यकारक चीजें मिल जायेंगी। जैसे कि अदरक की चाय, पाचक चाय, ठंढी पुदीना चाय, हरे पत्ते की चाय - इस चाय में भरपूर मात्रा में ऐंटीऑक्सिडेंट्स पाये जाते हैं, जो हृदय के लिए लाभदायी हैं साथ ही इस चाय से विषैले पदार्थ भी बाहर निकलते हैं। (अधिक जानकारी के लिए पढ़ें परिशिष्ट से भाग २)।

१२) भोजन के समय पानी नहीं पीना चाहिए। भोजन के एक-आध घंटा पहले या दो घंटे बाद पानी पीना श्रेष्ठ होता है। यदि प्यास लगे तो भोजन के दौरान

थोड़ा पानी पी सकते हैं। यह आदत डालने के लिए गिलास की जगह एक कप पानी भरकर रखें।

१३) स्वस्थ रहने के लिए आप नित्य आवश्यक नींद लें। स्वस्थ रहने में नींद बड़ी सहायक होती है। जरूरत से कम सोना, यह स्वास्थ्य नाशक आदत है। कम सोने से स्वास्थ्य का नाश होता है। साधारणतः इंसान को सात-आठ घंटे जरूर सोना चाहिए और ऐसी जगह या ऐसे कमरे में सोना चाहिए, जिसमें शुद्ध और ताजी हवा आती हो।

१४) त्वचा का कार्य करते रहना उतना ही जरूरी है, जितना कि फेफड़ों, गुर्दों का ठीक ढंग से काम करना। यदि त्वचा ठीक से काम नहीं करती तो मल निष्कासन अंगों को अधिक काम करना पड़ता है। जिसके फलस्वरूप शरीर के अंग कमजोर हो जाते हैं इसलिए त्वचा की साफ-सफाई का ध्यान रखें। ठंढे पानी से नहायें। कफ व वात प्रकृति के लोग गरम पानी से नहायें।

१५) रोज भरपूर गुनगुना पानी पीयें। पित्त प्रकृति के लोग ताजा, ठंढा जल पीयें (बर्फ का पानी न पीयें)। फ्रिज से निकाला गया फल या पदार्थ तुरंत न खायें, कुछ समय उसे बाहरी तापमान पर आने दें फिर ही उसका सेवन करें। सुबह उठकर 'पानी पीयो प्रयोग (P_3)' करें।

१६) सोने से पहले कुछ गहरी साँसें लें, शुभ विचार रखें, प्रार्थना करें, धन्यवाद दें। दिन में दो बार शौचालय जाने की आदत डालें, चाहे उसकी आवश्यकता आपको महसूस न हो रही हो। अपनी शौच क्रिया नियमित रखें।

१७) स्वास्थ्य का पूर्ण ज्ञान प्राप्त करें। इस पुस्तक को पूरा पढ़ डालें। योग्य जानकारी को हायलाईटर (मार्कर पेन) से निशान लगाकर रखें। समय-समय पर उन्हें बार-बार पढ़ते रहें। पुस्तक के अंत में अपने नोट्स लिखें।

१८) स्वास्थ्य के लिए छः डॉक्टर (हवा, खाना, सूर्य प्रकाश, पानी, व्यायाम और विश्राम) के साथ छः रसों का भी उपयोग करें। अपने भोजन में इन छः रसों का समावेश करें। ये रस हैं मीठा (उदा. शहद), खट्टा-अम्ल (उदा. नींबू), नमकीन-खारा (कुदरती लौण), तीखा (उदा. मसाले), कड़वा (उदा. करेला), कषाय-रूखा, रूक्ष (उदा. आलू, पत्तागोभी)। ये रस अपनी प्रकृति के अनुसार अलग-अलग भोजनों से प्राप्त करें।

१९) जीने की आशा सदा तीव्र रखें। जो लोग जीने की इच्छा को सदा जगाये रखते हैं, वे बीमार होने पर जल्दी ठीक हो जाते हैं। जिनके जीने की आशा मंद होती है, वे जल्दी ठीक नहीं होते।

२०) जब भी हम भोजन करने बैठें तो ध्यान रहे कि वातावरण, खुशनुमा, शांत और सरल हो। क्रोध, ईर्ष्या जैसे नकारात्मक विचारों को मन में स्थान न दें। चिंता एवं भय से मुक्त होकर अपने मन में आत्मविश्वास की भावना पैदा करें। खाना खाने से पूर्व ईश्वर को समर्पण अवश्य करें।

२१) केवल दवाओं से रोग को न दबायें। रोग के कारण जानकर उन्हें ठीक करें। दवाओं से राहत मिलते ही अपनी दिनचर्या, जीवनशैली को भी बदलें।

२२) दो आहार के बीच ४ घंटों का अंतर होना चाहिए। सोने से दो-तीन घंटे पहले भोजन अवश्य कर लेना चाहिए। जलपान यदि ७-८ बजे किया हो तो भोजन दोपहर को १२ से १ बजे और शाम को ६ से ७ बजे करें। रात का भोजन दोपहर के भोजन से कम हो। 'जो पच जाय वह भोजन, जो न पचे वह कचरा', यह कहावत सदा याद रखें।

२३) 'जो इस्तेमाल नहीं होगा, वह बेकार हो जायेगा' यानी जो अंग हम कम इस्तेमाल करते हैं, वह कमजोर होता जाता है इसलिए शरीर को व्यायामासन जरूर दें, लेटे-लेटे भी कुछ व्यायाम करें।

२४) अंग्रेजी में कहावत है कि Eat your liquid and drink your solid. खाना पीयो, पानी खाओ। जब भूख हो तब ही भोजन करना चाहिए। पहले का भोजन पचे बिना दुबारा भोजन करना हानिकारक हो सकता है। स्वस्थ रहने के लिए निरंतर थोड़ा भूखा रहना चाहिए। इससे मस्तिष्क हमेशा साफ व चुस्त रहकर काम कर सकता है।

२५) सप्ताह में एक समय या एक दिन उपवास या फलाहार करना उत्तम है। इससे पाचन तंत्र को आराम मिलता है तथा रोगों से खुद-ब-खुद बचाव होता है। कब्ज होने से सदा बचें।

२६) नशीले तथा उत्तेजक पदार्थों का सेवन हितकर नहीं है। इनका त्याग करें। अधिक मिर्च मसाले, तेल तथा अचार, चटनी, खटाई आदि का प्रयोग न करें।

२७) स्वास्थ्य विज्ञान की दृष्टि से शाकाहारी भोजन ही उत्तम आहार है। पेट को कब्रिस्तान न बनायें। इसके अलावा मैदे तथा महीन पिसे हुए आटे से बने पदार्थ जैसे पूरी, केक, पेस्ट्रीज, मिठाइयाँ टालें। अपने ही दाँतों से आँतों की कब्र न खोदें।

२८) नींबू पानी, फलों का रस, कच्ची हरी सब्जियों का रस, तुलसी के पत्तियों का काढ़ा आदि प्राकृतिक पेय ही रुचि के अनुसार लेने चाहिए।

२९) प्रार्थना और दवा दोनों का उपयोग करें। दवा और दुआ दोनों स्वास्थ्य सुधारने के लिए आवश्यक हैं।

३०) सबसे पहले अपनी काया के स्वभाव को पहचानें। काया की प्रकृति (वात, कफ, पित्त) अनुसार योग्य आहार का चयन करें। यह स्वास्थ्य त्रिकोण में रहने का पहला कदम है। विस्तार से जानने के लिए पढ़ें इसी खण्ड से भाग १३।

ऊपर दी गयीं ३० छोटी-छोटी लेकिन बड़ी (असरदार) बातों का पालन करने से आप सदा स्वस्थ जीवन जी सकते हैं।

एक बार में अनेक पदार्थ, अनेक सब्जियाँ एक साथ खाना टालें। आप दोपहर के भोजन में रोटी-सब्जी, मूँग की दाल और सलाद ले रहे हैं तो रात में चावल-दाल और सलाद लें।

2
PHD

P - Perfect

H - Health

D - Discovery

परिपूर्ण स्वास्थ्य की खोज

भोज्य पदार्थ	कार्य एवं लिंग के अनुसार मात्रा तालिका (ग्राम में)					
	सामान्य कार्य करनेवाले		मध्यम कार्य करनेवाले		कठिन परिश्रम करनेवाले	
	महिला	पुरुष	महिला	पुरुष	महिला	पुरुष
अनाज	४२०	३००	५८०	३६०	६९०	४८०
दालें	६०	९०	७५	९०	९०	९०
हरी पत्तेदार सब्जियाँ	१००	१००	१००	१००	१००	१००
अन्य सब्जियाँ	१००	१००	१००	१००	१००	१००
जड़ व कन्द	२००	१००	२००	१००	२००	२००
दूध	३००	३००	३००	३००	३००	३००
तेल व घी	२०	२०	३५	३०	५५	४५
फल	१००	१००	१००	१००	१००	१००
शक्कर	२५	२०	४०	२५	५५	४५

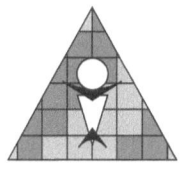

कुदरत के छः डॉक्टर
शरीर की पाँच जरूरतें

संयम और साधना से प्रत्येक रोग व मनोविकार रोका जा सकता है।

15

इंसान का मनोशरीरयंत्र (एम.एस.वाय.) सदा स्वस्थ रहे इसलिए उसे स्वास्थ्य त्रिकोण (MSY) में रहना चाहिए। इंसान का स्थूल शरीर – अन्नमय शरीर कहलाता है क्योंकि यह शरीर अन्न से बना हुआ है। इंसान का प्राणमय शरीर साँस से चलता है। मनमय और विवेकमय शरीर मन और बुद्धि से सोचता और निर्णय लेता है। इंसान के अन्नमय शरीर (स्थूल शरीर) के लिए पाँच चीजें आवश्यक हैं : १) व्यायामासन २) प्राणायाम ३) सम्यक और संतुलित आराम ४) आदर्श आहार ५) शरीर के लिए ऐसे रुचिपूर्ण काम जो न तो ज्यादा हों, न ही कम।

जब शरीर की ये पाँच जरूरतें पूरी होती हैं तब ही शरीर अपनी पूर्ण संभावना पर खिलता और खुलता है।

अन्नमय शरीर के स्वास्थ्य के लिए कुदरत ने हमें छः डॉक्टर दिये हैं, इनका इस्तेमाल अपना स्वास्थ्य और शरीर की शक्ति बढ़ाने के लिए अवश्य करें। ये छः डॉक्टर अंग्रेजी के अन्सर (ANSWER) शब्द में समाये हुए हैं इसलिए यदि कहा जाय कि - If health is the question 'ANSWER' is the answer. (अगर स्वास्थ्य पाने का सवाल है तो 'जवाब' में ही जवाब है) तो यह अतिशयोक्ति नहीं होगी। ये छः डॉक्टर हैं –

1) **A** (Air) – हवा
2) **N** (Nutrition) – भोजन
3) **S** (Sunlight) – सूर्य प्रकाश

4) **W** (Water) - जल

5) **E** (Exercise) - व्यायाम

6) **R** (Relaxation) - विश्राम

शरीर हमारा हथियार है, जिसे ज्यादा समय तक चलाने के लिए उसे धार करते रहना आवश्यक है। हमारा शरीर एक मंदिर की तरह भी है, जिसे पवित्र रखना हमारा कर्त्तव्य है। इस लक्ष्य को प्राप्त करने के लिए हमें शरीर को आराम व व्यायाम देने की कला एक साथ सीखनी है। कुदरत से मिले ये छः डॉक्टर इसमें हमारी मदद करते हैं।

अब हम जान गये हैं कि ईश्वर की अभिव्यक्ति करने के लिए जिस मंदिर की हमें आवश्यकता है, वह है हमारा शरीर। यह हमें पहले ही मिल चुका है। बाहर से देखने पर एक ही शरीर नजर आता है लेकिन यह शरीर चार पर्तों से बना होता है। जैसे चार मीनारों को मिलाकर एक खूबसूरत इमारत बनती है, वैसे ही चार शरीरों को जोड़कर बनता है हमारा मनोशरीरयंत्र यानी यह मंदिर। मन और शरीर दोनों को अलग नहीं किया जा सकता इसलिए इसे हम मनोशरीरयंत्र मानकर जानेंगे।

इस शरीर को चार मीनार की उपमा से समझें। चार मीनार अर्थात हमारे चार शरीर। हमें इन चार मीनारों का उपयोग करना है, जिनके बीच में ही पाँचवीं चीज है- जिसे ईश्वर, अल्लाह, सेल्फ, साक्षी, अनुभव, तेजस्थान कहें, सभी एक ही हैं (अलग-अलग धर्मों ने इसे अलग-अलग नाम दिये हैं)। इसी स्थान पर हमें संपूर्ण योग्य-आरोग्य (स्वास्थ्य) मिलता है। जब हम इस स्थान से दूर जाते हैं तब हमें मिलता है अयोग्य-रोग्य।

चार मीनारों के बीच जो खाली जगह है, वास्तव में उस जगह का ही उपयोग होता है। उदा. जैसे आपने बाजार से एक मटका या अलमारी लायी । अलमारी चारों तरफ से बंद होती है, उसके अंदर की खाली जगह (स्पेस) का आप उपयोग करते हैं। उसी तरह मटके का उपयोग तब होता है, जब उसके अंदर खाली जगह हो । यदि उसमें खाली जगह न हो तो आप पानी किसमें भरेंगे? जिस प्रकार मटके की दीवार या अलमारी की दीवारें हमें 'उस' निराकार को जानने में मदद करती हैं, उसी तरह चार मीनारों के बीच में जो चीज है, उसे प्रकट करने के लिए हमें इन चार शरीरों का उपयोग करना है।

चार शरीर इस प्रकार हैं- अन्नमय शरीर, प्राणमय शरीर, मनमय शरीर और विवेकमय शरीर। हर शरीर के तीन गुण होते हैं - तम, रज और सत। आइये इन शरीरों को तथा इन्हें स्वस्थ रखनेवाली चीजों के बारे में, इस खण्ड में विस्तार से जानें।

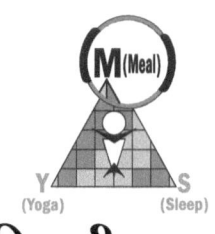

त्रिगुणी आहार

पहला शरीर - अन्नमय शरीर

सम्यक आचार, उच्चार, संचार और व्यवहार 'योग्य आरोग्य' की कुंजी हैं।

16 अन्नमय शरीर, चारों शरीरों से ज्यादा स्थूल (मोटा) होता है, बिलकुल हमारे हाथ के अँगूठे की तरह, जो हाथ की अंगुलियों में सबसे मोटा होता है। अन्नमय शरीर पर सबसे ज्यादा ध्यान दिया जाता है। अन्नमय शरीर अन्न से बना है। यह शरीर भी उतना ही महत्त्वपूर्ण है, जितने बाकी शरीर। इस शरीर के लिए चाहिए व्यायाम और आदर्श आहार तथा नहीं चाहिए दुर्व्यसन। दुर्व्यसन- जैसे गुटखा, शराब, गांजा, सिगरेट, तंबाकू इत्यादि।

इस शरीर के तीन गुण हैं - तमोगुण, रजोगुण और सत्वोगुण। जिसमें सबसे महत्त्वपूर्ण है सत्वोगुण। यह गुण अपने शरीर में लाने के लिए हमें सही आहार पर काम करना होगा।

१. तमोगुणी (सुस्त इंसान, Passivity) :

तमोगुणी इंसान ठंढा और बासी खाना खाता है इसलिए वह सुस्त होता जाता है। कई घरों की महिलाएँ खाना बच जाने पर, फेंकना न पड़े इसलिए वे वह खाना खा लेती हैं, जिससे धीरे-धीरे उनके शरीर में तमोगुण आने लगता है। ऐसे लोग भूख न लगने पर भी खाना खाते हैं, खाने के लिए जीते हैं। जीने के लिए नहीं खाते।

तमोगुणी लोगों को होटल का खाना ज्यादा पसंद आता है। उनका रक्त-प्रवाह हमेशा पेट की ओर ही रहता है, जिससे उन्हें ज्यादा नींद आती है। ये लोग आधा खाना अपने लिए खाते हैं और आधा डॉक्टर के लिए खाते हैं। ऐसे लोग सोचते हैं कि अगर लेटकर काम हो सकता है तो बैठें क्यों... और यदि कोई काम

बैठकर हो सकता है तो वे खड़े होना पसंद नहीं करते। खड़े-खड़े यदि कहीं पहुँच जायें तो वे चलना नहीं चाहते। चलते-चलते यदि ट्रेन पकड़ सकें तो वे दौड़ना नहीं चाहते। तमोगुणी का आराम कुंभकरण का आराम है, जो हर वक्त सोने की तैयारी में लगा रहता है यानी अभी उठा नहीं कि सोचता है कब सोने का मौका मिले। ऐसे लोग उठकर यही सोचते हैं कि सुबह क्यों होती है। उनका पहला सवाल यही होता है कि 'काश दो-चार घंटे और सोने को मिलता।

२. रजोगुणी (महत्त्वाकांक्षी Motivity) :

रजोगुणी प्रकृति के बच्चे बार-बार पलंग से गिरते रहते हैं। ऐसे बच्चे घर और पूरे मुहल्ले में उधम मचाते फिरते हैं, हर वक्त कुछ न कुछ शरारत करते रहते हैं, वे चुप बैठ ही नहीं सकते। यह तो अच्छा है कि पृथ्वी की गुरूत्वाकर्षण शक्ति के कारण इंसान थकता है, रुकता है वरना तो ऐसे लोग रुकें ही नहीं।

रजोगुणी लोग बहुत भाग-दौड़ करनेवाले होते हैं। ऐसे लोग खाना भी खाते हैं तो उनके मन में कुछ विचार चलते ही रहते हैं, 'अभी क्या करना है', 'उसके बाद क्या करना है', उन्हें यही चिंता सताती रहती है। ऐसे लोग बैठते भी हैं तो उनके पाँव हिलते रहते हैं। ये लोग गरम खाना पसंद करते हैं ताकि पचने में आसानी हो। उन्हें मसालेदार और तीखा खाना पसंद आता है। इसके विपरीत रजोगुणी कम खाते हैं ताकि उन्हें ज्यादा नींद न आये। तमोगुणी को नींद से उठने की दिक्कत होती है और रजोगुणी को नींद न आने की। ये लोग समय देखकर खाना खाते हैं, चाहे भूख हो या न हो।

रजोगुणी का आराम रावण का आराम है, ऐसे लोग एक जगह बैठ ही नहीं सकते। रावण सदा सोने की लंका बनाने में लगा रहता था यानी वह महत्त्वाकांक्षाओं में उलझा रहता था। रजोगुणी लोगों की भी प्रवृत्ति इसी प्रकार की होती है।

३. सत्वोगुणी (समता Equanimity) :

सत्वोगुणी इंसान ऐसा खाना खाता है, जिससे उसके शरीर में रक्त का प्रवाह ठीक ढंग से हो। सत्वोगुणी की जुबान आहार के प्रति ज्यादा संवेदनशील होती है। ऐसे लोग संतुलित आहार लेते हैं, वे जीने के लिए खाते हैं, न कि खाने के लिए जीते हैं। सत्वोगुणी को जब असली भूख लगती है, तभी वे भोजन ग्रहण करते हैं। (नकली भूख यानी वह भूख जो घड़ी में समय देखकर लगती है, फिर चाहे वह घड़ी ठीक समय नहीं बता रही हो।)

सत्वोगुणी का आराम राम (सचमुच) का आराम है। ऐसे लोग आराम में

काम करना जानते हैं इसलिए वे काम में राम (अभिव्यक्ति) का आनंद ले सकते हैं। जैसे इंसान का दिल लगातार काम करता है, वह एक मिनट में सत्तर बार धड़कता है इसलिए सत्तर बार सिकुड़कर आराम भी करता है । इस विधि से इतने लंबे समय तक (८० से १०० साल) लगातार काम करते हुए भी हमारा दिल थकता नहीं है। इंसान भी अगर यह कला जान जाय तो लगातार काम करते हुए भी आराम में रह सकता है। सत्वोगुणी यह कला जानता है कि काम में भी आराम कैसे किया जाय, ऐसा नहीं कि काम खतम होगा तो आराम करेंगे। तमोगुणी का आराम ही राम है, रजोगुणी का आराम हराम है मगर सत्वोगुणी का आराम, राम (तेज मौन) है।

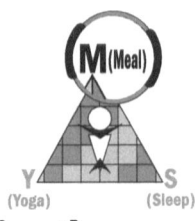

भोजन के पहले, दौरान, बाद में क्या करें

खाने की मान्यता और प्रार्थना

जब मन मैला, जंग खायी हुई बुद्धि और शरीर
अनुशासित न हो तब इंसान पायी हुई सेहत भी गँवा देता है।

17 खाने के पहले क्या करें

१. भोजन और भजन :

भोजन पकाते समय पकानेवाले की मनोदशा कैसी होना चहिए? क्या आप जानते हैं कि भोजन बनानेवाले इंसान की मनःस्थिति भोजन के साथ जुड़ जाती है। यदि भोजन पकाते वक्त मन अशांत है तो भोजन ग्रहण करनेवालों पर इसका बुरा परिणाम होता है इसलिए खाना बनाते वक्त अपने रिश्तेदारों के स्वास्थ्य के लिए निम्नलिखित बातों पर ध्यान दें :

१) मन को आनंदित करनेवाले विचारों (हॅपी थॉट्स) से भर दें। हर छोटी से छोटी क्रिया प्रेम व भक्ति से करें।

२) खाना-खानेवाले लोगों के लिए शुभ भावना रखें।

३) मन का भंजन मनोरंजन से नहीं भजन से होता है इसलिए कुछ अच्छे भजन या प्रार्थनाएँ गुनगुनायें।

४) खाना खाकर सभी कैसे प्रसन्न होंगे, यह शुभ विचार देखें।

२. प्रीति भोजन :

भोजन और प्रेम का आपस में गहरा संबंध है। अधिकांश लोगों का दिल भोजन के द्वारा जीता जा सकता है। लोगों के दिल तक पहुँचने का रास्ता कई बार पेट से होकर गुजरता है। कुछ लोगों का यही रास्ता दिमाग से होकर गुजरता है।

अच्छे भोजन के साथ जब अच्छा संघ (ग्रुप) मौजूद होता है तब यह रास्ता राजमार्ग (एक्सप्रेस हाइवे) बन जाता है। जब कुछ लोग मिलकर अपने-अपने खाने के डिब्बों को एक-दूसरे के साथ बाँटते हैं तब सभी का आपस में प्रेम बढ़ता है इसलिए इस तरह के आयोजन को प्रीति भोजन कहा गया है।

आज-कल के दौड़-धूप के माहौल में जहाँ किसी के पास समय नहीं, सभी एक ही बिल्डिंग में रहने के बावजूद भी एक-दूसरे को नहीं पहचानते तब प्रीति भोजन करना ऐसा उपाय है, जो लोगों को आपस में जोड़ता है।

यह प्रीत की रीत, प्रीति भोजन का रिवाज युगों पहले पूर्वजों के द्वारा शुरू किया गया है। आज के युग में परिवार छोटे होते जा रहे हैं इसलिए प्रीति भोजन की संभावना कम होती जा रही है। हर इंसान को महीने में कम से कम एक बार प्रीति भोजन करना चाहिए। जिससे आपसी मेल-मिलाप व भाई-चारा बढ़ता है। एक-दूसरे के खाद्य पदार्थों के स्वाद के अलावा स्वास्थ्य की जानकारी भी मिलती है।

३. भोजन ध्यान करें :

भोजन की थाली सामने आते ही लोग खाने पर टूट पड़ते हैं। ऐसा न करते हुए पहले भोजन ध्यान करें, जो पाचन के लिए अति लाभदायक है। भोजन ध्यान करने की विधि कुछ इस प्रकार है :

१) आँखें बंद करके भोजन की सुगंध को महसूस करें।

२) आँखें खोलकर भोजन का निरीक्षण करें, उसका रंग व रूप देखें।

३) भोजन को स्पर्श करके महसूस करें।

४) यह भोजन जब जुबान पर होगा तब इसका स्वाद कैसा होगा, इसकी कुछ क्षण कल्पना करें। ये सब कर लेने के बाद आपकी खाना पचाने की तैयारी हो जायेगी। आपके मुँह में पानी आ जायेगा, जो खाने को पचाने के लिए अत्यंत उपयोगी है। खाने के हर निवाले में यह पानी (लार) मिलना आवश्यक है।

४. खाना बनाने से पहले निम्नलिखित प्रार्थना करें :

'खाना' जीवन के लिए बना है, न कि 'जीवन' मात्र खाने के लिए इसलिए खाना बनाते वक्त जीवन का खयाल रखना चाहिए। इस जीवन के प्रति तेज प्रेम व्यक्त करें। यह तेज प्रेम आप प्रार्थना के द्वारा इस तरह व्यक्त कर सकते हैं :

'जो खाना मुझसे बनने जा रहा है,

वह खाना, खानेवाले शरीर को स्फूर्ति,
स्वास्थ्य व चैतन्य से भर दे।
यह खाना खाकर हर शरीर
ईश्वर की उच्चतम अभिव्यक्ति करे।
मुझसे समर्पण भाव से, मन को शांत रखते हुए
खाना बनेगा। मेरी प्रार्थना पूरी
होने के लिए मैं धन्यवाद देती/देता हूँ।'

५. खाना खाने के पहले निम्नलिखित प्रार्थना करें :

जब खाना खाने बैठें तब दो मिनट आँखें बंद करके उन सभी लोगों को अपनी आँखों के सामने लायें व धन्यवाद दें, जिन्होंने इस खाने को आप तक पहुँचाया। जैसे कि :

'उस किसान को धन्यवाद, जिसने अन्न उगाया।
उस प्रकृति को धन्यवाद, जिसने बारिश व धूप दी।
उस इंसान को धन्यवाद, जिसने अन्न को बेचा।
उस नौकर अथवा रिश्तेदार को धन्यवाद,
जिसने अन्न आपके घर तक पहुँचाया।
उस इंसान को धन्यवाद, जिसने अन्न पकाया।
अंत में ईश्वर को धन्यवाद, जिसने हमें भूख दी ताकि
हम उसे संतुष्ट करके तृप्ति का आनंद ले पाये।'

खाने के दौरान क्या करें

१. खाने की मान्यता :

पुराने जमाने में कच्चे घर होने के कारण लोग गोबर और मिट्टी से घर की लिपायी किया करते थे। उस वक्त बिजली की व्यवस्था भी नहीं थी और मिट्टी की जमीन पर बैठकर ही लोग खाना खा लेते थे इसलिए खाना शुरू करने के पहले लोग खाने के चारों ओर पानी छिड़कते थे। इससे :

१) खाने के चारों ओर की जमीन गीली हो जाने की वजह से किसी कीड़े या जंतु का थाली में प्रवेश होना संभव नहीं था।

२) खाना खानेवाले इंसान के हाथों से धूल भी साफ हो जाती थी।

३) थाली के बाहर रोटी का टुकड़ा रखने से कीड़े वगैरह थाली में न आकर उस टुकड़े तक ही सीमित रह जाते थे।

४) खाने की क्रिया को धन्यवाद सहित एक आध्यात्मिक क्रिया का रूप मिल जाया करता था।

यदि कोई आज भी इन्हीं बातों को पूर्ण प्रकाश में, डायनिंग टेबल पर करे तो यह मात्र अंधश्रद्धा व मान्यता मानी जायेगी।

मान्यताओं के पीछे छिपे अर्थ को समझकर भोजन करना चाहिए, न कि कर्मकाण्डों में उलझकर।

आज की तारीख में साफ टेबल या जमीन पर खाना खाने से पहले सभी (अनाज उगाने से लेकर खाना बनानेवाले तक) को धन्यवाद दें, ईश्वर से प्रार्थना करें और दो मिनट उपासना में रहें।

२. हाथ, चम्मच और भोजन :

भोजन का सेवन दो प्रकार से किया जाता है। पहले प्रकार के लोग हाथ से भोजन का निवाला मुँह तक लेकर जाते हैं तथा दूसरे प्रकार के लोग इस क्रिया के लिए चम्मच का इस्तेमाल करते हैं। कौन सा तरीका सही है और क्यों?

१) जब हम हाथ से अन्न को स्पर्श करते हैं तब वह संपर्क दिमाग तक सूचना भेजता है, जिससे दिमाग शरीर को खाना पचाने की सूचना भेजना शुरू कर देता है।

२) इंसान के हाथों के स्पर्श से आभा मंडल की ऊर्जा प्रवाहित होती है। हाथ से खाना खाने के दौरान यह शक्ति खाने में भी समाविष्ट होती है। इस तरह खाने की पौष्टिकता और भी बढ़ जाती है।

३) किसी चीज को छूने से प्रेम का भाव आसानी से व्यक्त किया जा सकता है। चम्मच के स्पर्श से प्रेम का भाव भोजन तक नहीं पहुँचता। भोजन सदा प्रेम से करना चाहिए इसलिए हाथ से खाना, चम्मच से खाने से ज्यादा उत्तम है लेकिन कुछ परिस्थितियों में चम्मच से खाना बेहतर है।

४) जब हमारे हाथ गंदे हों तब बजाय कीटाणु अंदर लेने के चम्मच से खाना बेहतर है।

५) यदि कोई सब्जी रस्सेदार हो और हाथ में न आ रही हो तब चम्मच का इस्तेमाल आवश्यक है।

६) भोजन अति गरम हो तब हाथ की बजाय चम्मच का इस्तेमाल करें।

७) ऐसे समूह (पार्टी) में जहाँ सभी लोग चम्मच से खाना खा रहे हों, वहाँ 'जैसा देश, वैसा भेष', कहावत के अनुसार बरताव करना चाहिए।

ऊपर के कई उदाहरणों से आप यह जान गये कि हाथ और चम्मच का इस्तेमाल जरूरत के अनुसार करना चाहिए। किसी भी एक तरीके को अपना संस्कार (पैटर्न) न बनायें। जरूरत के अनुसार स्थान और समय को देखकर व्यवहारिक बुद्धि (कॉमन सेन्स) से दोनों तरीकों का इस्तेमाल करें।

३. भोजन एक पवित्र कर्म है :

भोजन करना एक पवित्र कर्म है। भोजन को मात्र एक रोजमर्रा का कार्य समझकर न करें। इसे एक आवश्यक पूजा का भाग समझकर इस तरह करें :

१) श्रद्धा और प्रेम से खाना ग्रहण करें।

२) सभी सदस्य मिलकर खाना खा रहे हों तो वाद-विवाद से बचें।

३) गहरे विषय पर बातचीत करते हुए या टी.वी. देखते हुए खाना खाने से ज्यादा खाने की संभावना है इसलिए खाने के दौरान हलके-फुलके विषय पर बात करें व टी.वी. पर कम ध्यान दें।

४) खाने के दौरान खाने की बुराई न करें।

५) क्रोध के साथ भोजन ग्रहण करना जहर खाने के समान है।

खाने के बाद क्या करें

अन्नदान :

खाने के बाद हाथ और मुँह साफ करें। कुल्ले करके मुँह और दाँतों में अटके सारे अन्न कण निकाल दें। खाना खाने के बाद बचा हुआ खाना किसी जरूरतमंद प्राणी को दिया जा सकता है। खाना फेंककर अन्न का निरादर न करें। जब आप किसी भूखे को खाना खाने के लिए पैसे देते हैं, वह उन पैसों का इस्तेमाल कैसे करेगा, यह आप नहीं जानते इसलिए जब कोई खाने के लिए भीख माँग रहा हो तब उसे पैसे के बजाय खाना खरीदकर दें।

यदि परिस्थिति और समय के अनुसार यह संभव न हो तब किसी आस-पास के होटल या ढाबेवाले को पैसे देकर उस भूखे की व्यवस्था करें।

अन्नदान, श्रेष्ठ दान है इसलिए देते वक्त यह पक्का करें कि माँगनेवाला किस उद्देश्य से माँग रहा है। योग्य पात्र को दिया हुआ दान ही फलित होता है।

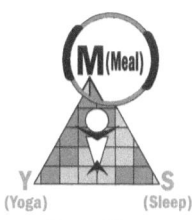

भोजन करने की कला सीखें

कल से क्या करें - 3 Steps Action Plan

अपने शरीर को सदा स्वास्थ्य त्रिकोण में रखें। स्वास्थ्य त्रिकोण के तीन कोने हैं- भोजन, नींद और व्यायाम। इन तीन कोनों को सदा संतुलित रखें।

18

आपका शरीर एक घोड़े के समान है। आपके पास एक पालतू घोड़ा है। आप उस घोड़े से बहुत प्यार करते हैं। आप उस घोड़े को रोज नहलाते हैं। यह कार्य आपको बहुत अच्छा लगता है। आप उस घोड़े का बहुत खयाल रखना चाहते हैं इसलिए आप उसे तीन बार खाना खिलाते हैं लेकिन जब सवारी करने की बात आती है तब आप उसकी सवारी करते हैं। आप घोड़े को अपनी सवारी करने नहीं देते क्योंकि घोड़ा यदि आपकी सवारी करने लगे तो वह आपको बिलकुल भी अच्छा नहीं लगेगा। वह घोड़ा आपके लिए अभिशाप बन जायेगा।

अब आप समझ चुके होंगे कि किस घोड़े की बात चल रही है। यह घोड़ा है आपका शरीर और आप हैं उसके घुड़सवार। अपने शरीर को नहलाना, खाना खिलाना, आराम देना अच्छी बात है लेकिन अपने शरीर को अपना सवार बनाना गलत बात (अज्ञान) है। जब भी सवारी करने की बात आये तो आपको इस घोड़े की सवारी करनी है। इसका अर्थ यह है कि आप शरीर (मनोशरीरयंत्र) के मालिक बनें, न कि शरीर आपका मालिक बने।

इंसान आज तक यह मानकर बैठा है कि वह घोड़ा है और उसका मन घुड़सवार है लेकिन सच्चाई पता चलते ही हम अपनी इंद्रियों को वश में करने लगेंगे तो स्वास्थ्य हमारे बस में आने लगेगा।

१. अन्न को ईश्वर समझें

'दाने-दाने पर लिखा है खानेवाले का नाम', इसका अर्थ यह है कि अन्न

का एक-एक दाना किसके पेट में जायेगा, यह कोई नहीं बता सकता। यह कई बार देखा गया है कि खाना किसी के लिए बनाया गया और खाया किसी और ने। हर दाना यदि इतना कीमती है तो अन्न के हर दाने का आदर करना चाहिए।

कुछ लोग बेहोशी में बिना इस बात को जाने बहुत सारा खाना अपनी थाली में परोस लेते हैं (खास कर पार्टियों में) और बाद में पेट भर जाने की वजह से परोसा हुआ खाना छोड़ देते हैं। ऐसे में उस खाने को जूठा समझकर फेंक दिया जाता है। इस तरह बहुत सारे अन्न की बरबादी होती है।

यदि हर इंसान खाने के हर दाने की कीमत समझे तो बहुत से अन्न की बचत हो सकती है। यह बचा हुआ अन्न करोड़ों लोगों की भूख मिटा सकता है इसलिए:

१) अपनी थाली में जरूरत से कम खाना परोसें। जब और आवश्यकता लगे तब ही दूसरी बार खाना लें।

२) खाना खाते वक्त इस बात का ध्यान रखें कि अनाज के कण आपकी लापरवाही की वजह से नीचे न गिरें।

३) खाने के बर्तन ऐसे हों, जिनसे खाना नीचे न गिरे।

४) हर दाने का स्वाद लेकर खायें क्योंकि उस पर आपका नाम लिखा है।

२. सत्वोगुणी बनकर खाना खायें :

सत्वोगुणी (सम व समाधानी) ऐसा खाना खाता है, जिससे शरीर में रक्त प्रवाह हृदय से पेट और दिमाग की ओर समतल मात्रा में बहता है। सत्वोगुणी के आहार में जो खाना होता है, उससे जुबान ज्यादा संवेदनशील (सेन्सिटिव) बनती है, जिससे वे खाने के हर स्वाद को परख पाते हैं। ऐसे लोग खाने का पूरा आनंद ले पाते हैं।

ज्यादा तीखा खानेवाले लोग अपनी जुबान की संवेदनशीलता गँवा देते हैं। सत्वोगुणी को जब असली भूख लगती है तब ही वे पूरा स्वाद लेते हुए आनंद से खाना खाते हैं।

३. अति में न जायें :

समता में है स्वास्थ्य की संभावना। बुद्ध ने पहले अति का मार्ग अपनाया था। महल में रहकर भोग-विलास की एक अति में वे रह चुके थे। जंगल में काया कष्ट की दूसरी अति में वे तप कर चुके थे। दोनों अतियों का अनुभव प्राप्त करके

उन्होंने पुरानी मान्यताएँ तोड़ दीं कि काया को कष्ट देने से पाप मिटते हैं।

इंसान अति में जीना पसंद करता है इसलिए प्रकृति से दूर होता जाता है। प्रकृति से दूर होकर वह बीमारियों के पास चला जाता है। इंसान जब खाना खाता है तब स्वाद के मोह में आकर अति कर देता है। ज्यादा खाकर अपना स्वास्थ्य बिगाड़ देता है या फिर खाना न खाने की ठान लेता है। इस तरह वह दूसरी अति में चला जाता है।

राजा प्रसेन्नजीत भोजन के अति शौकिन थे। जब वे बुद्ध की शरण में आये तब उन्होंने मध्यम मार्ग अपनाया। शुरू-शुरू में यह मार्ग उनके लिए बहुत कठिन था। बुद्ध ने उन्हें समझाया, 'भरपेट अनाज खाये हुए सूअर की तरह लोटते रहना, तंद्रा में मस्त रहना मूर्खता है क्योंकि अधिक भोजन करना रोगों और कष्टों को जन्म देता है। संयम रखकर उचित भोजन करना ही बुद्धिमानी का लक्षण है। अल्पहारी (कम खानेवाला) इंसान अधिक उम्र तक जवान बना रहता है और अनेक शारीरिक पीड़ाओं से भी बचा रहता है।' राजा प्रसेन्नजीत ने जब कई प्रयत्नों के बाद भी सफलता नहीं पायी तब बुद्ध ने उनके भतीजे सुदर्शन को इस काम के लिए प्रसेन्नजीत को सचेत करने की आज्ञा दी। हर बार ज्यादा खाना खाने पर उनसे हजार अशर्फियाँ दंड स्वरूप ली जाती थीं। इस तरह राजा प्रसेन्नजीत का वजन कम हुआ।

इंसान ही प्रकृति से दूर जा रहा है, ज्यादा खाकर प्रकृति के नियम तोड़ रहा है, जब कि प्रकृति हमेशा समता में काम करती है। व्यायाम करना स्वास्थ्य के लिए अच्छा है लेकिन दिनभर व्यायाम करते रहना वर्जित है। जीवन के लिए खाना जरूरी है लेकिन खाने के लिए जीते रहना वर्जित है।

जब इंसान किसी चीज की अति में चला जाता है तब लोग उसे सनकी कहते हैं। वे चाहे किसी चीज पर प्रयोग कर रहे हों, फिर भी इस तरह के लोग जीवन में एक तरफा विकास करते हैं। जो इंसान संपूर्ण विकास करना चाहता है, वह सदा अति से बचता है। सम्यक् (संतुलित) आहार, सम्यक् व्यायाम, सम्यक् आराम, सम्यक् आजीविका- संतुलित स्वास्थ्य, संतुष्ट जीवन के लिए अमृत है। अति भोजन, अति काम, अति आराम, अति विचार - संतुलित स्वास्थ्य, संतुष्ट जीवन के लिए ज़हर है इसलिए कभी भी अति में न जायें।

४. खाना और गाना :

'भूखे पेट भजन न होये', 'आधी पोटोबा मग विठोबा' यह कहावत तो आपने सुनी ही होगी। इसका अर्थ है यदि पेट खाली है तो इंसान से वह काम भी नहीं होता

जो उसे अति पसंद है।

लोग ऊपर दी गयी कहावत तो जानते हैं लेकिन यह नहीं जानते कि अति भोजन कर लेने के बाद भजन नहीं निकलते क्योंकि शरीर उस खाने को पचाने में लग जाता है। इस काम के लिए शरीर लेटना पसंद करता है, न कि कोई काम करना या गीत गाना।

इसलिए इंसान को ऐसा भोजन करना चाहिए जिससे खाना और गाना दोनों संभव हो, आदर्श व जरूरत से थोड़ा कम भोजन करना चाहिए।

खाना खाकर भी यदि गाना गाने को मन करे तो आपने उचित मात्रा में स्वास्थ्यवर्धक खाना खाया है। यदि खाना आपके पेट को रास नहीं आया तो मुँह से गाना नहीं केवल कराह और डकारें निकलेंगी।

जब इंसान आदर्श व उचित आहार लेता है तब वह भोजन के बाद न सिर्फ भजन गा सकता है बल्कि बर्तन भी धो सकता है। इस तरह एक नयी कहावत लागू होती है – **'खाया पीया भया सुखी, बर्तन माँजे घर का मुखी।'**

वात प्रकृति के लिए स्वास्थ्य त्रिकोण
वात संतुलन

बेलगाम विचार दुःख और दर्द को आमंत्रित करते हैं,
सत्य के विचार सुख और स्वास्थ्य को आवाज़ देते हैं।

19 वात प्रकृति के लोगों के लक्षण क्या होते हैं? उनका शरीर रूखा-सूखा, दुर्बल, कमजोर व शीतल होता है। वात प्रकृतिवाले शरीर में अकड़न और जकड़न होती है।

वात प्रकृति के लिए खान-पान :

☑ १) भोजन गरम, भारी, नमीयुक्त (तैलीय) हो। भोजन में बहुत-सी चीजें एक साथ न लें। मीठा व नमकीन ज्यादा हो, कड़वा, रूखा (कटु) और तीखा न हो।

☑ २) यदि आप खट्टा फल खा रहे हों तो उसमें शक्कर या नमक डालकर खायें।

☑ ३) गेहूँ की चपाती, उड़द दाल, मूँग दाल, मसूर दाल, सरसों, गाय का दूध, ताजी दही की छाछ, मीठी लस्सी, घी, मिश्री, अदरक, धनिया, पुदीना, जीरा, जायफल, अजवाइन, परवल, लौकी, मूली, गाजर, चौलाई, शतावर, चुकंदर (बीट रूट), मूली, नारियल, खजूर, अंगूर, नारंगी (मीठी हो तो खायें), पपीता, पके हुए आम, मीठा अनार, अखरोट, चेरी, मीठे फल, बादाम, अंजीर एवं काला मुनक्का खा सकते हैं।

☑ ४) बादाम का यदि सेवन करना हो तो उसे रात में भिगोकर रखें। सुबह

छिलका निकालकर और पीसकर थोड़ी मात्रा में खायें। (एक दिन में २ या ३)

☑ ५) खाने के पहले गरम सूप भी वात को कम करता है।

☒ ६) वात में ये चीजें न खायें-पीयें- आहार में चावल, चने की भाजी, भुने हुए चने, मोठ, मसूर, तुअर, शक्कर, फूलगोभी, पत्तागोभी, मटर, कच्चा प्याज, कच्चे केले, कच्ची लहसुन, पालक (हरी सब्जियाँ), सूखे मेवे, चाय, कॉफी, शराब एवं सिगरेट आदि का त्याग करें।

☒ ७) वात बढ़ाने के लिए मशरूम, मिर्च-मसाले, अंकुरित अन्न, अनार, नाशपाती, सूखे फल, ज्वार-बाजरा, राई, जौ, मक्का, पॉपकॉन जैसे हलके पदार्थ जिम्मेदार हैं।

☒ ८) वात प्रकृति के लिए खाना ठंढा, सूखा व हलका न हो।

☑ ९) वात प्रकृति के लोगों के लिए नाश्ता करना जरूरी है। नाश्ता पोषक होना चाहिए।

☑ १०) वात प्रकृति के लोगों को गरम, नरम तथा पूरी तरह से पका हुआ भोजन खाना चाहिए। ऐसा भोजन जो आसानी से पच जाय क्योंकि वात प्रकृति के देह की पाचन अग्नि मंद होती है।

☒ ११) बाहर (होटल इत्यादि) के खाने से परहेज करें, घर का भोजन ही करें। कम कैलरीवाला सूखा और ठंढा भोजन वात प्रकृति के लोगों के लिए आदर्श आहार नहीं है। कोई भी आहार अच्छा व बुरा नहीं होता, अच्छा और बुरा आहार इस बात पर निर्भर करता है कि उसे कौन खा रहा है। जो खाना वात प्रकृति के लिए अच्छा नहीं है, वही खाना कफ प्रकृति के लिए अच्छा हो सकता है।

☒ १२) वात प्रकृति के लोगों को टमाटर व आलू इत्यादि का सेवन कम करना चाहिए।

☑ १३) हर तरह के तेल वात प्रकृति में राहत देते हैं। इनके शरीर के लिए तिल का तेल सबसे उत्तम है।

☑ १४) रात को गरम दूध लें । सुबह हर्बल या अदरक की चाय पीयें।

☑ १५) मीठे मसाले ले सकते हैं। हींग, तुलसी, सौंफ, दालचीनी, इलायची,

पाचन शक्ति को बढ़ाने के लिए अच्छे हैं।

☑ १६) जब कभी बाहर (पार्टी में) भोजन खाना पड़े तब पीने के लिए ठंढे पानी की जगह गरम पानी मँगायें।

आकाश+वायु : वात 'V' खरगोश

लक्षण : शरीर में कँपकँपी, सिहरन, दर्द, पेट में ऐंठन

वात की निशानी है : आँतों में गैस की शिकायत, कमर के निचले हिस्से में दर्द, मासिक धर्म में पीड़ा, सिर दर्द, पीठ दर्द, फटी त्वचा व होंठ, वजन की कमी, जोड़ों में दर्द, ऊर्जा की कमी।

१) वात प्रकृति के लोगों को रात्रि जागरण या रात को देरी से सोने की आदत तोड़नी चाहिए। अनिद्रा, दूषित वात की निशानी है। रात को सिर में तिल या बादाम का तेल लगायें।

२) बरसात और ठंढ के मौसम में विशेष खयाल रखें। ऐसे में स्वास्थ्य के प्रति ज्यादा सजग रहें।

३) वात प्रकृति के लोगों को बहुत ज्यादा व्यायाम करने से बचना चाहिए। उन्हें थकावट महसूस होते ही व्यायाम बंद कर देना चाहिए।

४) वात प्रकृति के इंसान को अपराध बोध के भाव से मुक्त रहना चाहिए। जिंदगी में हुई गलतियों में अटके न रहें। सब स्वीकार करें, नये ढंग से जिंदगी शुरू करें। दूसरों को माफ करें तथा स्वयं को भी माफ करें। खुद से प्रेम करें, दूसरों के साथ भी प्रेम से रहें। ऐसा करना वात को काफी राहत देता है।

५) पेट साफ करने के लिए बस्ति (एनीमा) लें। यह आयुर्वेद का पहला चरण है, जो वात दोष काया के लिए इस्तेमाल होता है।

६) वात प्रकृति के इंसान को गरम पानी से स्नान करना चाहिए। गर्मियों में कम गरम पानी से स्नान करना चाहिए। ठंढे जल का स्नान वात व कफ दोष को बढ़ाता है।

७) वात प्रकृति की काया शैम्पू का इस्तेमाल न करे या बिलकुल कम करे। साबुन के साथ तेल भी इस्तेमाल करें यानी नहाने के बाद या पहले पूरे शरीर पर तेल की मालिश करें। यह रूखी त्वचा के लिए बेहतर होगा तथा शरीर की मालिश स्वास्थ्य में चार चाँद लगायेगी।

८) वात प्रकृति के इंसान को शांत माहौल (वातावरण) में रहने की कोशिश

करनी चाहिए। वात संतुलित करने के लिए ध्यान की विधि (Meditation) सीखें। ध्यान वात दोष युक्त काया में बड़ा सहायक है। (देखें खण्ड पहला, भाग ९ 'नींद, विश्राम, ध्यान')

९) भरपूर आराम बढ़े हुए वात को शांत कर सकता है। वात तीनों दोषों में सम्राट माना गया है इसलिए पहले इसे शांत करना जरूरी है वरना वात फिर पित्त पर हमला करता है। जिससे परेशानियाँ, रोग और भी बढ़ जाते हैं।

१०) नियमितता का जीवन वात को शांत रखने के लिए उपयोगी है। हर काम समय पर करें- जैसे समय पर उठें, काम करें, व्यायाम करें, खायें और सोयें।

११) हलका-फुलका मनोरंजन वात प्रकृति के लिए बड़ी राहत का काम करता है।

१२) व्यसनों से सदा दूर रहें। व्यसन चंचलता पैदा करते हैं, जो वात के लिए हानिकारक है।

१३) सूखे मेवे, खुश्क पहाड़ी हवा, बिस्किट, पॉपकॉर्न, चाय, कॉफी जैसे पदार्थों से दूर रहें।

१४) वात की तुलना खरगोश से की गयी है क्योंकि खरगोश चंचल होता है और यहाँ-वहाँ दौड़ता रहता है।

१५) बुढ़ापे में वात बढ़ता है इसलिए पहले ही वात संतुलित रखने की कला सीखें।

१६) जब तक कोई काबिल व दक्ष डॉक्टर कुछ अलग खाने की राय न दे तब तक आप इस भाग में बताये गये आहार ले सकते हैं।

१७) बस्ति का उपयोग करें। बस्ति यानी गुदा (मल) मार्ग से दी जानेवाली औषधि, तेल या द्रव्य (काढ़ा, स्नेह, द्रव्य)।

   १) निरुह (सस्नेह) : यह एक औषधि द्रव्यों का काढ़ा है। जिससे आँतों की शुद्धता करके, उसकी ताकत बढ़ायी जाती है। यह उपाय जब पेट रिक्त होता है या ३ घंटे पूर्व कुछ न खाया हो तब किया जाता है।

   २) अनुवासन : इसमें स्नेह की मात्रा अधिक होती है इसलिए इसे ज्यादातर रात के भोजन के पश्चात लेना होता है।

   आयुर्वेद में वात के लिए बस्ति प्रमुख चिकित्सा है। इसका बहुत महत्त्व है। सामान्यत: पेट साफ होने के लिए डॉक्टर विरेचन (मुँह से लेनेवाली

दवाइयाँ) देते हैं। रोगी भी विरेचन लेने के लिए तैयार रहता है। वात के लिए बस्ति ही प्रमुख चिकित्सा है, आवश्यकता है थोड़े से धैर्य की।

हमेशा इन चीजों से बचें :

१) रात में व बारिश में दही खाना

२) शहद खाने के बाद गरम पानी पीना

३) दूध और खट्टी चीजें साथ में खाना

४) गरम और ठंढा एक-दूसरे के ऊपर खाना

जब कभी आपको वातदोष बढ़ानेवाला खाना खाना पड़े तब वात संतुलन ज्ञान के अनुसार, आप उस खाने के साथ ऐसा कुछ जरूर खायें, जो वात को कम करता है। इस तरह आप वात को हमेशा संतुलित रख सकते हैं। इसी तरह कफ और पित्त प्रकृति के लोग भी यही उपाय कर सकते हैं। जितना हो सके ऐसे भोजन पदार्थों को टालें, जिनसे आपकी काया का दोष बढ़ता है।

वात प्रकृति के बारे में अतिरिक्त जानकारी पढ़ें भाग १३ में 'अपनी काया पहचानें-वात, कफ, पित्त'।

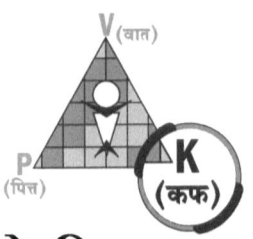

कफ प्रकृति के लिए स्वास्थ्य त्रिकोण

कफ संतुलन

जब मन वही सोचेगा जो हमें सोचना चाहिए

तब हमें मानसिक स्वास्थ्य प्राप्त होगा।

20 कफ प्रकृति के लिए खान-पान :

☒ १) कफ दोष में क्या न खायें? इस दोष में ठंढे, मीठे, खट्टे, नमकीन, भारी और तैलीय पदार्थों से परहेज करें। कफ प्रकृतिवाले लोगों को इलाज से ज्यादा परहेज उपयोगी है। चावल, उड़द दाल, नया गेहूँ, तिल, जैतून, बादाम, दूध से बने पदार्थ, आईस्क्रीम, गन्ने के रस से बने खाद्य पदार्थ, लौकी, तुरई, मटर, केला, अमरूद एवं मीठे फल आदि न खायें।

☒ २) टमाटर, शक्करकंद, नारियल, खजूर, ताजा अंजीर (सूखा अंजीर खा सकते हैं), आम, तरबूज, खरबूज, संतरे, अन्नानास, पपीता, आडू, चावल, गेहूँ (पुराना गेहूँ खा सकते हैं), नमक, पनीर, मिठाइयाँ न खायें।

☑ ३) कफ संतुलन करने के लिए तीखे, कड़वे, कटु (रूखे व रूक्ष), हलके, सूखे व गरम पदार्थ खायें।

☑ ४) कफ दोष में क्या खायें- पुराना गेहूँ, जौ, मक्कई, बाजरा, राई, अदरक, मूँग, मोठ, मसूर, चना, बथुआ, टींडा, करेला, अदरक, गाजर, खीरा, लहसुन, प्याज, अनार, सेब और सूखे मेवे, तीखा खाना, शहद, चुकंदर, फूलगोभी, पत्तागोभी, बैंगन, पत्तेदार हरी सब्जियाँ, मशरूम, भींडी, आलू, काली मिर्च, मूली, पालक, स्प्राऊट्स (अंकुरित अनाज

जैसे हरा मूँग, मटकी), मटर, नाशपाती, अनार, सभी सूखे फल आदि।

- ☑ ५) भोजन के बाद टहलना आवश्यक है। खाने के तुरंत बाद कभी न सोयें। कुछ देर टहलने के बाद सोयें।
- ☑ ६) कुरकुरे, ताजे पदार्थ, कच्चे फल, सब्जियाँ और सलाद कफ प्रकृति दोष में उत्तम हैं।
- ☑ ७) मसाले में जीरा, मेथी, हल्दी, तिल के बीज लें।
- ☑ ८) कफ प्रकृति के लोगों के लिए व्यायाम अति आवश्यक है।
- ☑ ९) हफ्ते में एक दिन उपवास रखें।
- ☑ १०) अगर सुबह भूख महसूस न हो तो नाश्ता करना छोड़ सकते हैं। कफ प्रकृति के लोग यह आसानी से कर सकते हैं। नाश्ते की जगह अदरक की चाय ले सकते हैं।
- ☑ ११) दिन में दो ही बार भोजन करें तथा एक बार नाश्ता जरूर करें।

हर इंसान की प्रकृति भिन्न होती है। हम अगर अपनी प्रकृति के हिसाब से यानी वात-पित्त-कफ को ध्यान में रखकर आहार लें तो बीमारियों को दूर रख सकते हैं। हमें आवश्यकता है सचेत होने की क्योंकि प्राय: देखा गया है कि एक परिवार में सभी एक ही प्रकार का भोजन करते हैं, जो पूर्णत: गलत है।

जल+ पृथ्वी : कफ 'K' (हाथी)

लक्षण : कफ प्रकृति में शरीर में भारीपन, थकावट, आलस्य, ठंढ की अधिकता, त्वचा में चिकनापन, मुँह मीठा व चिकना, लार का अधिक बहना, भूख कम लगना, अरुचि, मंदाग्नि, मल में आँव आना। सीने में ठंढ जमने की शिकायत, एलर्जी और भारीपन।

M : चरबीयुक्त (वसा बढ़ानेवाले) नमकीन, तले हुए भोजन न लें। भोजन तीखा और ज्यादा खट्टा-मीठा न हो। कड़वा तथा कटु स्वाद ज्यादा हो। (कटु, रूखा स्वाद, पालक, ककड़ी, सलाद हरी सब्जियों में होता है।) सूखे भोजन पदार्थ लें। कफकारक काया के लिए गरम भोजन उत्तम है।

S : नींद कम करें। कफ बढ़ते ही इंसान को ज्यादा सोने का मन करता है इसलिए वह ज्यादा सोने लगता है। ज्यादा सोने से कफ और बढ़ जाता है। कफ बढ़ने से और ज्यादा नींद आती है। जिससे कफ बढ़ता जाता है... इस तरह एक दुष्चक्र शुरू हो जाता है इसलिए खुद को ज्यादा जागृत रखें। किसी रोचक काम को करने लग जायें। खाना खाकर तुरंत न सोयें।

Y : कफ प्रकृति के इंसान को ज्यादा व्यायाम करना चाहिए। उसे नियमित योगा तथा अन्य व्यायाम करने चाहिए। जिससे कफ जमा नहीं होगा और हमेशा संतुलित रहेगा।

१) कफ बचपन व ठंढ के मौसम (उदा. दिसंबर) में असंतुलित होता है इसलिए ऐसे मौसम में पहले ही सजग रहकर कफ को संतुलित करना सीख लें। बच्चों का इस मौसम में विशेष ध्यान रखें।

२) सुबह अदरक और शहद मिला पानी पीयें। गरम पानी से नहायें। दूसरों की नकल न करें।

३) कफ प्रकृति के इंसान को कफ में अपनी गतिविधियाँ बढ़ानी चाहिए, न कि कम करनी चाहिए। अपने जीवन में विविधता बनाये रखें। विविध खाना लेते रहें। सदा एक सा भोजन न करते रहें।

४) भोजन के बाद सौंफ या अदरक की चाय लें।

५) डायबिटीज (मधुमेह) न होने दें, ज्यादा मीठा खाने से यह बीमारी होती है।

६) दूधयुक्त आहार कम लें। करेला और सलाद ज्यादा लें।

७) वात दोष काया ने आईस्क्रीम खायी तो वजन नहीं बढ़ता लेकिन कफ दोषयुक्त काया ने खायी तो वजन बढ़ता है।

८) कफ प्रकृति की काया को बार-बार डॉक्टर के पास जाने की आवश्यकता नहीं पड़ती क्योंकि वे ज्यादा सहनशील होते हैं। इस वजह से बीमारी के लक्षण उनमें देर से प्रकट होते हैं इसलिए आप स्वास्थ्य के प्रति लापरवाह न रहें। वरदान को अभिशाप न बनायें।

९) वमन (उल्टी), यह कफ दोष की प्रमुख चिकित्सा है। गर्भाशय, मूत्राशय (किडनी), अमाशय के रोग, सर्दी, खाँसी, दमा तथा क्षयरोग, कुष्ठ रोग इत्यादि रोगों पर वमन से बहुत ज्यादा लाभ होता है। तज्ञों के मार्गदर्शन में ही वमन करना चाहिए। इसके लिए प्रथम अंदर से पूर्ण स्नेहपान ठीक से होना बहुत जरूरी होता है। आप सोचेंगे कि क्या वमन यानी सिर्फ उल्टी करना है, वह तो हम घर पर भी करते हैं परंतु वैसा नहीं है। वमन यानी औषधि द्रव्यों सहित उचित मार्गदर्शन द्वारा अपने पेट व फेफड़ों से अनावश्यक द्रव्यों को बाहर निकालना। यह प्रक्रिया गुरुत्वाकर्षण के विरुद्ध मार्ग से दोष बाहर निकालती है इसलिए यह जाने-अनजाने तकलीफदायक होती है लेकिन योग्य स्नेहपान के बाद इतनी तकलीफ नहीं होती । वमन सुबह जल्दी (प्रात: काल)

कफ काल में करना चाहिए।

छोटे बच्चों के रोग में वमन से बहुत सुंदर फायदा होता है। इसके अतिरिक्त उनकी रोग क्षमता बढ़कर उन्हें होनेवाली कफ-सर्दी-खाँसी, टॉन्सिल्स्, कर्णरोग, नासारोग (नाक के रोग), उन्माद, उपस्मार इत्यादि से मुक्ति मिलती है। बोलने में तकलीफ, हकलाना इत्यादि में भी वमन बहुत फायदेमंद है। उसी प्रकार वमन से बुद्धि भी तेजस्वी होती है।

१०) सुबह उठकर मुँह में पानी भरकर आँखों पर ताजे जल के छींटे मारें, फिर पानी थूक दें। यह चेहरे व आँखों में ताजगी लाने व नींद भगाने के लिए अच्छा व्यायाम है। (यह क्रिया हर प्रकृतिवाले इंसान के लिए लाभदायी है।)

११) कफ संतुलित करने के लिए अजवाइन का काढ़ा ले सकते हैं, जो कषाय और रूक्ष (रूखा) होता है। इसके सेवन से मुँह का मीठापन दूर होता है।

१२) गरम सूप तथा गरम पानी पीना कफ के लिए फायदेमंद है।

१३) कफ की तुलना हाथी से की गयी है क्योंकि हाथी सीधी चाल चलता है और वह भारी भी होता है। कफ प्रकृत्ति के लोगों का स्वभाव भी लगभग ऐसा ही होता है।

१४) जब तक कोई काबिल व दक्ष डॉक्टर कुछ अलग खाने की राय न दें तब तक कफ प्रकृत्ति के लोग इस भाग में बताये गये निर्देशन अनुसार ही आहार लें।

कफ प्रकृति के बारे में अतिरिक्त जानकारी पढ़ें भाग १३ में 'अपनी काया पहचानें-वात, कफ, पित्त'।

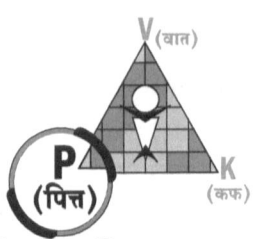

पित्त प्रकृति के लिए स्वास्थ्य त्रिकोण
पित्त संतुलन

आपके विचार आपके डॉक्टर हैं। आपके विचारों को जब दिशा मिलती है तब वे महाशक्ति से आपका संपर्क जोड़ते हैं, यह संपर्क स्वास्थ्य के लिए संजीवनी है।

21

पित्त दोष असंतुलित होने से पेट और सीने में जलन तथा आँखों में लाली होती है। अधिक गर्मी लगना, त्वचा गरम होना, फोड़े-फुंसी होना, त्वचा, मल-मूत्र व आँखों में पीलापन, गले में जलन, प्यास ज्यादा लगना, मुँह कभी कड़वा तो कभी खट्टा होना, पतले दस्त होना इत्यादि तकलीफें होती हैं।

पित्त यानी पाचन अग्नि। आज बहुत से लोग ऐसिडिटी व अपच के शिकार हैं। इसका इलाज भोजन में परिवर्तन तथा प्राकृतिक चिकित्सा के द्वारा किया जा सकता है।

लक्षण : भोजन के बाद पेट में भारीपन, कभी-कभी दर्द, जलन होना, छाती में जलन और जी मचलाना, उल्टी होना। इसके अतिरिक्त भोजन में अत्यधिक मसालों का प्रयोग, चाय, कॉफी, शराब, तंबाकू का सेवन, भोजन के समय में अनियमितता जैसे अनेक कारण पित्त को जन्म देते हैं।

उपरोक्त लक्षणों से बचने के लिए पित्त के रोगी को प्राकृतिक आहार की मात्रा बढ़ा देनी चाहिए।

पित्त प्रकृति के लिए खान-पान :

☑ १) इस प्रकृति के लोगों को ठंढा (रखा हुआ, बासी खाना नहीं) व कम तेलवाला भोजन करना चहिए। नमक कम लें, दोपहर में भर पेट भोजन करें तथा खाने में सलाद ले सकते हैं।

☒ २) असंतुलित पित्त में तीखा, खट्टा, नमकीन, गरम, तैलीय खाना न खायें।

☒ ३) पित्त में क्या न खायें? उड़द दाल, सरसों, खट्टा दही व छाछ, अचार, लहसुन, प्याज, पनीर, मूली, टमाटर, खूबानी, बेर, नींबू, खट्टे व कच्चे फल (संतरे, अंगूर, अनार, अनानस, आलूबुखारा) यदि ये फल खायें तो वे मीठे होने चाहिए। भूरे चावल, मक्का, ज्वार-बाजरा, राई, बटर मिल्क, मांस-मछली, तिल का तेल, बादाम का तेल, गुड़, मेथी, हींग, तले हुए खाद्य पदार्थ व गरम प्रकृति के आहार।

☑ ४) पित्त में कौन सी चीजें खायें? चावल, जौ, गेहूँ, सफेद चावल, जवार, सत्तू, मसूर, ताजा व मीठा दही, दलिया, गाय का दूध, मलाई, घी, मक्खन, खीर, मिश्री, परवल, बथुआ (चूका), टिंडा, करेला, तुरई, धनिया, पुदीने की चटनी, पत्तेदार हरी सब्जियाँ, चुकंदर (बीट रूट), भिंडी, मटर, आलू, अंकुरित अन्न (स्प्राऊट्स), पत्तागोभी, खीरा, प्याज, अनार, तरबूज, हरा आँवला, काला मुनक्का, केला, नारियल, सेब, आईस्क्रीम (ज्यादा नहीं), चेरी, अंजीर, तरबूज, खरबूज, किशमिश, इलायची, सौंफ, केसर, हल्दी, दालचीनी इत्यादि।

☑ ५) सबेरे उठते ही, भोजन के एक घंटे पहले और दो घंटे बाद पानी पीने का उचित समय होता है। भोजन के साथ यदि पानी पीना हो तो १ कप से अधिक पानी नहीं पीना चाहिए। यदि भोजन के १ घंटा पहले पानी पी लिया जाय तो भोजन के समय पानी पीने की जरूरत बहुत कम होगी। फिर भी भोजन के समय प्यास लगे तो थोड़ा पानी पी सकते हैं। भोजन करने का समय नियमित रखें।

☑ ६) रात देर से कुछ न खायें। शाम को फल और सब्जियाँ लें।

☑ ७) मीठे, कड़वे, ठंढे, भारी व रेशेदार (उदा. पालक इत्यादि) भोजन करें।

☑ ८) थोड़ा ताजा नींबू का रस, सलाद में डालकर ले सकते हैं। नींबू खट्टा होने के बावजूद भी गुणकारी व अपवाद (Exceptional) है। सुबह यदि नींबू पानी पीयें तो पानी में थोड़ी शक्कर मिलाकर पीयें।

☑ ९) पाचन को ठीक करने के लिए (शरीर से पित्त निकालने के लिए), हफ्ते में एक बार रात के भोजन के २ घंटे बाद दूध में २ चम्मच घी डालकर ले सकते हैं।

☑ १०) धूप में ज्यादा न रहें।

☑ ११) दिन में तीन बार, नियमित समय पर भोजन करें।

☑ १२) पित्त दोषयुक्त काया में प्रोटीन की अधिक आवश्यकता होती है इसलिए आहार में दालों का समावेश करें।

☑ १३) पित्त रोग को दूर करने के लिए भोजन में क्रांतिकारी सुधार लाना आवश्यक है और रोग की तीव्रता निम्नलिखित प्रयोगों में से कोई एक-दो प्रयोग करने से कम हो सकती है।

१) १०० ग्राम पत्तागोभी का रस, सम भाग में जल में मिलाकर पीने से ऐसिडीटी कम हो जाती है।

२) २०० ग्राम ककड़ी का रस ऐसिडिटी में आराम देता है।

३) १ नारियल का पानी पीने से या २ पके हुए केले खाने से भी ऐसिडिटी में राहत मिलती है।

४) २०० ग्राम गाजर का रस, २०० ग्राम दूध समभाग में पानी मिलाकर पीने से ऐसिडिटी में आराम मिलता है।

उपर्युक्त चीजों में से आप कोई भी उपाय अपना सकते हैं। इसके साथ ही भोजन में ७५% फल, सब्जियाँ और २५% अनाज का सेवन करें। इसके पश्चात रोग की तीव्रता कम होने पर ताजी दही, मीठी नारंगी, सब्जियों का सूप, तरबूज, खरबूज, पपीता, किशमिश, मुनक्का ले सकते हैं। रोग पर नियंत्रण होने पर प्रातःकाल नींबू, शहद, पानी का सेवन इस रोग के निदान में सहायक होता है।

☑ १४) अधिक भोजन करके पाचन तंत्र को नुकसान न पहुँचायें। पित्त प्रकृति के लोगों से अकसर यह गलती होती है।

अग्नि+जल : पित्त 'P' (चीता) :

लक्षण : त्वचा में लालिमा, सीने में जलन, बुखार, अधिक भूख, प्यास लगना, अधिक क्रोध आना, जुबान पर खट्टास (अम्लीयता), फोड़े, फुंसियाँ, मुँहासे, दुर्गंध।

M : खट्टे, तीखे, नमकीन (लवणयुक्त) खानों से परहेज रखें। ठंढे, मीठे,

भारी, शुष्क, कड़वे, कटु (रूखे, रूक्ष) भोजन खा सकते हैं। तैलीय, गरम, वस्तुओं को टालें।

S : पित्त दोषयुक्त कायावाले प्यास की वजह से (मुँह सूख जाने की वजह से) आधी नींद से उठ जाते हैं इसलिए पानी पीकर सोना न भूलें। दिनभर शरीर को पानी देते रहें। अनेक इच्छाओं, महत्त्वाकांक्षाओं, वासनाओं के साथ न सोयें। ये सारे विचार पित्त को बढ़ाते हैं और नींद को बिगाड़ते हैं। रात में हलके-फुलके विचार, सहज मन के विचार लेकर सोयें। रात को टी.वी. देखकर न सोयें।

Y : नियमित व्यायाम का अभ्यास रखें। तेज चलना पित्त प्रकृत्ति के लिए विशेष फायदेमंद है।

१) गरम पानी से स्नान न करें, हमेशा ठंढे पानी से नहायें।

२) पेट पर ठंढे पानी की पट्टी या कोई नैपकिन, टॉवेल, रुमाल ठंढे पानी से गीला करके ५ से १० मिनट रखें। पट्टी गरम होने से पहले टॉवेल फिर से ठंढे जल में डुबायें और पुनः पेट पर नाभि के चारों ओर और नाभि के नीचे रखें।

३) अधिक तनाव टालें। दबाव भरे काम के वातावरण से कुछ दिन दूर रहें।

४) प्रकृति के सौंदर्य को देखें। स्वयं पर संयम रखें। उत्तेजनाओं को बढ़ावा न दें। संयम ही आपके लिए स्वास्थ्य की चाभी है। संयम से प्रत्येक रोग और साधना से प्रत्येक मनोविकार रोका जा सकता है।

५) शक्कर व इलायची युक्त गरम दूध लें।

६) महीने में एक बार कैस्टर ऑईल अथवा त्रिफला चूर्ण रात में पेट साफ करने के लिए लें। विरेचन, पित्त के लिए प्रमुख चिकित्सा है। औषधि, द्रव्य, तेल इत्यादि पीकर पेट साफ करने को विरेचन कहते हैं। इसमें वैद्य की सलाह के अनुसार आवश्यक चूर्ण अथवा तरल पदार्थ लिए जाते हैं। विरेचन के लिए अनेक औषधियाँ उपलब्ध हैं। ये औषधियाँ प्रकृति के अनुसार, वैद्य की सलाह से ली जायें तो बेहतर होता है। कपिला, निशोतर, हरीतकी, एरंडेल, जयपाल इत्यादि द्रव्य तथा इच्छाभेटी वटी इत्यादि औषधियों का उपयोग विरेचन में किया जाता है।

७) ठंढे, मीठे पेय पदार्थ लें। खट्टी दही, टमाटर, डोसा, मिर्च मसाले पित्त

प्रकृत्ति के लिए हानिकारक हैं।

८) पित्त की तुलना चीते से की गयी है क्योंकि चीते की पाचन शक्ति व दौड़ तेज होती है।

९) पित्त की तकलीफ गर्मियों में ज्यादा रहती है। इसलिए गर्मियाँ आने से पहले ही पित्त संतुलित करना सीख लें।

१०) आज-कल फास्ट फूड का जमाना है। इन पदार्थों में नमकीन और खटाई की अधिकता होती है इसलिए ऐसा खाना न खायें।

११) बिना बर्फ का ठंढा जल लें। गरम सूप न पीयें।

१२) जब तक कोई काबिल व दक्ष डॉक्टर कुछ अलग खाने की राय न दे तब तक आप इस भाग में बताये गये निर्देशन अनुसार ही आहार लें।

कोई भी दोष, कोई भी लक्षण प्रकट कर सकता है मगर सामान्य तौर पर इस पुस्तक में दिये गये लक्षण ही होते हैं।

पित्त प्रकृति के बारे में अतिरिक्त जानकारी पढ़ें भाग १३ में 'अपनी काया पहचानें-वात, कफ, पित्त'।

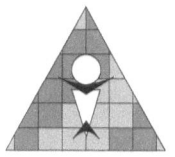

मानसिक स्वास्थ्य

तीसरा शरीर - मनमय शरीर

इंसान जिस स्वास्थ्य की खोज कर रहा है, वह उसके अंदर है।

22

आपने इस खण्ड के पहले भाग में पढ़ा है कि इंसान के पाँच शरीर होते हैं। इन पाँचों शरीरों के बीच में तीसरा शरीर है मनमय शरीर, जो एक महत्त्वपूर्ण जंक्शन है। यहाँ से इंसान की दो अलग दिशाओं में से किसी एक तरफ यात्रा करने की संभावना होती है। या तो वह शरीर हत्या करने की सोच सकता है या परमब्रह्म (साक्षात्कार, ईश्वर की खोज) भी प्राप्त कर सकता है।

यह शरीर (मनमय) द्वैतवादी है, जो सभी चीजों को दो में तौलता है। मन की यह आदत ही है कि वह हर घटना के बाद उस पर गलत और सही की पूँछ लगाता रहता है। मनमय शरीर हमेशा विचारों में उलझा रहता है। एक इंसान सुबह से लेकर रात तक विचारों के जंजाल में फँसा होता है – कभी भविष्य के विचार तो कभी भूतकाल के विचार। इन सभी विचारों के बीच में कभी विराम (पॉज) आता ही नहीं। उदा. जब हम प्लेटफॉर्म पर खड़े होते हैं तब पटरी पर चलनेवाली गाड़ी के दो डिब्बों के बीच के अंतर में से हम उस पार का दृश्य देख पाते हैं मगर यदि डिब्बों के बीच में अंतर ही न हो तो उस तरफ कौन है, यह पता ही नहीं चलता। इसी तरह हमारे अंदर भी विचारों की ट्रेन लगातार चलती रहती है, बीच में कभी अंतर (पॉज–मौन) आता ही नहीं है। कभी सकारात्मक तो कभी नकारात्मक विचार चलते ही रहते हैं।

मनमय शरीर की वजह से ही सत्य के सूरज के सामने नकारात्मक विचार रूपी काले बादल आ जाते हैं। इसे एक उदा. से समझें – एक इंसान अपनी परछाईं से परेशान था। उसने अपनी परछाईं से छुटकारा पाने के लिए परछाईं को गड्ढे में

दफन करने की योजना बनायी। इसके तहत उसने अपनी परछाईं के ठीक नीचे गड्ढा खोदा, उसमें परछाईं को डाला और झट से गड्ढे को बंद कर दिया मगर देखता क्या है कि परछाईं फिर से उसके सामने आ गयी। कई बार उसने अपनी परछाईं को दफन करने की कोशिश की मगर वह सफल नहीं हो पाया। जिंदगी भर वह उसी काम में लगा रहा। जीवन के अंत में उसे पता चला कि अपनी परछाईं को अपने से अलग करना संभव नहीं है, बेवजह वह गलत कार्य में लगा हुआ था। ठीक इसी तरह लोग समझ प्राप्त किये बिना ही मन को दबाने में लगे हुए हैं, शांत करने में लगे हुए हैं। उन्हें पता ही नहीं कि मन को कैसे जीतना चाहिए। मन को जिताकर ही (समझ द्वारा) मन से जीता जा सकता है, उसे हराकर नहीं।

मनमय शरीर के भी तीन गुणधर्म हैं : १) तमोगुण २) रजोगुण और ३) सत्वोगुण

१. तमोगुणी मन (विचार) :

तमोगुणी मन अहंकारी होता है तथा द्वेष और नफरत से भरा होता है। तम ोगुणी इंसान सिर्फ श्रेय (क्रेडिट) लेना चाहता है यानी वह चाहता है कि कामयाबी का सेहरा उसके सिर पर बंधे। लड़े कोई दूसरा और नाम उसका हो। उसे सिर्फ अपने नाम से ही चिपकाव है।

२. रजोगुणी मन (विचार) :

रजोगुणी इंसान विचारों के पीछे बहुत भागता है। वह शेखचिल्ली की तरह सोचता है। शेखचिल्ली जिस डाल पर बैठता है, उसी को काटता है। इसी तरह रजोगुणी इंसान महत्त्वाकांक्षाओं और मान्यताओं के घोड़ों को भूत और भविष्य में दौड़ाता रहता है और कभी भी वर्तमान में उपस्थित नहीं रहता।

३. सत्वोगुणी मन (विचार) :

सत्वोगुणी मन सहज मन होता है। इसमें सदा आशावादी विचार चलते हैं। यह मन हर काम को पूरी ईमानदारी और एकाग्रता से पूरा करने में मदद करता है। यह मन बुद्धि से याददाश्त (मेमरी) और कल्पना उधार लेता है और कार्य को सही तरह, सही समय पर पूर्ण करता है। यह मन, विज्ञानमय (विवेकमय) शरीर से जुड़कर सत्य और असत्य के बीच का फर्क जानता है। जैसे हम कई बार किसी को कहते हुए सुनते हैं कि 'विवेक से काम लो', उनके कहने का अर्थ यह होता है कि सत्वगुण से काम लो।'

सत्वगुण से काम लेना तब संभव है जब रजोगुण और तमोगुण दोनों संतुलित हों, तब ही तीसरा गुण तैयार हो सकता है।

तेजज्ञान में यह पंक्ति कही जाती है कि इंसान अपना स्वर्ग-नरक साथ लेकर घूमता है यानी सत्वोगुणी जहाँ पहुँचता है, वह जगह स्वर्ग जैसी लगने लगती है। तमोगुणी जहाँ पहुँचता है, वहाँ नरक बन जाता है और रजोगुणी जहाँ पहुँचता है (स्वर्ग-नरक के बीच) वहाँ व्यापार शुरू हो जाता है। इसलिए सत्वोगुणी बनना महत्त्वपूर्ण है।

तमोगुणी काम नहीं करना चाहता, सिर्फ काम का श्रेय लेना चाहता है और रजोगुणी अपनी इच्छाओं को पूरा करने के लिए सिर्फ दौड़ना चाहता है। तमोगुण और रजोगुण जब मिल जाते हैं तब सत्वगुण का जन्म होता है। तमोगुण और रजोगुण उन काले बादलों की तरह हैं, जो सूर्य के तेज प्रकाश को ढँक देते हैं। जब सत्वगुण जागता है तब मन के काले बादल सफेद हो जाते हैं और सूरज का तेज प्रकाश धरती पर रहनेवाले इंसानों को महसूस होने लगता है। तीनों गुणों से जब हम परे चले जाते हैं, तब काले और सफेद बादल बिलकुल हट जाते हैं। यही समय होता है ईश्वर के प्रकट होने का।

हम जिस तरह के विचार रखते हैं, उसी तरह के विचार सारे ब्रह्माण्ड से हमारी तरफ भेजे जाते हैं। यदि इन विचारों का असर हमें पता चले तो हम भूलकर भी नकारात्मक विचारों के लिए समय नहीं देंगे। ऐसा हो गया तो हमारा मनमय शरीर स्वस्थ हो जायेगा।

मानसिक तनाव में स्वास्थ्य पर विनाशकारी परिणाम होता है। वैज्ञानिकों द्वारा प्रयोगशाला में चूहों के तीन दलों पर प्रयोग किये गये। पहले दल के चूहों को साधारण चूहों का भोजन दिया गया, जिससे उनकी उम्र दो साल तक रही। दूसरे दल के चूहों को तनावभरे वातावरण में रखकर वही भोजन दिया गया। तनाव लाने के लिए चूहों के पिंजरे के सामने एक बिल्ली बाँधकर रखी गयी। इस दल के चूहे केवल छः महीने ही जी पाये। तीसरे दल के चूहों को अच्छे वातावरण में कम कैलोरीवाला खाना दिया गया। इन चूहों की उम्र तीन से चार साल तक रही। इस प्रयोग से आप समझ गये होंगे कि इंसान के लिए तनावपूर्ण जीवन कितना घातक है। इंसान की सेहत के लिए आदर्श आहार के साथ मानसिक संतुष्टि भी आवश्यक है, जिसके लिए उसे अपने शरीर को तनाव से दूर रखने की कोशिश करनी चाहिए।

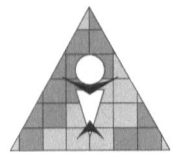

शुभ व सकारात्मक विचार

चौथा शरीर -विज्ञानमय या विवेकमय शरीर

स्वास्थ्य समृद्धि है परंतु संपूर्ण स्वास्थ्य स्वर्ग के समान है।

23

जो विचार आप अपने मन में रखते हैं, उन विचारों का असर आपके जीवन पर होता है। जैसा आप सोचते हैं, वैसा आपके साथ होने लगता है। आपको मालूम नहीं पड़ता कि कब आप वैसे बन गये जैसे आप बार-बार सोचा करते थे इसलिए क्यों न हम शुभ विचार रखें और मनन करें। शुभ विचार ही आपको आगे बढ़ाने में मदद करते हैं। शुभ विचार रखने से आपकी जिंदगी सहज, सरल व सुखमय बन जाती है, जिसकी जरूरत आज हर इंसान को है।

जब भी आपको शरीर में कोई तकलीफ महसूस हो तब 'मेरा स्वास्थ्य बढ़िया है, मैं तंदुरुस्त हूँ, मैं अंदर-बाहर से परफेक्ट हूँ', इन शुभ विचारों को दोहराने से आपको ऐसा नहीं लगेगा कि आप बीमार हैं बल्कि जो आप सकारात्मक विचार दोहरा रहे हैं, वही एहसास आपके शरीर में होना शुरू हो जायेगा। फिर चाहे आपको शरीर में थोड़ी तकलीफ महसूस हो रही हो मगर अंदर से आपको खुशी ही महसूस होगी। शरीर में दुःख नहीं रहता क्योंकि अंतर चेतना को कभी दुःख नहीं हो सकता। दुःख तो है ही नहीं। शरीर में तकलीफ होती है तो शरीर हमें सचेत करता है कि इस शरीर रूपी मशीन में जो कचरा आ गया है, उसे साफ करने की जरूरत है। यह भी ईश्वर की कृपा ही है। यदि शरीर नहीं बताये कि उसमें क्या तकलीफ है तो बहुत दिक्कतें हो सकती हैं।

जैसे पेन की स्याही अगर उसकी निब तक नहीं पहुँच रही है यानी उसमें कुछ कचरा अटका है तो उस कचरे को हटाने के लिए आप पेन को झटकते हैं, इससे पेन फिर से लिखने लगती है। ठीक उसी तरह आपके शरीर में तकलीफ तब होती

है जब आपका खाना-पीना उचित न हो, आप उचित आराम, व्यायाम न करते हों। ऐसे में शरीर को काम करने में दिक्कत होती है, जिसे हम दर्द कहते हैं। दर्द होने पर पता चलता है कि शरीर को झटकने की यानी साफ करने की आवश्यकता है, जिससे वह फिर पहले की तरह काम कर पाये। शरीर को अगर अच्छा खाना, अच्छा व्यायाम, अच्छा आराम सब समझ के साथ दिया जाय तो आपका शरीर पूर्ण स्वस्थ रह सकता है।

भोजन का हर ग्रास (निवाला), हमारे व्यसन का हर क्षण, हमारा हर विचार, हर भावना हमारे शरीर की हर कोशिका (५० अरब कोशिकाओं) से होकर गुजरता है और हमारे शरीर का हिस्सा बनता है इसलिए हम क्या खा रहे हैं और कैसे भाव व विचार रख रहे हैं, इस पर जरूर सजग रहें।

हमारे भोजन व विचारों का असर सिर्फ हमारे शरीर के स्वास्थ्य पर ही नहीं बल्कि हमारी कार्य-कुशलता, सृजनशीलता और उत्पादकता पर भी पड़ता है।

आपके शरीर में प्रेम या साहस, डर या नफरत, करुणा या दया, क्रोध या घृणा, निर्णय लेते हैं कि हम आगे भी स्वस्थ रहेंगे या दुःख रूपी सागर में गोते खाते रहेंगे।

दिमाग को किस तरह काबू में रखा जाय :

आपके अंदर अविश्वसनीय और आश्चर्यजनक शक्ति है, जो आपके विचारों और शब्दों पर नियमित रूप से प्रतिक्रिया व्यक्त करती रहती है। आप इन शब्दों और विचारों के द्वारा दिमाग को नियंत्रित करने की कला सीखते हैं।

जब आपके पुराने विचार फिर से लौटने की कोशिश करें और कहें कि परिवर्तन बहुत ही कठिन है तब आप अपने दिमाग को नियंत्रित करें और अपने दिमाग से कहें कि 'मैं अब यह मानता/मानती हूँ कि परिवर्तन मेरे लिए आसान हो रहा है।' आप यह वाक्य बार-बार दोहरा सकते हैं।

यदि आपके बच्चों को लंबे समय तक या देर रात तक जागने की आदत है और अब आप प्रतिदिन रात ८ बजे उन्हें सुलाने का फैसला लेते हैं तो क्या आपको लगता है कि वह बच्चा पहली रात अच्छी तरह सो पायेगा? नहीं, बच्चा नये नियमों के खिलाफ विद्रोह करेगा और हाथ, पाँव मारना तथा चीखना, चिल्लाना शुरू कर देगा। साथ ही वह हर संभव कोशिश करेगा कि बताये गये समय पर बिस्तर पर न जाय। यदि आप उस वक्त चूक जाते हैं तो उस बच्चे की जीत हो जाती है और वह सदा के लिए आप पर हावी हो जाता है। यदि आप निर्णय पर अड़े रहते हैं यानी अपने वचन पर अटल रहते हैं और यह जोर देते हैं कि यही सोने का नया समय है तो उसका विद्रोह धीरे-धीरे कम होता जायेगा। दो या तीन रातों में नये समय के

अनुसार वह सोने लग जायेगा।

ठीक इसी तरह हमारा दिमाग भी पहले नये विचारों के खिलाफ विद्रोह करेगा क्योंकि वह दोबारा से तैयार होना नहीं चाहता लेकिन यदि वह आपके नियंत्रण में है और आप अपनी नयी सोच पर अड़े रहें तो बहुत कम समय में नयी सोच विकसित हो जायेगी और आपको यह अनुभव करके काफी प्रसन्नता होगी कि आप अपनी सोच का शिकार नहीं हुए बल्कि अपने दिमाग के मालिक और नियंत्रक बने।

६५% लोगों ने कहा है कि वे विचारों के शिकार बनते हैं। जब आप विचारों को अलग होकर देख पायेंगे तब विचार नियंत्रित होंगे। विचारों को अपना बच्चा समझकर ही देखें। जैसे बच्चे आपसे जिद करते हैं और कहते हैं कि 'मुझे गोदी में उठाओ', आपका पल्लू पकड़ते हैं, हाथ पकड़ते हैं, बे-वक्त आकर परेशान करते हैं कि 'मुझे गोदी में उठाओ' तो आप उन्हें समझाते हैं, 'हाँ बाद में आपको उठायेंगे, पहले आप जाकर खेलकर आओ।' बच्चा चला जाता है।

अगर बच्चों (विचारों) को बिगाड़ेंगे तो वे परेशानी का कारण बनेंगे। जो लोग यह नहीं जानते, वे बच्चों को बिगाड़ देते हैं। जब भी बच्चा जिद करे तो उसे गोदी में उठा लेते हैं। विचार भी बच्चों की तरह वक्त-बे वक्त आ जाते हैं और जिद करते हैं कि हमें ध्यान दो, गोद में उठाओ। यदि हम उन्हें उठा लेते हैं तो बड़ी परेशानी हो जाती है।

विचारों को ऐसे ही देखें, जैसे वे बच्चे हैं। कोई भी विचार आकर आपकी खुशी न छीन ले। दुःख को पास न करें। दुःख सदा फेल होना चाहिए। ऐसा तब होगा जब आप विचारों को सही ढंग से देखना सीख लेंगे।

इंसान को विचार बहुत परेशान करते हैं। कोई इंसान आइने के सामने खड़ा होता है और अपने सिर में एक-दो सफेद बाल देखकर डर जाता है और चिंता करने लगता है कि 'अरे! मैं बूढ़ा हो रहा हूँ।' जैसे ही यह विचार आया कि 'मैं बूढ़ा हो रहा हूँ' वैसे ही वह इंसान अपने आपको कमजोर महसूस करने लगता है। आप सोचेंगे कि एक ही दिन में ऐसा क्या हो गया, कल तो वह इंसान अच्छा था। यही विचारों की शक्ति है। आपको यदि समझ है तो आप ऐसे विचारों से कहेंगे, 'बेटा आप बाहर खेलकर आओ।' यह कहते ही आप देखेंगे कि विचारों का जो असर आप पर हो रहा था, वह खतम हो गया और आनंद आने लगा। इस तरह आप विचारों को अलग होकर देख पायेंगे। आपका विचारों से मोह टूटेगा। जरा सोचिये, आपके कितने बच्चे हैं यानी आपको कितने विचार आते हैं! इन बच्चों को ट्रेनिंग देना आवश्यक है। इंसान को अधिकतर 'मेरी कल्पना, मेरी आयडियाज', इन विचारों से मोह होता है। फिर जब यह विचार आता है कि 'मैं क्या कर रहा हूँ' तब

उनका होश जगता है और ऐसे विचार झट से हट जाते हैं। अब आप अपने विचारों को सही ढंग से देखेंगे और उन्हें कहेंगे कि 'हम आपसे बाद में बात करते हैं, आप खेलकर आओ।' ऐसा कहने से विचार चला जायेगा क्योंकि आपने अलग होकर उस विचार को देखा। इस तरह विचारों को देखने से एक नये तरह का जीवन शुरू होगा।

विचारों को प्रशिक्षण देना आवश्यक है। जैसे आप बाहर बच्चों को प्रशिक्षण देने के लिए बच्चों के प्रशिक्षण की पुस्तकें पढ़ते हैं, वैसे ही 'थॉट्स ट्रेनिंग' यानी विचारों को प्रशिक्षण देने के लिए विचारों के प्रशिक्षण की पुस्तक पढ़नी चाहिए, संपूर्ण प्रशिक्षण पुस्तक पढ़नी चाहिए। मन को कैसे काबू में किया जाय, यह सीखना चाहिए। जैसे यदि शरीर को व्यायाम चाहिए तो आप योगा सीखते हैं क्योंकि आप उसकी आवश्यकता महसूस करते हैं। वैसे ही विचारों के साथ कैसे चिपकाव (योग) होता है, यह आपको सीखना चाहिए। आप विचारों की शक्ति का इस्तेमाल करें, न कि विचार शक्ति आपका इस्तेमाल करे। विचारों से मोह टूटे और उन्हें दिशा मिले। फिर आप देखेंगे कि आपको मानसिक स्वास्थ्य मिलने लगेगा। नकारात्मक विचार आयें तो आप उन्हें खेलने के लिए भेजें यानी उनसे अपना ध्यान हटा लें।

जब हम घर में या ऑफिस में लगातार काम करते रहते हैं तब शरीर में थकावट होती है और विचार आता है कि 'मैं सो जाऊँ, थोड़ा आराम कर लूँ।' ऐसा सोचकर आप काम बंद कर देते हैं लेकिन आप सकारात्मक दृष्टिकोण से ऐसा कर सकते हैं कि मन में पक्का विश्वास रखें कि 'अभी मैं रिलैक्स होकर सोऊँगा/ सोऊँगी और पूरे ५ मिनट के बाद उठकर अपने काम पर लग जाऊँगा/जाऊँगी।' इस तरह आप फिर से काम करने के लिए ताजा होकर उठेंगे।

कुछ लोगों को निरंतर कई घंटे काम करने की आवश्यकता होती है। ऐसे में वे लगातार काम के बोझ से थक जाते हैं लेकिन वे अपनी जिम्मेदारी से भाग भी नहीं सकते। ऑफिस हो चाहे घर हो, इस समस्या का सामना अकसर लोगों को करना ही पड़ता है।

आइये, इस परिस्थिति में कार्य-ऊर्जा प्राप्त करने का एक बहुत ही सरल व सुलभ उपाय जानें। आप घड़ी देखें और आत्मसूचना दें कि '५ मिनट में मैं पूरी तरह से आराम करके, अपना काम फिर से शुरू करूँगा/करूँगी।' फिर ५ मिनट के लिए कुर्सी पर बैठकर या घर में हों तो बिस्तर पर लेटकर शरीर को पूरा आराम दें। शरीर के सारे अंगों को शिथिल करें और अंदर यह महसूस करें कि 'मुझे काम करने के लिए भरपूर ऊर्जा मिल रही है।' आपको आश्चर्य होगा कि ५ मिनट में आप एकदम तरो-ताजा, एनर्जेटिक होकर उठते हैं और फिर से अपने काम पर लग जाते हैं। इस आदत को विकसित करके अपनी कार्य क्षमता बढ़ायी जा सकती है। इस छोटे

से आराम को कैटनैप भी कहा जाता है। जैसे बिल्ली आँखें मूँदकर ५ मिनट में ही आराम कर लेती है, वैसे ही आप ५ मिनट में तंदुरुस्त होकर अपने काम पर लग सकते हैं और बचे हुए बहुत सारे काम निपटा सकते हैं। अतः कैटनैप का तरीका अपनाकर सदा चुस्त-दुरुस्त रहें।

विचार और रोग :

ईर्ष्या, क्रोध, भय, चिंता, तनाव, द्वेष आदि से पीड़ित मनुष्य द्वारा खाये हुए भोजन का पाचन ठीक से नहीं हो पाता। ऐसा कोई भी मानसिक विकार जिसे हम दूसरों से छिपाना चाहते हैं, वह हमें हानि पहुँचाता है। कपट जैसे विकार पेट के रोग उत्पन्न करते हैं। ऐसे विकारों को छिपाकर रखने से, जिनके प्रकट होने से व्यक्ति के आत्म-सम्मान को आघात पहुँचने की संभावना रहती है, वे शरीर के अंगों को रोग ग्रस्त और कमजोर बनाते हैं।

ये विचार रोगों को बढ़ाने के लिए प्रभावी भूमिका निभाते हैं। ज्यादा क्रोध और चिड़चिड़ापन लिवर और गालब्लेडर को हानि पहुँचाता है। भय, गुर्दे और मूत्राशय को हानि पहुँचाता है। तनाव और चिंता, पैनक्रियाज को हानि पहुँचाते हैं। अधीरता और क्षणिक आवेश, हृदय और छोटी आँत (इन्टेस्टाईन) को तथा दुःख, फेफड़ों और बड़ी आँत की कार्यक्षमता को घटाते हैं।

विचारों से परेशान लोगों में यह देखा गया है कि उन्हें किसी को कुछ देने की इच्छा नहीं होती। उनकी इस कंजूसी की आदत से उनकी आँतें मल विसर्जन करने में, त्वचा पसीना बाहर निकालने में, फेफड़े पूरी साँस छोड़ने में तकलीफ देते हैं।

हम अशुभ विचारों से नहीं बल्कि शुभ विचारों से अपनी सेहत का काफी खयाल रख सकते हैं। अपमान होने पर भी मन को छोटा नहीं करना चाहिए। नकारात्मक विचार बीमारियों को आमंत्रण देते हैं और कई बीमारियाँ प्रकट करते हैं। शरीर को ख़ामखा उन्हें भुगतना पड़ता हैं। इसलिए नकारात्मक विचार न दोहराते हुए सकारात्मक विचार दोहरायें।

विचारों द्वारा उत्पन्न बीमारियों से बचने के लिए महत्त्वपूर्ण इलाज -

१) बीमारियों का इलाज तो होता ही रहेगा परंतु साथ में शुभ विचार दोहराना भी आवश्यक है। सबसे पहले अपने मन में विश्वास के ये विचार दोहरायें-'मैं ठीक हो रहा/रही हूँ... मैं परफेक्ट हो रहा/रही हूँ... मेरी जो भी तकलीफें हैं, जल्दी ठीक हो रही हैं।'

इनके साथ आप यह शुभ विचार भी दोहरा सकते हैं - 'दिन-ब-दिन, हर

तरीके से मेरा मनोशरीरयंत्र (शरीर) ठीक होता जा रहा है' "Day by day in every way my MSY (Body) is getting better and better".

'मैं ईश्वर की दौलत हूँ, कोई गलत शक्ति मुझे छू नहीं सकती' "I am Gods property no evil can **touch** me" इस पंक्ति में 'टच/छू' इस शब्द पर ज्यादा जोर दें और दिल से बोलें। इस वाक्य से आप बीमारी के विचारों और डर से मुक्त हो जाते हैं।

रोग होने के कारण जानने के लिए देखें कि क्या यह रोग आपने आमंत्रित किया है? क्या आपके विचार बीमारी के डर से भरे होते हैं? यदि नहीं तो शांत भाव से सोचें कि 'मेरे अंदर कौन से विचार चलते रहे हैं, जिन्होंने मेरे लिए यह स्वास्थ्य की समस्या पैदा की है?'

२) अब बार-बार दोहरायें, 'मैं अपने चेतन मन के उस गलत विचार प्रवाह (मान्यता) को छोड़ने के लिए तैयार हूँ, जिसने यह स्थिति (बीमारी) उत्पन्न की है।' आपका यह सोचना आपके लिए नया वैचारिक ढाँचा तैयार करेगा और आप रोग से मुक्त होने लगेंगे।

३) इस नये वैचारिक ढाँचे को बार-बार दोहरायें कि 'अपने गलत विचारों के प्रवाह को छोड़ने की वजह से अब मैं आज़ाद हूँ, मुक्त हूँ, मुक्ति हूँ... मैं खुश हूँ, खुशी हूँ ... I am free, I am freedom... I am happy, I am happiness.'

४) यह कल्पना करें कि आप ठीक होने की प्रक्रिया से गुजर रहे हैं। आपके अंदर ठीक होने का अनुभव हो रहा है। जब कभी भी जरूरत महसूस हो तब नीचे दिये गये शुभ विचारों के शब्दों को दोहरायें :

'मैं अपने नकारात्मक विचारों से मुक्त हो रहा/रही हूँ... मैं शांत हो गया/गयी हूँ... मैं जीवन में विश्वास रखता/रखती हूँ... मैं सुरक्षित हूँ।'

'जिस खास सकारात्मक वैचारिक पैटर्न से मेरे भीतर यह आनंद पैदा हुआ है, मैं वह महसूस कर रहा/रही हूँ ... मैं शांत हूँ ... मैं महत्त्वपूर्ण हूँ... मैं संपूर्ण हूँ ... मैं खुद को प्यार और स्वीकार करता/करती हूँ।'

'मैं प्यार पाने और करने लायक हूँ... मैं प्रेमपूर्वक अपने शरीर, दिमाग तथा सभी अंगों की देखभाल करता/करती हूँ... मुझे ताजगी महसूस हो रही है।'

'मैं जीवन के आनंद को अभिव्यक्त तथा स्वीकार कर रहा/रही हूँ... मुझे विश्वास है कि मेरे जीवन में हमेशा सही काम हो रहे हैं... मैं चैतन्य हूँ...

मैं मजे से जीवन के हर अनुभव के साथ बह रहा/रही हूँ... सब ठीक-ठाक चल रहा है।'

'मैं खुशी-खुशी अपने अतीत को मुक्त करता/करती हूँ और चैन से हूँ... मैं अब वर्तमान में जीता/जीती हूँ... मेरा जीवन अब आनंद से भरपूर है... प्रसन्नता से भरे हुए विचार मेरे भीतर सहजता से उमड़-घुमड़ रहे हैं।'

५) ऊपर दिये गये विचारों में से एक या दो दृढ़ विचार लें और उन्हें प्रतिदिन १० से २० बार अपनी डायरी में लिखें तथा जोर-जोर से पढ़ें। उनमें एक गति तैयार करें और उन्हें खुशी से गुनगुनायें। अपने दिमाग को पूरा दिन इन विचारों पर सोचते रहने दें। लगातार इस्तेमाल किये गये दृढ़ विचार हकीकत में बदल जाते हैं। कभी-कभी तो ऐसा सकारात्मक नतीजा प्राप्त होता है, जिसकी आपने कभी कल्पना भी नहीं की होती।

जब मन दुरुस्त रहता है तब तन दुरुस्त रहता है :

१. जब आँखें वही देखेंगी, जो हमें देखना चाहिए
तब हमारी कल्पना का घोड़ा नियंत्रित रहेगा।

२. जब कान वही सुनेंगे, जो हमें सुनना चाहिए
तब हमें आध्यात्मिक स्वास्थ्य प्राप्त होगा।

३. जब जुबान वही खायेगी, जो हमें खाना चाहिए
तब हमें शारीरिक स्वास्थ्य प्राप्त होगा।

४. जब जुबान वही कहेगी, जो हमें कहना चाहिए
तब हमारे रिश्ते स्वस्थ बनेंगे।

५. जब त्वचा वही अनुभव करेगी, जो अनुभव हमें करना चाहिए
तब हम स्व के अर्क (स्वर्ग) में आनंद लेंगे।

६. जब मन वही सोचेगा, जो हमें सोचना चाहिए
तब हमें मानसिक स्वास्थ्य प्राप्त होगा।

आपका स्वास्थ्य आपके मन के हाथों में है, अगर ऐसा कहा जाय तो यह गलत नहीं होगा। जो लोग सदा नफरत, घृणा, द्वेष के विचार मन में रखते हैं वे पेट व दिल के कई रोगों को आमंत्रित करते हैं। कई बार हार्ट अटैक, हेट अटैक (नफरत का हमला) होता है या हेड अटैक (विचारों का हमला) होता है।

चिंता से भरा मन इंसान को पागल तक बना सकता है। चिंता का जहर

धीरे-धीरे रोग पकड़ता है और इंसान को बीमारियों का रोगालय बना देता है।

नकारात्मक विचार मन से सारा उत्साह छीन लेते हैं, जिस वजह से इंसान व्याकुल व निराश रहने लगता है। ऐसा इंसान जीवन की आशा छोड़ देता है। जिस शरीर में जीवन की आशा छूट जाती है, वह इंसान स्वस्थ होने में बहुत समय लगाता है लेकिन जिस इंसान में जीवन की आशा, जीने की इच्छा प्रबल होती है, वह तेजी से स्वास्थ्य प्राप्त करता है। जिनके पास लक्ष्य होता है, करने के लिए दमदार कार्य होता है, जिनका मन रचनात्मक व सृजनात्मक विचारों से भरा होता है, उनकी जीने की इच्छा उत्तम होती है। वे हर रोग से लड़कर बाहर आ जाते हैं। अपने मन में इसी आशा को जगाये रखें। अपने कुल-मूल उद्‌देश्य को सदा अपनी आँखों के सामने रखें। बार-बार भूल जाने पर, फिर-फिर से याद करें, जब तक आप उसमें पूरी तरह से रम नहीं जाते।

खाना खायें तो यही याद रखें कि यह खाना मैं अपने लक्ष्य को प्राप्त करने के लिए खा रहा हूँ ताकि शरीर तंदुरुस्त रहे और लक्ष्य प्राप्त करने में पूरा सहयोग करे। ऐसा करने से आप गलती से भी जरूरत से ज्यादा खाना नहीं खायेंगे। आप सदा अपनी जुबान पर लगाम रखेंगे और उचित आहार, व्यायाम व योग्य आराम करेंगे।

क्रोध व तनाव से भरा मन नाड़ियों में खिंचाव लाता है, जो दर्द का कारण बनता है। कई बार यह तनाव तीन घंटे से लेकर तीन दिन तक चलता है। जब हम मन में स्वीकार भाव लाते हैं तब यह तनाव तुरंत कम होने लगता है वरना डॉक्टरों द्वारा नींद की गोलियों का लंबे समय तक सेवन करना पड़ता है। दवाइओं का फायदा ले सकते हैं लेकिन तनाव के मूल कारण को मिटाना न भूलें। मन में डर व शंका के विचार आते ही हमारी शक्ति नष्ट (क्षीण) हो जाती है। डर के विचार हमारे आत्मविश्वास के दुश्मन हैं। केवल डर व शंका की वजह से इंसान वे कार्य नहीं कर रहा है, जिन्हें करने वह पृथ्वी पर आया है।

अपने मन को सदा सकारात्मक, सुखद (हॅपी थाट्स) विचारों से लबालब रखें। मानसिक स्वास्थ्य पाने की शुरुआत करें और जल्द ही स्वस्थ मन का असर शरीर पर होते देखें। जीने की आशा, स्वीकार भाव, शुभ विचारों को कभी भी मंद न होने दें। ऐसा करने से आपसे दूर नहीं होगा आपका संपूर्ण स्वास्थ्य।

चौथा शरीर -विज्ञानमय या विवेकमय शरीर :

अब आती है चौथी मीनार अर्थात चौथा शरीर। चौथा शरीर है 'विवेकमय शरीर', जिसे विज्ञानमय शरीर या बुद्धि भी कहा गया है। ऐसी बुद्धि, जिसमें तेजसमझ हो, हर एक के लिए सद्‌भावना हो और धूर्तता न हो। बुद्धि के भी तीन स्वरूप हैं :

१) तमोगुणी बुद्धि : तमोगुणी की बुद्धि दुष्ट बुद्धि होती है। इस बुद्धि का इस्तेमाल वह नफरत की आग लगाने में और युद्ध शुरू करने के लिए करता है। तमोगुणी की बुद्धि में सूक्ष्म बातें पकड़ में नहीं आतीं।

२) रजोगुणी बुद्धि : रजोगुणी की बुद्धि धूर्त बुद्धि होती है। वह अपनी बुद्धि का इस्तेमाल लोगों को ठगने के लिए करता है। जैसे एक रजोगुणी व्यक्ति ने अपने मित्र से कहा, 'मैं ऐसा व्यापारी हूँ कि कोई चीज एक रुपये में खरीदूँ और यदि चार आने में भी बेचूँ तो भी मुझे फायदा होता है।' उसके मित्र ने कहा, 'यह तो हो ही नहीं सकता।' उसने कहा, 'तुम मुझे चवन्नी दो तो मैं साबित करके दिखाऊँगा।' मित्र ने उसे चवन्नी दे दी। उसने चवन्नी लेकर एक बस का टिकट मित्र के हाथ में थमा दिया और कहा 'मैंने यह बस का टिकट एक रुपये में खरीदा था और तुम्हें चार आने में बेच रह हूँ। देखो, मैं तो फिर भी फायदे में हूँ।'

३) सत्वोगुणी बुद्धि : सत्वोगुणी चतुर होता है लेकिन उसकी बुद्धि निर्मल और कपटमुक्त होती है। इस तरह की बुद्धि सूक्ष्म बात को भी परख सकती है। ऐसा इंसान अपनी बुद्धि का इस्तेमाल निजी स्वार्थ के लिए नहीं बल्कि लोक कल्याण के लिए करता है।

ईश्वर- कल्पना और बुद्धि के परे की बात है। उसे जानने के लिए बुद्धि का भरपूर इस्तेमाल होना चाहिए। बुद्धि का इस्तेमाल करते-करते सबसे बड़ा बुद्धि का इस्तेमाल तब होता है, जब ईश्वरीय अनुभव बुद्धि के परे है, यह बात बुद्धि से समझ में आ जाय।

पहले शरीर (अन्नमय शरीर) में दुर्व्यसन न हो। दूसरे शरीर (प्राणमय शरीर) में धूल, धुआँ, दुर्गंध न हो, तीसरे शरीर (मनमय शरीर) में द्वेष के विचार, अन्य नकारात्मक विचार न हों और चौथे शरीर (विवेकमय शरीर) में दुष्ट बुद्धि न हो। बुद्धि का उपयोग लोगों की खुशी के लिए भी होता है और किसी को ठगने के लिए भी होता है।

बुद्धि का उपयोग अगर सही ढंग से किया जाय तो बड़ा फायदा हो सकता है। अगर हमारा विवेक जाग जाय और हमें सही-गलत का पता चल जाय तो यह समझ में आयेगा कि दुनिया में कुछ भी गलत नहीं है। लोग सिर्फ अलग-अलग दृष्टिकोण से देख रहे हैं। हर एक अपनी समझ के द्वारा जी रहा है। इस चौथी मीनार में और एक गुण होना जरूरी है, जिसका नाम है 'दूरदर्शिता' (भविष्य में देखने की समझ)। बुद्धि में दूरदर्शिता हो, धूर्त या दुष्ट विचार न हों। भविष्य में हम जिस तरह

का जीवन जीना चाहते हैं, उसकी तैयारी आज से ही करना दूरदर्शिता है। ये सब गुण अगर आपमें आयेंगे तो ईश्वर की खोज करने के लिए आपके पास दूरबीन तैयार हो जायेगी। अर्थात काले बादल सफेद होने लग जायेंगे, पारदर्शी (ट्रान्सपरंट) होने लग जायेंगे।

जब विज्ञानमय शरीर जागता है तब यह पारदर्शिता (ट्रान्सपरंसी) बढ़ती जाती है और शीशे की तरह साफ होती जाती है। जिसमें दो नहीं, एक ही नजर आता है मगर उससे पहले हमें यह जानना होगा कि हम अन्नमय शरीर से ऊपर उठे हैं या नहीं ताकि चौथा शरीर शीशे की तरह साफ-साफ महसूस हो। उदा. जैसे आपने किसी दरवाजे की जगह पर शीशा लगा दिया हो और वाकई वह शीशा इतना साफ हो कि कोई इंसान उससे टकरा जाय, उसे लगे कि वहाँ कुछ है ही नहीं। यह चौथा शरीर ठीक ऐसा ही है कि जैसे वह है ही नहीं। इसमें जो भी चीज है, वह जैसी है, वैसी ही दिखती है।

यह शरीर यदि जागृत हो जाय तो पाँचवें शरीर में प्रवेश होता है परंतु ९० प्रतिशत से अधिक लोग इसी शरीर तक पहुँचते हैं, इससे आगे की यात्रा नहीं हो पाती।

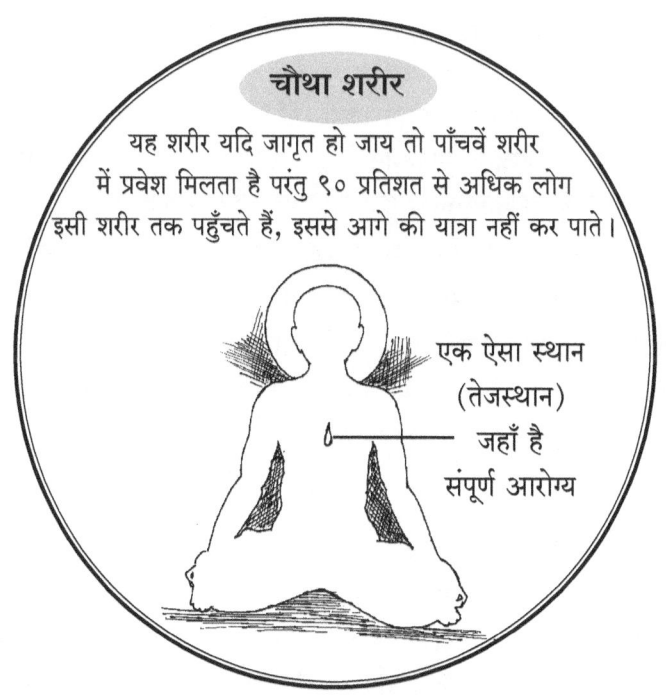

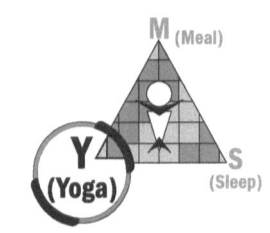

व्यायामासन - भाग २

स्वास्थ्य का तीसरा कोना

जिस चीज पर आप ध्यान देते हैं,
वह आप में आने लगती है इसलिए सदा दूसरों में गुण देखें, रोग नहीं।

24 शरीर के हर अंग को व्यायाम (खिंचाव और दवाब) मिलना चाहिए। जहाँ-जहाँ शरीर में तनाव हो, उस अंग को खींचकर ढीला छोड़ना चाहिए। इस तरीके से शरीर फिर से काम करने के लिए तैयार हो जाता है।

१) योगासन व्यायाम का सबसे उत्तम तरीका है। हर अंग के लिए अलग-अलग आसन बनाये गये हैं, जिनका लाभ आप अपने शरीर के अनुसार ले सकते हैं लेकिन इस बात का हमेशा ध्यान रखें कि जो भी व्यायाम आप करते हैं, वह किसी विशेषज्ञ के मार्गदर्शन में ही करें वरना इंसान उत्साह में भरकर बिना मार्गदर्शन के व्यायाम करके खुद को हानि पहुँचा सकता है।

२) बीमार होने के बाद लोग व्यायाम शुरू करते हैं लेकिन बीमार होने से पहले यदि व्यायाम करें तो बीमार ही नहीं होंगे।

३) हलकी-फुलकी कसरतें, ऐरोबिक्स तथा नृत्य द्वारा आप अपने शरीर को व्यायाम दे सकते हैं। गर्मी के मौसम में अधिक व्यायाम न करें।

४) ठंढी के मौसम में ज्यादा व्यायाम करें।

५) तेज व पैदल चलना सभी के लिए एक आदर्श व्यायाम है।

६) मालिश द्वारा भी शरीर के अंगों को व्यायाम मिलता है।

योग की क्रियाएँ करने को 'आसन' कहा जाता है। धीरे-धीरे जब आप जटिल मुद्राओं को करने के लिए स्वयं को तैयार समझते हैं तब उन मुद्राओं को सही तरीके से करने के लिए एक सही प्रक्रिया की जरूरत होती है।

आइये ऐसे कुछ तरीके जानें जो जटिल क्रियाओं को करने में मददगार होते हैं। योग की मुद्राओं को छोटे-छोटे हिस्सों में बाँटें। जिस प्रकार संगीतकार पहले अपनी अंगुलियों को किसी संगीत के एक टुकड़े के लिए अभ्यस्त करता है और उसके बाद पूरे संगीत को बजाता है, उसी प्रकार योग की मुद्रा को छोटे-छोटे हिस्सों में विभाजित करके उन्हें करने से उस मुद्रा में निपुणता हासिल होती है।

उदाहरण के लिए, खड़े होने की मुद्रा को दो भागों में विभाजित किया जा सकता है।

१. पहले भाग में पैरों पर ध्यान दें, उन्हें सही तरीके से रखें।

२. रीढ़ की हड्डी को सीधा करें और हाथों को कमर पर रखें।

३. दूसरे भाग में शरीर के ऊपरी हिस्से पर ध्यान केंद्रित करें।

४. जब आप मुद्रा के दोनों भागों को सही तरीके से करने लग जायें तब एक साथ पूरी मुद्रा का अभ्यास करें।

कोई भी जटिल आसन करने से पहले, साधे और सरल आसन करके अपने आपको वार्म-अप (तैयार) कर लें, अपने शरीर को लचीला बनायें। कुछ मूल क्रियाएँ अकसर प्रथम की जाती हैं। ऐसी मूल क्रियाओं में अभ्यस्त हो जाने के बाद कठिन आसन (व्यायाम) उतना मुश्किल नहीं लगता। जैसे आगे की तरफ व दायें-बायें मुड़ना।

सहारे यानी प्रॉप का उपयोग, योग सीख रहे लोगों के लिए अच्छा होता है। अपनी रचनात्मकता से प्रॉप्स (कुर्सी, तकिये, ईंट के आकार का लकड़ी का टुकड़ा, रस्सी इत्यादि) का उपयोग बहुत अच्छे तरीके से किया जा सकता है। इससे जटिल

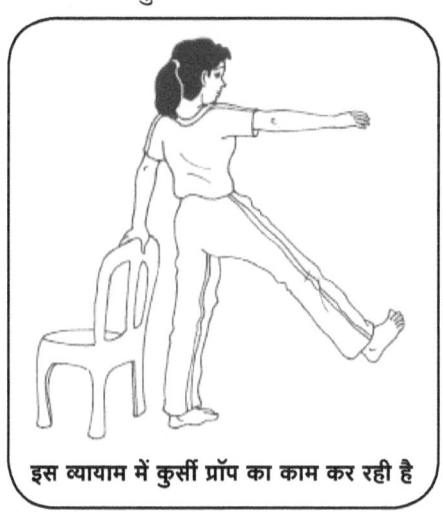

इस व्यायाम में कुर्सी प्रॉप का काम कर रही है

क्रिया आसानी से हो जाती है। साथ ही खतरों से भी बचा जा सकता है। उदा. यदि आप खड़े होकर झुकते हैं तो आपकी अंगुलियाँ फर्श को नहीं छू पातीं तो अपने हाथ और फर्श के बीच में एक लकड़ी का टुकड़ा रख दें। इससे आपको आसन करने में आसानी होगी। यदि आपसे रीढ़ की हड्डी को सीधा करके नहीं बैठा जाता तो पीठ के पीछे तकिये अथवा कमर के नीचे कंबल का सहारा लेकर बैठें। दृढ़ता के साथ अभ्यास करने से जो मुद्रायें पहले मुश्किल लगती थीं, वे ही समय के साथ आसान लगने लगती हैं। हर नयी मुद्रा का अभ्यास मेहनत और समर्पण के साथ करना चाहिए। योग की यात्रा अनंत होती है। जब आप किसी एक मुद्रा में पूरी तरह से निपुण हो जाते हैं तब उससे ज्यादा जटिल मुद्रा आपका इंतजार कर रही होती है।

१. बद्धकोनासन

बद्ध का अर्थ है– बंधा हुआ, नियंत्रित। कोन का अर्थ है कोई छोर, सिरा अथवा कोना।

विधि :

१. जमीन पर सीधे सामने की ओर पैर पसारकर बैठें।

२. दोनों पैरों को घुटने से मोड़ें और पंजों को पास में लायें।

३. पंजों को इस प्रकार मिलायें कि तलवे और एड़ियाँ आपस में सट (जुड़) जायें।

४. पंजों का निचला हिस्सा जमीन पर रहे और एड़ी मूलाधार (पेट के निचले हिस्से) के नजदीक हो।

५. जाँघों को चौड़ा करें और घुटने को नीचे दबायें ताकि वे जमीन से लग जायें।

६. दोनों पैरों के पंजों को हाथ से पकड़ें। घुटने, टखनों और जाँघों को जमीन पर जमाये रखें, धड़ को ऊपर की ओर तानें।

७. जब तक संभव हो इसी मुद्रा में रहें। नाभि के ऊपर से धड़ तना रहे, पंजों पर हाथ की पकड़ जितनी मजबूत होगी, धड़ को ऊँचा रखने में उतनी ही आसानी होगी। कंधों को विस्तार दें और कंधों की हड्डियों को पीछे की तरफ तानें।

८. कोहनी को जाँघों पर रखें और जाँघों को नीचे दबायें – साँस छोड़कर आगे की ओर झुकें। इसके बाद पहले सिर, फिर नाक और फिर ठोड़ी (चिन)

नोट : कोई भी योगासन करने से पहले विशेषज्ञ से मार्गदर्शन अवश्य लें।

को जमीन पर टिका दें। सामान्य साँस लेते हुए ऐसा आधा या एक मिनट तक करें।

९. सिर को उठायें, पंजों को खोलें, टाँगों को पसार लें और विश्राम करें।

सूचना :

बद्धकोनासन

इस आसन के आरंभ में आपको घुटने जमीन पर टिका पाना कठिन लगेगा। ऐसा करते ही घुटनों को जाँघ की तरफ ले जायें, नियमित अभ्यास से यह आसान होता जायेगा।

जिनका नितंब अथवा पेट ज्यादा मोटा हो या जो स्त्रियाँ मासिक-स्राव से गुजर रही हों, वे लगभग तीन इंच मोटा कंबल अपने ऊपरी टाँगों (थॉय) के नीचे रखें ताकि उन्हें आसन करने में आसानी हो। इससे बद्धकोनासन करते समय, सीधा बैठने में और इसी अनुसार पेट को ऊँचा रखने में मदद मिलती है।

लाभ :

१. इस आसन से मल-मूत्र, विसर्जन की बीमारियों में विशेष लाभ होता है। पेट और पीठ में रक्त संचार बेहतर गति से होता है और ये अंग मजबूत होते हैं।

२. इससे गुर्दे तथा मूत्राशय सदा स्वस्थ रहते हैं।

३. इस आसन को करने से साईटिका (सिअटिका) का दर्द और हर्निया नहीं होता।

४. महिलाओं को इससे विशेष फायदा होता है। अनियमित माहवारी इससे ठीक हो जाती है और गर्भाशय सुचारू ढंग से काम करने लगता है।

५. यदि गर्भवती महिला इस मुद्रा में रोजाना कुछ मिनट बैठे तो प्रसव के समय उसे पीड़ा कम होती है।

२. सुप्त बद्धकोनासन

१. सुप्त का अर्थ है लेटा हुआ, यह बद्धकोनासन का ही एक प्रकार है, जिसे लेटकर किया जाता है।

२. पीठ के बल लेटकर घुटनों को मोड़ें और पाँव के तलवों को मूलाधार के पास लायें।

३. जाँघ और घुटने सामने फैलायें और एड़ी तथा तलवों को पास लायें और आपस में मिलायें।
४. साँस लेते हुए पैरों के पंजों को हाथों से पकड़ें और कंधों से थोड़ा ऊपर उठें।
५. साँस छोड़ते हुए पूर्व अवस्था में आ जायें।

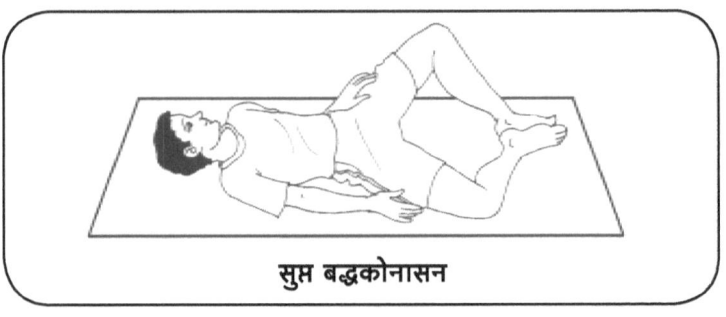

सुप्त बद्धकोनासन

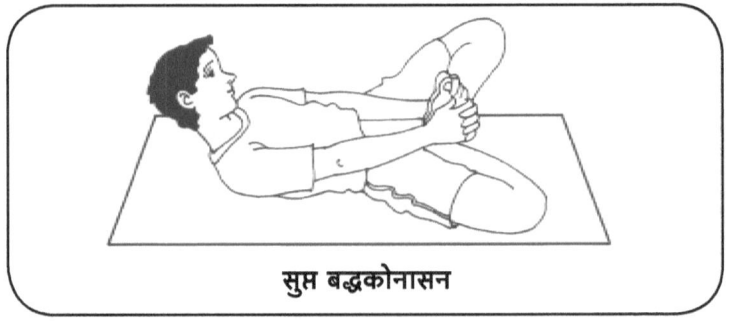

सुप्त बद्धकोनासन

३. गरदन के लिए प्रभावकारी व्यायाम

१. सीधे बैठकर गरदन को दाहिनी ओर घुमाते हुए पहले दाहिने कंधे से लगायें।
२. इसी तरह अब गरदन घुमाकर बायें कंधे से छूयें। इसके पश्चात गरदन को आगे की ओर झुकाते हुए ठोड़ी (चिन) को छाती से लगायें।
३. फिर गरदन को धीरे-धीरे पीछे की ओर जितना हो सके, बिना ज्यादा ताकत लगाये झुकायें।
४. अंत में गरदन को गोलाकार (वृत्ताकार) में दोनों दिशाओं में क्रमशः घुमायें।
५. दूसरी क्रिया दायें हाथ की हथेली को बायें कान के ऊपर, सिर पर रखकर हाथ से सिर को दबायें तथा सिर से हाथ की ओर दबाव डालें।

६. इस प्रकार हाथ से सिर को तथा सिर से हाथ को एक दूसरे के विपरीत दबाने से गरदन में एक कंपन होता है। जिससे गरदन मजबूत होती है।

७. इस प्रकार ४ से ५ बार दबाव डालकर बायीं ओर से यह प्रक्रिया करनी चाहिए।

८. अंत में दोनों हाथों की अंगुलियों को एक दूसरे में डालते हुए (इंटर लॉक करते हुए) हाथों से सिर को तथा सिर से हाथों को दबायें। ऐसा करते हुए सिर तथा गरदन सीधी रहनी चाहिए।

४. नौकासन

इस आसन में नौका के समान आकृति बनती है इसलिए इसका नाम नौकासन है। पेट के अंगों की आंतरिक मालिश की श्रृंखला में यह आसन एक महत्त्वपूर्ण भूमिका निभाता है। मोटापा दूर करने तथा स्फूर्ति लाने में यह आसन सहायता करता है। पैनक्रियाज पर इसका अच्छा प्रभाव पड़ता है। लीवर के कार्य में आनेवाला अवरोध इस आसन द्वारा मिटता है। जठराग्नि तीव्र होती है, अजीर्ण, नाभि के ऊपर का दर्द तथा अन्य विकारों में यह उपयोगी है। इससे हाथ, कंधे, जाँघ, पिण्डलियाँ तथा छाती चुस्त होती हैं। मोटापा भी घटता है। कमर दर्द के रोगी इस आसन को न करें।

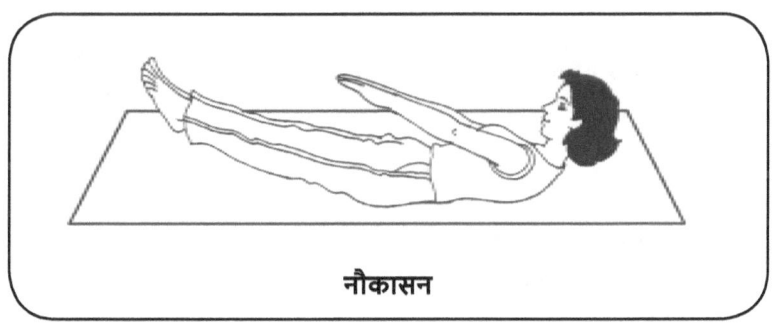

नौकासन

विधि :

१. पीठ के बल लेटकर, हाथों को सिर की ओर ले जायें।

२. साँस भरते हुए पंजों व एड़ियों को मिलाते हुए टाँगों को ऊपर उठायें। चित्र अनुसार हाथ आगे रखते हुए कंधों को ऊपर उठायें।

३. शरीर के भार को नाभि पर केंद्रित कर दें। नाव के समान आगे-पीछे डोलें।

४. आसन की पूरी क्रिया में पैरों व हाथों में खिंचाव कम न हो।

५. साँस बाहर निकालते हुए वापस आयें और शिथिलासन (विश्राम) करें।

५. संतुलनासन

इस आसन में एक पैर पर शरीर का संतुलन बनाना पड़ता है इसलिए इसे संतुलनासन कहा जाता है। इसे वृक्षासन भी कहा जाता है।

विधि :

१. जमीन पर सीधे खड़े रहें, शरीर को सीधा और तना हुआ रखें।

२. दृष्टि सामने की ओर हो, दोनों हाथ बगल में रखें। फिर किसी एक पैर को इस तरह मोड़ें कि घुटने नीचे की ओर रहें। एक पैर के पंजे को उसी तरफ वाले हाथ से पकड़ें।

३. दूसरे हाथ को इस प्रकार सीधा ऊपर उठायें कि वह कान का स्पर्श करे। चित्र में दिखाये गये आकार में खड़े रहें।

४. यह स्थिति लगभग ८ से १० सेकण्ड तक बनाये रखें। यही क्रिया दूसरे पैर से भी करें।

५. शुरुआत में ४ या ६ बार यह आसन किया जा सकता है।

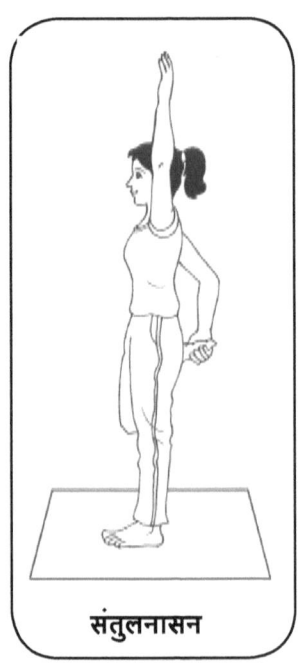

संतुलनासन

लाभ :

१. इस आसन से शरीर के प्रत्येक मोड़ को उचित व्यायाम मिलता है।

२. इस आसन से जोड़ों का दर्द दूर होता है।

३. इस आसन से घुटनों, टखनों, कंधों और हाथों की अुंगलियों को योग्य कसरत मिलती है। साथ ही एक पैर पर शरीर का संतुलन बनाये रखने का अभ्यास भी होता

है, जो शरीर पर आपका नियंत्रण बढ़ाता है।

६. जानुशिरासन

यह आसन पश्चिमोत्तानासन जैसा ही है। इस आसन में केवल एक पैर ही लंबा किया जाता है।

विधि :

१. बैठक की स्थिति लें। बायीं एड़ी को पेट के नीचे और गुदा के बीच में लेकर दबाकर रखें।

२. दायाँ पैर लंबा और सीधा रखें। दोनों हाथों से चित्र अनुसार, साँस लेते हुए दायें पैर का पंजा पकड़ें।

३. साँस छोड़ें और पेट को भीतर की तरफ खींचें। चित्र के अनुसार धीरे-धीरे सिर को नीचे झुकायें।

४. मुँह और ठोड़ी (चिन) को घुटने पर टिकायें। ५ से १० सेकण्ड तक इस स्थिति में रहें। साँस को स्थिति अनुसार चलने दें। धीरे-धीरे समय बढ़ायें।

५. इस प्रकार बायाँ पैर लंबा करके यही क्रिया दोहरायें।

६. निरंतर अभ्यास से यह आसन दस मिनट तक किया जा सकता है। जल्दबाजी न करें।

७. शौचालय जाने के बाद ही सारे आसन करने चाहिए।

८. यह आसन करनेवाला इंसान पश्चिमोतानासन जो सामने चित्र में दर्शाया गया है, बड़ी सरलता से कर सकता है।

लाभ :

१. इस आसन में जठराग्नि प्रज्वलित होती है और पाचन क्रिया में सहायता मिलती है।

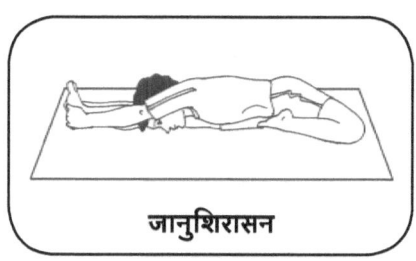

जानुशिरासन

२. इस आसन में मूत्र की सब शिकायतें दूर हो जाती हैं।

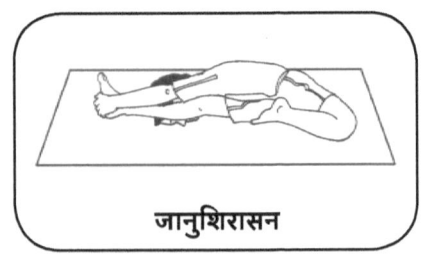
जानुशिरासन

३. यह आसन हाथों की पीड़ा के लिए बहुत उपयोगी है। इस आसन से आलस्य दूर होता है।

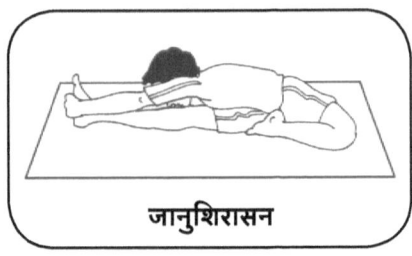
जानुशिरासन

४. पश्चिमोत्तानासन से प्राप्त होनेवाले सभी लाभ इस आसन द्वारा प्राप्त होते हैं।

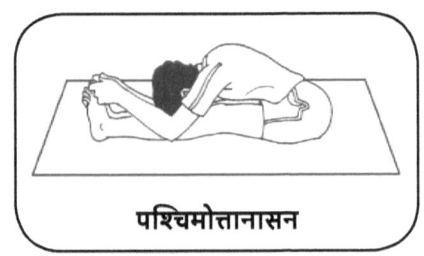
पश्चिमोत्तानासन

७. वज्रासन

इस आसन में बैठनेवाला व्यक्ति दृढ़ और मजबूत स्थिति प्राप्त करता है। इस स्थिति में सरलता से हिला-डुला नहीं जा सकता। इसलिए इसे वज्रासन कहा जाता है। सामान्यतः योगी इस आसन में बैठा करते हैं।

विधि :

१. पैर के दोनों तलवों को गुदा के, दोनों ओर इस प्रकार रखें कि दोनों पैर के तलवे जाँघों के नीचे आयें।

२. टखनों से घुटने तक का पैरों का भाग जमीन को छूना चाहिए। पूरे शरीर का वजन घुटनों और टखनों पर रखें।

३. शुरुआत में घुटनों और टखनों में थोड़ा दर्द होगा। किंतु बाद में यह दर्द बहुत जल्द अपने आप दूर हो जायेगा।

४.	दोनों हाथ सीधे करके उन्हें घुटनों पर या अपनी गोद में रखें। दोनों घुटनों को नजदीक रखें। शरीर, गरदन और सिर एक सीध में रखकर बिलकुल तनकर बैठें। यह अत्यंत सामान्य आसन है। आराम से साँस लेते रहें।

वज्रासन

वज्रासन - पीछे से

सुप्त वज्रासन

५.	इस आसन में बहुत लंबे समय तक आराम से बैठा जा सकता है।

६.	इस आसन में जब हम चित्र अनुसार पीछे लेट जाते हैं तब उसे सुप्त वज्रासन कहते हैं। इसे साधने के लिए जल्दबाजी न करें।

लाभ :

१.	इस आसन में पाचक रस अधिक मात्रा में उत्पन्न होते हैं और गैस का रोग मिटता है।

२.	यह आसन निरंतर करने से घुटनों, पंजों, पैरों और जाँघों में होनेवाला दर्द दूर होता है।

३.	यही एक ऐसा आसन है, जो कहीं भी, कभी भी, भोजन करने से पहले या भोजन करने के बाद भी किया जा सकता है।

८. त्रिकोणासन

इस आसन में शरीर का आकार त्रिकोण की तरह बनता है इसलिए इस आसन को त्रिकोणासन कहा जाता है।

त्रिकोणासन

विधि :

१. दोनों पैरों के बीच लगभग २ फीट का अंतर रखकर सीधे खड़े रहें। दोनों हाथ सीधे रखें। फिर धीरे-धीरे दोनों हाथ कंधे तक ऊपर उठायें।

२. हथेली नीचे की ओर रखें। सीधे खड़े रहें फिर नीचे झुकें, बायें हाथ से बायें पैर के पंजे को स्पर्श करें। दायाँ हाथ ऊपर की ओर ले जायें और सीधा रखें। दृष्टि दायें हाथ की सीध में रखें।

३. फिर बायाँ हाथ वहीं रखकर दायाँ हाथ कमर के आगे बढ़ायें और सिर के सीध में रखें। अब यही क्रिया दायें हाथ से दोहरायें। इस वक्त बायाँ हाथ ऊपर होगा।

४. त्रिकोणासन की अंतिम स्थिति में ५ से १० सेकण्ड आराम करके क्रिया को बदलते रहें।

५. प्रत्येक स्थिति में दो सेकण्ड रुकें। प्रतिदिन यह आसन ४ से ५ बार किया जा सकता है।

लाभ :

१. जिन लोगों की गरदन कड़ी (सख्त) हो जाती है, उन्हें इस आसन से बड़ा आराम मिलता है।
२. यह आसन गरदन, कंधे के जोड़ों का दर्द मिटाता है।
३. यह आसन मेरूदण्ड और अंगुलियों को अच्छा व्यायाम देता है।
४. इस आसन से रीढ़ की हड्डी लचीली बनती है और मानसिक शक्ति बढ़ती है। आँखों के तेज के लिए भी यह आसन बहुत उत्तम है। इस आसन से मेरूदण्ड में जड़ता (अकड़न) नहीं आती। फलस्वरूप, यौवन लंबे समय तक सुरक्षित रहता है। यह आसन स्वप्न दोष को रोकने में बड़ा ही प्रभावशाली है।
५. यह आसन मूत्राशय की बीमारियों में भी उपयोगी है।
६. इस आसन के अभ्यास से पैरों के तलवों की पीड़ा, सूजन, जलन आदि विकार दूर हो जाते हैं।
७. यह आसन पाचक रसों को प्रज्वलित करता है।

९. अर्द्धशल्बासन

शल्ब मतलब टिड्डी। इस आसन में मुद्रा टिड्डी के समान दीखती है इसलिए इस आसन को शल्बासन कहा जाता है। जब यह आसन एक पाँव पर किया जाता है तब उसे अर्द्धशल्बासन कहा जाता है।

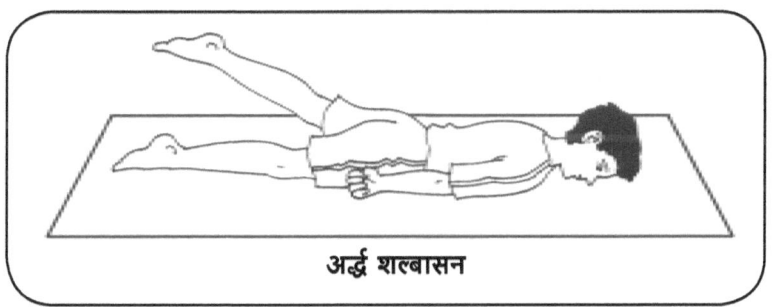

अर्द्ध शल्बासन

विधि :

१. फर्श पर मुँह नीचे की ओर रखकर उलटे लेट जायें।
२. दोनों हाथ बगल में रखें। मुट्ठियाँ बंद रखें। हाथ जाँघ के नीचे भी रखे जा सकते हैं।

३. साँस अंदर लें, शरीर को तना हुआ रखकर किसी भी एक पैर को अंदाजन ३० डिग्री, चित्र अनुसार ऊपर उठायें। जब तक यह क्रिया कर रहे हैं तब तक साँस रोककर रखें। पैर को सरलता से जितना ऊपर उठा सकते हैं उतना ही ऊपर उठायें।

४. पैर के तलवों को थोड़ा बाहर की तरफ खींचें। ५ से ३० सेकण्ड तक इस स्थिति में रहें। फिर साँस छोड़ते हुए पैर को धीमे-धीमे नीचे की ओर लायें।

५. यही क्रिया दूसरे पैर से भी करें। यह आसन ६ से ७ बार किया जा सकता है।

लाभ :

१. यह आसन पश्चिमोतानासन से विपरीत है यानी यह आसन मेरूदण्ड को पीछे की ओर मोड़ देता है। यह आसन पश्चिमोतानासन के बाद करना उचित है।

२. भुजंगासन से शरीर के ऊपर के आधे हिस्से का विकास होता है।

३. जब कि शल्बासन से शरीर के नीचे के आधे हिस्से का विकास होता है।

४. पेट में एकत्रित मल बाहर निकालने में यह आसन बहुत सहायक होता है।

५. इस आसन में कमर का दर्द मिटता है।

६. घुटने, नितंब, कमर तथा पेट पर जमी अतिरिक्त चरबी और अकड़न को यह आसन कम करता है।

७. इस आसन से पेट को अच्छा व्यायाम मिलता है। मूत्रपिंड (किडनी), जिगर (लीवर) आदि इससे सक्रिय बनते हैं।

८. गर्भाशय की नाड़ियाँ इससे मजबूत बनती हैं।

९. कब्ज, वायु विकार, अपच, दस्त और पेट तथा आँतों की गड़बड़ी इस आसन से दूर होती है।

१०. इस आसन के अभ्यास से बवासीर रोग और पैर के तलवों की पीड़ा दूर होती है।

१०. पूर्ण शल्बासन

जब दोनों पैरों को एक साथ ऊपर उठाकर जो शल्बासन में एक पैर को ऊपर उठाकर किया गया, वही करने को पूर्ण शल्बासन कहा जाता है। इस आसन के दो प्रकार हैं। नीचे दोनों प्रकारों को स्पष्ट किया गया है।

पूर्ण शल्बासन

विधि :

१. पहले प्रकार में मुँह नीचे की ओर रखकर जमीन पर उलटे लेट जायें।

२. दोनों हाथ कंधों की सीध में नीचे रखें।

३. शरीर को तनी हुई स्थिति में रखकर, दोनों पैरों को हवा में जितना संभव हो उतना अधिक ऊपर उठायें। पैरों के तलवों को खींचें।

४. पेट, पैर और जाँघ के नीचे के हिस्से को ऊपर उठायें। ५ से ३० सेकण्ड तक इस स्थिति में स्थिर रहें और साँस रोककर रखें।

५. अब पैरों को धीमे-धीमे नीचे की ओर लायें। फिर अत्यंत धीरे-धीरे साँस को बाहर निकालें।

६. अब साँस लेते हुए अपना सिर ऊपर उठायें, हाथों को सीने के पास ही जमीन पर रहने दें।

७. साँस छोड़ते हुए पूर्व अवस्था में आ जायें।

८. साँस लेते हुए पैर और सिर दोनों ऊपर उठायें। कुछ सेकण्ड रुकें, साँस छोड़ते हुए पूर्व अवस्था में आयें। यह हुआ पूर्ण शल्बासन।

लाभ :

१. इस आसन से पेट पर दबाव पड़ता है और पेट, जाँघ तथा पैर के स्नायु विकसित होते हैं।

२. इस आसन में जठर, पित्ताशय, मूत्राशय आदि पेट के विभिन्न अंगों को मजबूती मिलती है और हाथों की अकड़न दूर होती है।

३. यह आसन पाचन शक्ति तेज करता है।

४. इस आसन से पैर की सूजन मिटती है।

५. इस आसन से गले में नयी शक्ति का संचार होने लगता है।

६. इस आसन के अभ्यास से फेफड़ों के रोग दूर होते हैं।

११. भुजंगासन

संस्कृत में साँप को भुजंग कहा जाता है। इस आसन में ऊपर की ओर उठे हुए सिर को देखकर, ऐसा लगता है मानो साँप फन फैलाकर बैठा हो इसलिए इसे भुजंगासन कहा जाता है।

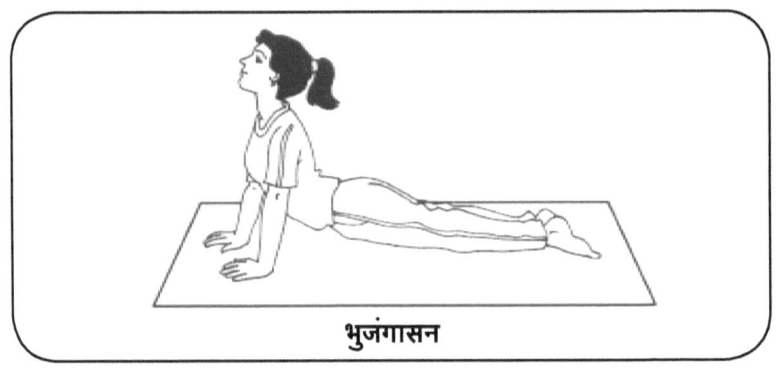

भुजंगासन

विधि :

१. मुँह नीचे की ओर रखकर उलटे लेट जायें। शरीर के सभी स्नायुओं को शिथिल कर दें।

२. हथेलियों को कंधों और कोहनियों के बीच के स्थान में जमीन पर रखें।

३. नाभि से हाथ के पंजों तक के फर्श के आगे का भाग धीमे-धीमे साँप के फन की तरह साँस लेते हुए ऊपर की ओर उठायें। रीढ़ को पीछे की ओर मोड़ें।

४. पैरों की अंगुलियों को पीछे की ओर इस प्रकार खींचकर रखें कि वे जमीन को छूती रहें।

५. ऐसा करते समय पीठ और कंधे के बीच के भाग के स्नायु अच्छी तरह खिंचे हुए रहें। पेट पर दबाव भी पर्याप्त मात्रा में बढ़ा हुआ लगेगा।

६. साँस रोककर इस स्थिति में ६ से ८ सेकण्ड तक रुके रहें। इसके बाद साँस छोड़ते हुए सिर को उसकी अपनी मूल स्थिति में ले आयें।

७. ३ से ६ बार यह आसन किया जा सकता है।

लाभ :

१. यह आसन करने से पीठ का दर्द दूर होता है।
२. यह आसन पेट के अंदरूनी अवयवों पर दबाव डालकर अवरुद्ध मल को बड़ी आँत और गुदा की ओर ढकेलता है।
३. फलस्वरूप कब्ज की शिकायत दूर होती है। शारीरिक उष्णता भी मिलती है।
४. यह आसन मुख्य महिलाओं के बीजाशय, गर्भाशय को तंदुरुस्त करता है और मासिक धर्म संबंधी तकलीफें दूर करता है।
५. इस आसन के अभ्यास से महिलाओं में प्रसूति अत्यंत प्राकृतिक रूप से और सरलता से होती है।
६. यह आसन रीढ़ को योग्य व्यायाम देता है।
७. पेट के भीतरी अवयवों को सक्रिय करता है और पेट का दर्द दूर करता है।
८. यह आसन कंधा, सीना, गरदन और सिर के भागों को विकसित करता है और शरीर को सुडौल बनाता है।

१२. उष्ट्रासन

यह आसन वज्रासन के ही वर्ग का है। वज्रासन करने के बाद यह आसन करना चाहिए। उष्ट्र का अर्थ है ऊँट। इस आसन में शरीर के लगभग सभी भागों को ऊँट के अंगों की तरह मोड़ा जाता है इसलिए इसे उष्ट्रासन कहा जाता है। आम तौर पर लोग आगे की ओर झुककर काम करने के आदी होते हैं, जिससे रीढ़ की स्वाभाविक स्थिति बिगड़ जाती है।

विकृति सुधारने के लिए यह आसन रामबाण का काम करता है और रीढ़ की बिगड़ी हुई हालत को सुधारता है।

उष्ट्रासन

विधि :

१. वज्रासन की भाँति घुटनों के बल बैठ जायें। दोनों घुटनों और दोनों एड़ियों के बीच लगभग १५ सेंटीमीटर का अंतर रखें।
२. फिर फेफड़ों में साँस भरकर दायें हाथ से दायें पैर की एड़ी को और बायें हाथ से बायें पैर की एड़ी को मजबूती से साथ पकड़ लें।
३. दोनों हाथ सीधे करें और गरदन पीछे की ओर ले जायें। स्वाभाविक ढंग से साँस लें। यह स्थिति ६ से ८ सेकण्ड तक रखें। यह आसन प्रतिदिन २ से ३ बार किया जा सकता है।

लाभ :

१. यह आसन करने से रक्त की शुद्धि होती है। मांस-पेशियों या दाँत में विकृति आ गयी हो तो शारीरिक दुर्बलता का रोग हो जाता है। ऐसी स्थिति में यह आसन लाभदायक है।
२. यह आसन वात, कफ, पित्त रोगों का निवारक है। इसे करने से रीढ़ के तीनों भाग सरवाइकल यानी गरदन का भाग, डोरसल यानी कमर का मध्यम भाग तथा लंबर यानी कमर के नीचे के भाग प्रभावित होकर लचीले बनते हैं।
३. रीढ़ की सारी न्यूनताएँ, टेढ़ापन, स्लिप डिस्क, स्पॉन्डिलाइटिस आदि समाप्त होती हैं।
४. जाँघों में खिंचाव होता है और अंदर के भाग खिंचते हैं, जिससे वे स्वस्थ रहते हैं और अतिरिक्त चरबी घटती है। फेफड़ों की क्षमता बढ़ती है।
५. फेफड़ों में साँस भरने से जब पीछे की ओर मुड़ते हैं तब उनमें लचीलापन आता है तथा साँस रोकने की क्षमता बढ़ती है।
६. शारीरिक विकास, कद का बढ़ना आदि में यह आसन अति उपयोगी है यानी किशोर-किशोरियों के लिए यह आसन बड़ा हितकर है।
७. महिलाओं के मासिक धर्म की समस्त अनियमितताएँ दूर होती हैं।
८. हृदय चुस्त होता है और हृदय के रोग ठीक होते हैं।

१३. मकरासन

मकर अर्थात मगरमच्छ। इस आसन में शरीर की आकृति पानी में तैरते हुए

मगर जैसी लगती है इसलिए इस आसन को मकरासन कहा जाता है।

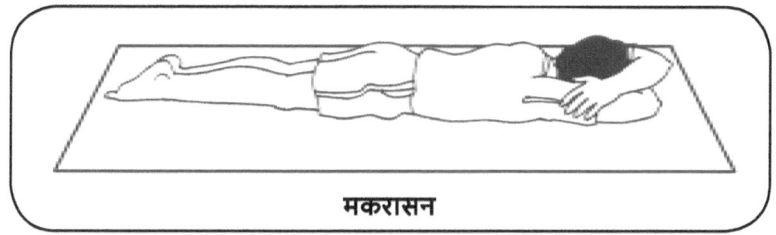

मकरासन

विधि :

१. पेट के बल उलटे लेट जायें। दोनों पैरों को एक-दूसरे से अलग रखकर पंजों का ऊपरी हिस्सा जमीन को स्पर्श करें।

२. दोनों पैरों की एड़ियाँ ऊपर की तरफ रखें। दोनों हाथों को सिर के ऊपर ले जाकर आगे की ओर ले जायें और फिर दायें हाथ से बायीं भुजा का मध्यम भाग तथा बायें हाथ से दाहिनी भुजा का मध्यम भाग पकड़ें।

३. सिर जमीन की तरफ और आँखें बंद रखें। इस स्थिति में सिर दोनों हाथों के बीच में रहे। दोनों हाथों की कोहनियों से कंधे का भाग, पेट का भाग, जाँघ और पैरों के पंजों का ऊपरी भाग जमीन को इस प्रकार स्पर्श करें जिससे ये सभी भाग एक सीध में रहें। यह आसन करते समय शरीर को पूरी तरह से ढीला छोड़ दें।

४. गहरी साँस लें और अपने ईश्वर का ध्यान करें। इस आसन से बहुत सारे लाभ होते हैं। यह आसन करने से शरीर की पूरी थकावट दूर हो जाती है और सभी अंगों को आराम मिलता है।

५. इस आसन की क्रिया शवासन की क्रिया से विपरीत है किंतु दोनों का ध्येय एक ही है। शरीर को संपूर्ण आराम देना है।

६. पीठ या रीढ़ में चोट लगी हो तो यह आसन शवासन का काम करता है। इस आसन के बाद आनंद व शक्ति की अनुभूति होती है।

१४. सालम सर्वांगासन

विधि :

सर्वांगासन यानी पूर्ण शरीर का आसन। इस आसन से पूरे शरीर को लाभ पहुँचता है इसलिए इसे सर्वांगासन कहा गया है। मूल मुद्रा के मुताबिक हाथ शरीर

को सहारा देता है इसलिए इसे सालम सर्वांगासन कहा गया है।

१. जमीन पर कंबल बिछायें। पीठ के सहारे उस पर लेट जायें। दोनों पैर एक-दूसरे को छूते हुए रखें।

सालम सर्वांगासन

२. हथेली फर्श की तरफ रहे।

३. साँस छोड़ें, घुटनों को सीने की ओर मोड़ें, फर्श पर हथेली का दबाव बनायें और पूरे धड़ को ऊपर उठा लें।

४. अपने हाथों का सहारा लेकर नितंब और जाँघ को ऊपर उठायें।

५. कंधे से लेकर तलवे तक के शरीर का पूरा हिस्सा लयबद्ध हो जाय। अगर यह संभव न हो तो अर्ध सर्वांगासन करें यानी केवल कमर व टाँगों को ऊपर करें।

६. पैरों के पँजों को ऊपर की तरफ खोलें, फिर पूर्वस्थिति में ले आयें। पैरों के पँजों को अंदर की ओर खींचें।

७. दो से तीन मिनट तक इसी स्थिति में रहें। फिर पूर्वस्थिति में आ जायें। इस आसन का प्रारंभ ३० सेकण्ड से करें, कुछ दिनों के अभ्यास के बाद धीरे-धीरे समय बढ़ाते जायें।

८. अभ्यास के साथ इस अवधि को ७ से ८ मिनट तक बढ़ाया भी जा सकता है। अब साँस छोड़ें, धीरे-धीरे घुटनों को मोड़कर जमीन पर आ जायें।

९. पूरा शरीर पहले की तरह जमीन पर टिकायें।

सूचना :

१. कोहनियाँ उतनी ही खुली रहें जितना आपका कंधा है। अगर आपको साँस लेने में दिक्कत महसूस हो रही हो तो कंबल की मोटायी बढ़ायें।

२. स्त्रियाँ मासिक धर्म के दौरान यह आसन बिलकुल न करें।

लाभ :

१. यह आसन आप में धीरज और भावनात्मक स्थिरता लाता है। इस आसन में

शीर्षासन के सारे लाभ मिलते हैं। सारा दिन सीधा चलकर कुछ क्षण उलटा रहें और लाभ लें।

२. यह आसन आपके संवेदना तंत्र के लिए बहुत अनुकूल है।

३. यह आसन सीने की बीमारियाँ, जैसे दमा और साँस लेने की तकलीफ आदि को दूर करता है।

४. यह पाचन क्रिया को बेहतर करता है और किसी लंबी बीमारी से जूझने में आपकी मदद करता है।

१५. पद्मासन

पद्म यानी कमल। पद्मासन में पाँव का आकार कमल जैसा होने के कारण इस आसन को पद्मासन कहते हैं।

पद्मासन

विधि :

१. सर्वप्रथम जमीन पर बैठकर, टाँगें सीधी करके दोनों पाँव मिलाकर रखें।

२. इसके पश्चात दाहिना पैर बायीं जाँघ पर और बायाँ पैर दाहिनी जाँघ पर इस प्रकार रखें, जिससे दोनों पैरों की एड़ियाँ नाभी के दोनों ओर पेट से सटी हों।

३. हाथों को घुटनों पर रखें। कमर, छाती, सिर आदि का सारा भाग तना हुआ और सीधा रखें।

४. दोनों पैरों के घुटने जमीन से लगे हुए हों तथा आँखें पूर्णतः बंद हों।

५. पद्मासन को शुरू में एक-एक मिनट तक बढ़ाकर, घंटों तक ले जा सकते हैं।

लाभ :

१. चंचल मन स्थिर हो जाता है। शरीर को साधने में यह उपयोगी है। इससे वात, कफ, पित्त का नाश होता है।
२. मानसिक शांति और शक्ति बढ़ती है। आयु में वृद्धि होती है। स्वप्न दोष और बहुत सारी बीमारियों का तब नाश होता है। स्मरण शक्ति बढ़ती है।
३. पेट के रोगों से छुटकारा मिलता है। स्त्रियों में गर्भाशय संबंधी रोग दूर होते हैं।

१६. धनुरासन

इस आसन में शरीर का आकार धनुष के समान हो जाता है। एक-दूसरे को खींचते हुए पैर और हाथ प्रत्यंचा (धनुष की डोर) बनते हैं इसलिए इसे धनुरासन कहा जाता है। यह आसन रीढ़ को पीछे की ओर मोड़ता है। यह आसन भुजंगासन, शल्बासन का संयुक्त रूप है। भुजंगासन, शल्बासन, धनुरासन रीढ़ की हड्डी के लिए अत्यंत मूल्यवान सुरक्षा कवच बनाते हैं। तीनों आसनों की यह जोड़ी रीढ़ को आगे की ओर मोड़नेवाले हलासन, पश्चिमोतानासन, का विपरीतिकरण करती है।

धनुरासन

विधि :

१. जमीन की ओर मुँह करके उलटे लेट जायें।
२. स्नायु को स्थिर कर दें।
३. दोनों हाथ बगल से सटाकर रखें।
४. पैरों को उठाकर पीछे की ओर मोड़ें।

५. हाथों को ऊपर उठायें और उन्हें सीधे तथा कड़े बनाकर चित्र अनुसार पाँव पकड़ें।

६. पैरों को भी कड़ा बनायें। इस प्रकार यह एक बढ़िया कमान बन जायेगी।

७. पैरों को ऊपर की ओर खीचेंगे तो सीने को भी ऊपर उठा सकेंगे। दोनों घुटनों को साथ में सटाकर रखें।

८. पहले साँस रोके रहें, फिर धीमे-धीमे साँस बाहर छोड़ते हुए पूर्व अवस्था में आ जायें।

९. फिर से वही क्रिया साँस लेते हुए दोहरायें। यह आसन ५ से ६ बार किया जा सकता है।

१०. इस आसन में सारा शरीर पेट के बल पर टिका रहता है इसलिए यह आसन खाली पेट ही करें।

११. धनुरासन में शरीर को धीरे-धीरे, दायें-बायें हिलाते हुए अच्छा व्यायाम किया जा सकता है।

१२. जितने समय तक आराम से यह आसन कर सकें, उतने समय तक ही करें।

१७. आँखों व गरदन का व्यायाम

१) आँखों के व्यायाम के लिए एक हल्की एक्सरसाइज करेंगे। आँखों की पुतलियों को बिना गरदन घुमाये दाहिनी ओर देखें।

२) धीरे-धीरे आँखों की पुतलियों को बायीं ओर ले जायें।

३) अब आँखों की पुतलियों को नीचे और ऊपर घुमायें।

४) अपनी आँखों के सामने २ फीट की दूरी पर, एक हाथ की अंगुली सीधी रखकर उसे देखें। अब उस अंगुली से बहुत दूर किसी दृश्य को बिना गरदन हिलाये देखें (उदा. पेड़, खिड़की, परदा)। इस तरह कभी अंगुली को देखें तो कभी दृश्य को देखें।

नोट : सुबह सवेरे नींद से उठने के बाद मुँह में जल भरकर आँखों पर पानी के छींटे मारने से चेहरे और आँखों का व्यायाम होता है। आँखों की थकावट दूर करने के लिए नीचे लिखा गया प्रयोग करें।

१) हथेलियों को आपस में गरम होने तक रगड़ें।

२) आहिस्ते-आहिस्ते हथेली के अग्रभाग को आँखों पर रखें। ऐसा करते वक्त आँखें बंद होनी चाहिए।

३) आँखों के ऊपर, हथेली की गर्मी आरामदायक लगेगी।

गरदन का व्यायाम

१) गरदन के व्यायाम के लिए एक हल्की एक्सरसाइज करेंगे। गरदन को घुमायें, दाहिनी ओर मोड़ें।

२) धीरे-धीरे गरदन को बायीं ओर ले जायें।

३) गरदन को नीचे और ऊपर ले जायेंगे, कुछ क्षण रुकें, फिर पूर्व अवस्था में आ जायें। जिन्हें गरदन की तकलीफ है, वे गरदन को ज्यादा नीचे दबाव न दें।

 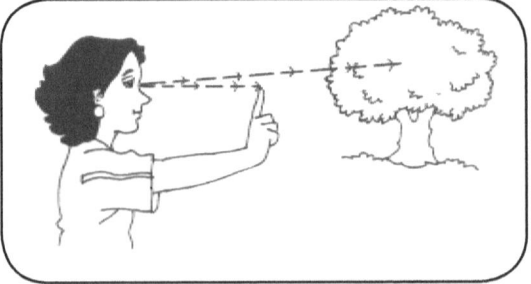

१८. पवनमुक्तासन

पवन का अर्थ है 'हवा' और मुक्ति का अर्थ है 'आज़ाद होना'। इस आसन से पेट पर दबाव पड़ने से पेट में अटकी हुई हवा निकल जाती है इसलिए इसे पवनमुक्त आसन कहते हैं।

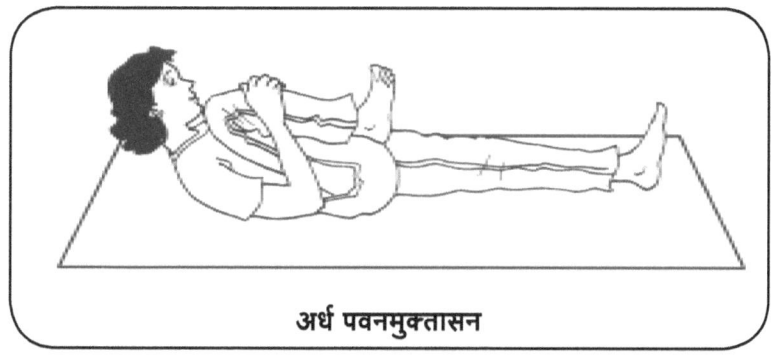

अर्ध पवनमुक्तासन

पूर्ण पवनमुक्तासन

विधि :

१) पीठ के बल जमीन (जिस पर कंबल बिछाया हुआ हो) पर सीधे लेट जायें।

२) अब साँस लेते हुए दाहिनी टाँग को घुटनों से मोड़कर पेट के पास लायें।

३) साँस रोककर दोनों हाथों से दाहिने घुटने को पकड़कर उसे पेट की तरफ खींचें।

इसी आसन को जब चित्र अनुसार दोनों टाँगों को एक साथ पकड़कर किया जाता है तब इसे पूर्ण पवनमुक्तासन कहा जाता है।

४) इस आसन में पेट पर जोर आना आवश्यक है।

५) इस स्थिति में कुछ सेकण्ड रुकें।

६) अब साँस छोड़ते हुए धीरे-धीरे पूर्व स्थिति में वापस आयें।

७) यही क्रिया बायीं टाँग के साथ फिर से दोहरायें।

८) इस आसन को ३ से ४ बार दोहरायें।

लाभ :

१) इस आसन से पेट में जमी गैस निकल जाती है तथा पेट के विकार दूर होते हैं।

२) पाचन शक्ति तीव्र होती है। जिस वजह से खाना अच्छी तरह पचकर शरीर को ऊर्जा देता है।

३) कमर के निचले अंगों का पूर्ण व्यायाम हो जाता है। जिससे ये अंग मजबूत बनते हैं।

४) बाँहों में खिंचाव आने की वजह से इनकी भी मजबूती बढ़ती है।

१९. शवासन

योगासन में विश्राम के लिए सर्वाधिक उपयुक्त आसन है 'शवासन'। इस आसन से शरीर तथा मन को पूर्ण आराम प्राप्त होता है तथा शरीर एवं मन तनाव रहित रहता है।

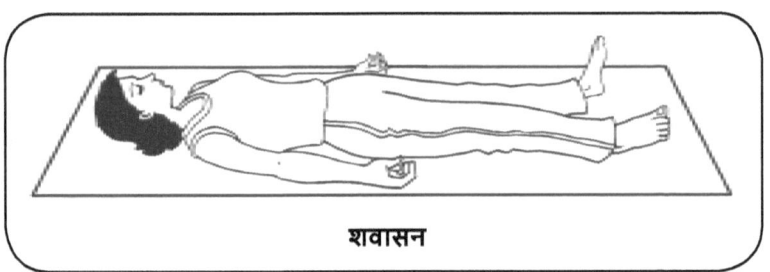

शवासन

विधि :

१. पहले पेट के बल लेट जायें। दोनों पैरों के बीच १२ से १८ इंच का अंतर रखें।

२. हाथों को भी शरीर से ८ से १२ इंच दूर रखें। शरीर को ढीला रखें।

३. सिर को बायीं या दायीं ओर या फिर सीधा रखें। आँखें बंद होनी चाहिए। शरीर में कल्पना व इच्छा शक्ति के द्वारा शिथिलता पैदा करें।

४. शरीर के हर अंग को शिथिल करना शवासन में बहुत जरूरी है। साँस को सामान्य रूप से चलने दें। मन को हृदय पर बिना प्रयास एकाग्र करें।

५. इस आसन को १५ से २० मिनट तक करें। शवासन में निद्रा की अवस्था न आये इसका ध्यान रखें। शरीर को विश्राम देने की कला सीखें।

लाभ :

१. शवासन से शरीर और मन को शांति प्राप्त होने के कारण रक्त प्रवाह की क्रिया में सुधार आता है।
२. यह आसन हृदय रोगियों के स्वास्थ्य के लिए विशेष लाभकारी है।
३. हृदय रोग, रक्तचाप, शारीरिक और मानसिक तनाव के रोगियों को शवासन का अभ्यास अवश्य करना चाहिए।

शव यानी कोई मृत या निर्जीव शरीर इसलिए इस आसन को शवासन कहा जाता है। पूरे शरीर को फर्श पर ढीला छोड़ना चाहिए, जैसे कोई मृत शरीर पड़ा हो।

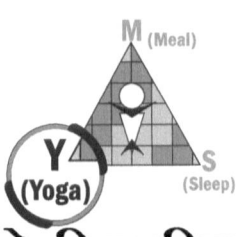

स्वास्थ्य के लिए उचित प्राणायाम

दूसरा शरीर-प्राणमय शरीर

इंसान के व्यसन पहले शौक होते हैं, बाद में आदत बनते हैं,
आदतें चरित्र बनाती हैं। चरित्र इंसान को बलवान या रोगी बनाता है।
इसलिए बुरी आदतों से दूर रहें और अच्छी आदतों से महान चरित्र निर्माण करें।

25 हम प्राणमय शरीर से साँस लेते हैं। इसके तीन गुण हैं - तमोगुण, रजोगुण, सत्वगुण।

१) **तमोगुणी की साँस :** तमोगुणी इंसान साँस लेता है तो ऐसा प्रतीत होता है मानो वह आहें भर रहा हो। ऐसे लोग बार-बार लंबी साँस लेते हैं। ये लोग जँभाइयाँ ज्यादा लेते हैं क्योंकि शरीर को साँसों की जितनी जरूरत होती है, यदि वह पूरी न हो तो जँभाइयाँ लेकर इसे पूरा किया जाता है। तमोगुणी इंसान को देखकर लोग आलस महसूस करते हैं।

२) **रजोगुणी की साँस :** रजोगुणी इंसान अपने शरीर के स्वभाव अनुसार हर चीज जल्दबाज़ी में करना चाहता है इसलिए वह साँसें भी बहुत जल्दी लेता है। रजोगुणी इंसान की साँसें बहुत तेज व उथली होती हैं। ऐसे लोग गहराई तक साँस नहीं ले पाते क्योंकि उनमें हलचल ज्यादा होती है। ये लोग एक मिनट में तीस से पचास बार साँस लेते हैं।

३) **सत्वगुणी की साँस :** सत्वगुणी साँस लेते वक्त जँभाइयाँ नहीं लेता। वह उथली साँस न लेते हुए, मध्यम साँस लेता है और बीच-बीच में वह गहरी साँस भी लेता है, अपने फेफड़ों का ज्यादा इस्तेमाल करता है। उसकी साँस उसे हमेशा समता में रखती है इसलिए उसे ज्यादा नींद भी नहीं आती। वह हर समय खुद को बहुत ऊर्जावान (एनर्जेटिक) महसूस करता है, संतुलित नींद लेता

है, संतुलित काम करता है।

हवा : प्राण शक्ति

पहले इंसान आदतों को बनाता है, फिर आदतें इंसान को बनाती हैं इसलिए हर दिन, हर घंटे में एक लंबी साँस लेने की आदत डालें। यह आदत फेफड़ों की शक्ति बढ़ाती है और नव ऊर्जा का निर्माण करती है। प्राणायाम द्वारा शरीर की ऊर्जा को गति मिलती है। शरीर की सारी नाड़ियाँ साफ और शुद्ध हो जाती हैं और फिर से वे सुचारू रूप से अपना कार्य करने लगती हैं।

अपनी प्राण शक्ति को संपन्न बनाने के लिए -

१. उथली-उथली साँस न लें, मध्यम साँस लें और बीच-बीच में गहरी साँस लें। अपने फेफड़ों का ज्यादा इस्तेमाल करें।

२. नाक से साँस लेने की आदत डालें, मुँह से साँस लेना टालें। जितना हो सके स्वच्छ व हवादार वातावरण में रहने का प्रयास करें।

साँस को हलके से लिया जा सकता है :

शरीर की अन्य क्रियाओं की तरह साँस की गति भी निर्धारित है। कठोर शारीरिक श्रम करते समय साँस की गति तीव्र हो जाती है, फिर गहरी और तेज साँस चलने लगती है। जिससे शरीर के तंतुओं को अधिक मात्रा में ऑक्सीजन मिलने लगती है। साँस की क्रिया का यही एक मात्र उद्देश्य भी है। मनुष्य यदि सही तरह से साँस लेने में असमर्थ हो तो शरीर जंग पकड़ लेता है। तेज दौड़ने पर हम जोर से हाँफने लगते हैं और हमारी यह स्थिति दौड़ बंद कर देने के बाद भी कुछ देर तक बनी रहती है- कारण उस वक्त हमारे श्वसन यंत्रों को पूरा जोर लगाकर काम करना पड़ता है और पूर्व स्थिति में आने के लिए कुछ समय लगता है इसलिए रोजमर्रा की जिंदगी में आपको अपने यंत्र को स्वस्थ रखना है। जिसके लिए हर रोज गहरी साँस लेने का व्यायाम अवश्य करें।

अनुलोम विलोम प्राणायाम

विधि :

१) ध्यान के आसन (पद्मासन) में बैठें। जमीन पर बैठना यदि आपके लिए कठिन है तो कुर्सी पर सीधे लेकिन बिना तनाव के बैठें।

२) अपने अँगूठे से दाहिनी (राईट) नासिका बंद रखें तथा बायीं (लेफ्ट) नासिका

से साँस अंदर लें। साँस अंदर जाने के बाद दूसरी अंगुलियों (अनामिका व मध्यमा) से बायीं नासिका बंद करके दाहिनी नासिका से साँस छोड़ें।

३) अब दाहिनी नासिका से साँस लेकर बायीं नासिका से साँस छोड़ें। यह प्रक्रिया निरंतर जारी रखें।

अनुलोम-विलोम प्राणायाम

४) हाथ थक जाने के बाद कुछ पल हाथ नीचे रखें। विश्राम करने के बाद फिर से प्राणायाम जारी रखें।

५) यह प्राणायाम तीन मिनट से बढ़ाकर कुछ महीनों में दस मिनट तक ले जा सकते हैं।

६) गर्मियों के मौसम में तीन से पाँच मिनट तक यह प्राणायाम करें।

७) यह प्राणायाम करते हुए मन में भस्त्रिका प्राणायाम की तरह शुभ विचार कर सकते हैं।

लाभ :

१. इस प्राणायाम से शरीर की संपूर्ण नाड़ियों की शुद्धि होती है। जिससे पूर्ण स्वास्थ्य मिलता है।

२. इस प्राणायाम से संधिवात, गठिया, कंपनवात, स्नायु दुर्बलता आदि समस्त वातरोग, मूत्ररोग, धातु रोग, अम्लपित्त आदि समस्त पित्त रोग तथा सर्दी, जुकाम, पुराना नजला, साइनस अथवा खाँसी, टॉन्सिल आदि समस्त कफ रोग दूर होते हैं।

भस्त्रिका प्राणायाम

विधि :

१) सही आसन में सुविधा अनुसार बैठकर दोनों नासिकाओं से साँस को पूरा अंदर फेफड़ों में भरें।

२) भरी हुई साँस को बाहर पूरी (अपनी क्षमता अनुसार) शक्ति के साथ छोड़ें। फिर से साँस अंदर भरें और वही प्रक्रिया दोहरायें। इस तरह साँस अंदर और

बाहर लेने को भ्रस्त्रिका प्राणायाम कहते हैं।

३) इस प्राणायाम को अपने-अपने सामर्थ्य अनुसार तीन प्रकार से किया जा सकता है। मंद गति से, मध्यम गति से तथा तीव्र गति से। जिनके हृदय या फेफड़े कमजोर हों, उन्हें मंद गति से साँस छोड़ना चाहिए (रेचक)।

४) स्वस्थ व्यक्ति या हमेशा अभ्यास करनेवाले को धीरे-धीरे साँस की गति बढ़ानी चाहिए।

५) यह प्राणायाम तीन से पाँच मिनट तक करना चाहिए।

६) भ्रस्त्रिका प्राणायाम में साँस को अंदर भरते हुए मन में यह विचार रखें कि ब्रह्माण्ड में जो भी दिव्य शक्तियाँ, शांति, आनंद व शुभ हैं, वे प्राण के साथ मेरे शरीर में प्रवेश कर रहे हैं। मैं दिव्य शक्तियों से स्वास्थ्य प्राप्त कर रहा हूँ। इस प्रकार किया हुआ प्राणायाम विशेष लाभप्रद सिद्ध होता है।

७) कमजोर इंसान या जिन्हें उच्च रक्तचाप अथवा हृदय रोग हो, उन्हें तीव्र गति से भस्त्रिका प्राणायाम नहीं करना चाहिए।

८) यह प्राणायाम करते समय जब साँस अंदर भरें तब पेट न फुलायें। साँस पूरे फेफड़ों में भरें।

९) गर्मियों में यह प्राणायाम कम मात्रा में करें।

१०) यह प्राणायाम तीन से पाँच मिनट तक प्रतिदिन अवश्य करें। प्राणायाम की क्रियाओं को करते समय आँखों को बंद रखें।

लाभ :

१) यह प्राणायाम कफ-दोषयुक्त काया के लिए गुणकारी है। इससे सर्दी, जुकाम, एलर्जी, दमा, पुराना नजला, साईनस और सारे कफ रोग दूर होते हैं।

२) इस प्राणायाम से फेफड़े सबल बनते हैं तथा हृदय व मस्तिष्क को भी शुद्ध प्राणवायु मिलने से स्वास्थ्य लाभ मिलता है।

३) इस प्राणायाम से असंतुलित थायरॉईड, टॉन्सिलाईटिस आदि गले के सारे रोग दूर होते हैं। त्रिदोष (वात, कफ, पित्त- वी.के.पी.) सम होते हैं। रक्त शुद्ध होता है तथा शरीर के विषाक्त दूषित द्रव्यों का विसर्जन होता है। प्राण व मन स्थिर होने में मदद मिलती है।

हास्य - सहज प्राणायाम

हास्य एक अलग तरह का, अनोखा व्यायाम व प्राणायाम है। जीवन में हास्य रस का होना अत्यंत आवश्यक है। यह एक श्रेष्ठ व्यायाम है क्योंकि हँसने से न

केवल चेहरे व फेफड़ों का व्यायाम हो जाता है बल्कि परिस्थिति, रिश्ते, समस्याओं में भी बदलाव आने लगता है। हँसना स्वास्थ्य के लिए श्रेष्ठ औषधि भी है। खुलकर हँसने से सारे चेहरे के स्नायुओं का व्यायाम होता है। आपको शायद इस तथ्य का पता न हो कि चेहरे पर एक हलकी मुस्कान लाने में चेहरे की २ या ३ मांसपेशियाँ ही कार्य करती हैं जबकि उदास व तनाव भरे चेहरे के लिए चेहरे की ४८ मांसपेशियों को मशक्कत करनी पड़ती है। हँसनेवाला इंसान जल्दी बूढ़ा नहीं होता, उसके चेहरे पर झुर्रियाँ जल्दी नहीं पड़ती। ऐसे लोगों में जीने की ललक बनी रहती है तथा आशावादी दृष्टिकोण अपनाने की वजह ये लोग बड़ी उम्र तक स्वस्थ व उत्साह से भरा हुआ जीवन जीते हैं। हँसनेवाले इंसान से बीमारियाँ दूर भागती हैं। जबकि तनाव व दुःख में रहनेवाले लोगों के पास ही हृदय रोग, उच्च रक्तचाप, दमा वगैरह जैसी घातक बीमारियाँ फटकती हैं।

हँसने से रक्त संचरण बढ़ता है। आज डॉक्टर भी मरीज़ों को खुलकर हँसने की सलाह देते हैं क्योंकि वे जानते हैं कि यदि मनुष्य दुःखी व चिंतित रहता है तो उसे रोग लग जाते हैं। आज हर जगह लाफिंग क्लब क्यों खुल रहे हैं ? क्योंकि इंसान कुदरत की इस अनमोल देन को भूल चुका है। हँसना तो दूर मुस्कुराना भी भूल चुका है। भागदौड़ भरी जिंदगी ने जैसे सबकी हँसी चुरा ली हो। इसी बात का महत्त्व जानते हुए, इस तरह के क्लब बनाये गये हैं ताकि जो हँसना-मुस्कुराना भूल चुके हैं, वे इन क्लबों में जाकर फिर से हँसना सीख पायें व अपना जीवन मधुर बनायें। हँसमुख इंसान से मिलकर प्रत्येक इंसान को प्रसन्नता होती है। कोई भी इंसान मुरझाये हुए चेहरे को पसंद नहीं करता इसलिए हमेशा मुश्किलों में भी हँसते रहना चाहिए।

इंसान चार तरह से हँसता है। एक मन ही मन मुस्कुराना, दूसरा होठों से मुस्कुराना, इसमें सिर्फ चेहरे पर मुस्कुराहट के भाव आते हैं। तीसरा कहकहा लगाना, चौथा खुलकर ठहाके लगाते हुए हँसना।

आज के इस तनाव के युग में मनुष्य हँसना ही भूल गया है। आपको आज ही प्रण करना है कि आप किसी न किसी प्रकार से हँसेंगे व परिवार को भी हँसायेंगे। विशेषज्ञों के मतानुसार ५० से १०० बार खुलकर हँसने से पर्याप्त व्यायाम हो जाता है। यदि हम किसी रोगी के रोग को मिटा नहीं सकते तो कम से कम उसे हँसाकर उसे स्वस्थ होने में मदद तो कर ही सकते हैं।

'हँसना जिंदादिल लोगों का काम है, रोनी सूरत बनानेवाले क्या खाक जीया करते हैं।' किसी रोगी के हँसने और स्वस्थ रहने के बीच सूक्ष्म संबंध है क्योंकि हँसने से रोगी की जीवनशक्ति बढ़ती है। हँसने से सफेद रक्तकणों (WBC) की संख्या में वृद्धि होती है और कोलेस्ट्रॉल तथा रक्तशर्करा की मात्रा घटती है, साथ-ही-साथ ब्लडप्रेशर भी नियंत्रित रहता है। खुलकर, लगातार हँसने से व्यक्ति हाँफने लगता है, जिससे

उसके फेफड़ों को भरपूर ऑक्सीजन मिलती है व उनका अच्छा व्यायाम हो जाता है।

हँसना मनुष्य का स्वाभाविक गुण है, यह ईश्वर द्वारा मिली हुई एक अनुपम देन है। इससे जीवन का सर्वांगीण विकास होता है, जिस वजह से मनुष्य हमेशा प्रसन्नचित्त रहता है, वह सुखद चिंतन और उच्च विचारों से भर जाता है। इन सभी बातों से वह उन्नति का परम शिखर पा सकता है और अपने जीवन के लक्ष्य तक पहुँचने में सफल हो सकता है।

हँसी से आप स्वयं तो आनंदित होते ही हैं साथ में दूसरों को भी आनंद प्रदान करते हैं। प्रसन्न इंसान दुःखों का सामना सहजता से कर लेता है, उसकी बुद्धि स्थिर रहती है। इससे पाचन शक्ति सुधरती है। हँसी मानसिक तनाव दूर करने का सर्वोत्तम साधन है। मुस्कुराहट अपना प्रभाव देर तक रखती है, यह एक श्रेष्ठ व्यायाम है। हँसने से शारीरिक क्षमता भी अपूर्व ढंग से बढ़ती है। हृदय की बीमारी में हँसना विशेष लाभदायक है। हँसना जीवन में उत्साह बढ़ाने में लाभदायी है। हँसना सहज-सुलभ प्राकृतिक दवा है।

आज डॉक्टर भी हँसने की सलाह देते हैं। आयुर्वेद के अनुसार ठहाके लगाने से संपूर्ण नाड़ी तंत्र में कंपन होने के कारण फेफड़ों की अशुद्ध हवा बाहर फेंकी जाती है, इससे मांसपेशियाँ भी सक्रिय हो जाती हैं।

प्रसन्नता से हँसना तनाव, कुंठा, परेशानी, दुःख-दर्द का प्राकृतिक इलाज है। हँसता हुआ व्यक्ति कभी क्रोध नहीं कर सकता। उदास, रोगी मन ही क्रोध करता है। हँसनेवाला इंसान क्रोध लानेवाली घटना को गंभीरता से नहीं लेता, उसे हर घटना सहज लगती है। हँसने की आदत आपको निर्मल कर देती है। अतीत के कचरे को झाड़कर नया दृष्टिकोण देती है। हँसी इंसान को जिंदा होने का एहसास देती है, ऊर्जावान और सृजनात्मक बनाती है।

आज भी चिकित्सक हास्य योग के द्वारा कितने ही मानसिक रोगियों का इलाज कर रहे हैं। दिन की शुरुआत अगर हँसने से हो तो आप स्वयं भी अनुभव करेंगे कि हमारे कितने तनाव दूर हो गये। सुबह उठकर हँसने से इंसान दिनभर गंभीर होने से बच जाता है तथा बड़ी सरलता से उसके दिन की शुरुआत होती है। जैसे दिन में तीन-बार आप भोजन लेते हैं, वैसे ही अगर आप दिन में तीन बार अकारण हँस पाये तो खुशी की तरंग दिन भर बनी रहेगी, लगेगा कि क्रोध कोसों दूर भाग गया। सुबह उठते ही हँस दिये तो फिर सारे दिन हँसी आती रहेगी। दिन भर हँसी की एक श्रृंखला बन जायेगी।

अंत में केवल होठों से, हेड से और पेट से न हँसें, हृदय की हँसी, हंस बनकर प्राप्त करें। एक हँसता हुआ इंसान जितना कार्य कर सकता है, उतना कार्य सौ रोते हुए लोग नहीं कर सकते।

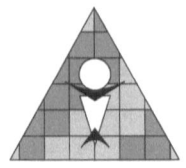

सजग नारी निरोगी कैसे बने

स्वस्थ नारी - विशेष आसन

जो इंसान अपने शरीर पर अनुशासन रखता है,
मन पर अंकुश रखता है, बुद्धि को हरदम दुरूस्त रखता है,
वह मोहताज नहीं, मोहतेज जीवन जीता है।

26

नारी, परिवार का आधार स्तंभ है, जिसका हर स्तर पर यानी शारीरिक, मानसिक, आर्थिक, सामाजिक व आध्यात्मिक रूप से मजबूत व सुदृढ़ रहना अति आवश्यक है। नारी जननी है, जिसे अपने स्वास्थ्य के प्रति सजग रहना आवश्यक है। जब पहले नारी घर में रहकर घर-परिवार की जिम्मेदारी निभाती थी तब उसे अपने लिए पर्याप्त समय मिलता था। आज शिक्षा के प्रचार व प्रसार के कारण वह चार दीवारी से बाहर आकर अनेक क्षेत्रों में कार्यरत है। फलतः वह अपने लिए समय नहीं निकाल पाती। समय की कमी के कारण, तनाव व व्यस्तता भरी जिंदगी में अधिकतर स्त्रियों को न तो खाने का समय मिलता है और न ही सोने का। नारी की इस अनियमित दिनचर्या ने अनेक रोगों को आमंत्रित किया है। सूर्य नियत समय पर उदय और अस्त होता है, सभी ऋतुएँ अपने नियमित समय पर आती-जाती हैं। प्रकृति में सब कुछ व्यवस्थित चल रहा है। बस अव्यवस्थित हो गया है तो वह है इंसान का जीवन, विशेषकर कामकाजी महिलाओं का। नियमित रूप से खान-पान और व्यायाम का महत्त्व आपने इस पुस्तक में जाना। इस नियमितता और स्वास्थ्य त्रिकोण की आवश्यकता आज हर नारी को है क्योंकि आज वह पहले से कई गुना ज्यादा जिम्मेदारियाँ उठा रही है।

नारी का विकास बहुत प्रोत्साहनीय है परंतु इससे वह अपने स्वास्थ्य के प्रति उदासीन न हो। नारी, भावी पीढ़ी की उत्तरदायिनी है इसलिए उसका यह प्रथम कर्त्तव्य है कि वह अपने स्वास्थ्य के प्रति सजग रहे। नारी पर परिवार, समाज, देश

व विश्व को बेहतर बनाने की जिम्मेदारी है। अगर नारी स्वस्थ है तो समाज, देश स्वस्थ रहेगा और देश स्वस्थ रहेगा तो विश्व स्वस्थ रहेगा। यह स्वस्थता केवल शारीरिक तौर पर ही नहीं बल्कि मानसिक तौर पर भी होनी चाहिए। अर्थात नारी के विचार भी स्वस्थ होने आवश्यक हैं। संस्कार पूर्ण जीवन दृष्टिकोण को बदलते हैं इसलिए जीवन का सही लक्ष्य जानना जरूरी है। आपके जीवन का सही लक्ष्य आपके बच्चों को तथा परिवार को सही दिशा और लक्ष्य देगा।

यदि नारी स्वस्थ है तो वह व्यर्थ की चिंता और तनावों से दूर रहती है, हर समस्या का मुकाबला स्वयं कर पाती है। इस वैज्ञानिक युग में अपने बारे में जानें और स्वास्थ्य व बीमारियों के बारे में जानकारी रखें। अपने लिए समय दें ताकि आप निरोगी रहकर, सभी जिम्मेदारियों को व्यवस्थित रूप से पूर्ण कर सकें।

आप पूर्ण निरोगी तब रह सकती हैं जब आपका तन-मन निरोगी, आनंदित और उत्साहित रहेगा और आप स्वास्थ्य त्रिकोण में रहेंगी। इस पुस्तक को पढ़कर आप स्वयं अपना मार्ग खोजें। जो आप करना चाहें करें - जैसे सुबह की सैर करें, योगा-प्राणायाम करें, जिम जायें, तैराकी करें, हास्य-क्लब जायें या नृत्य करें।

अपने शरीर के साथ अपने विचारों और भावनाओं को दिशा दें; समाज, देश और विश्व को भविष्य दें। आज की नारी की आँखों में पानी नहीं बल्कि आत्मविश्वास हो।

स्वयं के स्वास्थ्य के प्रति सजग रहें

महिलाएँ अपने घर के सभी सदस्यों की स्वास्थ्य प्रबंधक होती हैं। अपने पति के लिए डॉक्टर से अपॉईंटमेंट लेना, अपने सास-ससुर को समय पर दवाई देना, अपने बच्चों का नियमित रूप से चेक-अप करवाना इत्यादि। इन सबके साथ ही उन्हें अपने शारीरिक व मानसिक स्वास्थ्य को भी प्राथमिकता देना आवश्यक होता है। शरीर को चुस्त रखने के लिए व्यायाम करना आवश्यक है पर आज के भाग-दौड़ के जीवन में व्यायाम करने के लिए अलग से समय निकालना महिलाओं के लिए कई बार कठिन होता है। यदि आपके साथ भी यही समस्या है तो आप घर के कामों को करते समय मामूली बातों पर विशेष ध्यान देकर काम के साथ-साथ व्यायाम कर सकती हैं और अतिरिक्त समय दिये बिना अपने शरीर को स्वस्थ रख सकती हैं।

नीचे दी गयी बाईस बातों पर ध्यान देकर अपनी शारीरिक व मानसिक सुरक्षा मजबूत करें।

१) अगर आप व्यायाम पसंद करती हैं तो किसी बड़े बगीचे में दौड़ने या टहलने जायें।

२) खुद अपनी डॉक्टर न बनें। अर्थात खुद के लिए दवाइयों का चयन बिना डॉक्टर की सलाह के न करें।

३) ऐसा व्यायाम चुनें जो स्वास्थ्यवर्धक हो और जिसे करने में आनंद मिले।

४) अगर आप ३५ साल के ऊपर हैं और कई महीनों या वर्षों के बाद व्यायाम शुरू करने जा रही हैं तो डॉक्टर से सलाह लेने के बाद ही व्यायाम शुरू करें।

५) हृदय रोग, उच्च रक्तचाप व डायबिटीज जैसी बीमारियों से बचने के लिए अपने वजन पर नियंत्रण रखें और दिन में कम से कम ३० मिनट तक पैदल चलें। इस बात का ध्यान रहे कि चलते वक्त अपनी गति को संतुलित रखें।

६) धूप और तेज हवा से अपना बचाव करें। बाहर निकलने से पहले क्रीम व स्कार्फ का उपयोग करें।

७) रखा हुआ, बासी खाना न खायें, इससे आप कई बीमारियों से बच सकती हैं।

८) तनाव से बचने के लिए योगा, ध्यान, सकारात्मक सोच के साथ-साथ संतुलित आहार लें।

९) नशीली चीजें, ज्यादा मात्रा में चाय या कॉफी से बचें। सिगरेट के धुएँ से अपने आपको दूर रखें।

१०) आप स्वयं आटा गूँथें। फूड प्रोसेसर की मदद न लें। आटा गूँथने से अंगुलियों, कलाई और कंधों पर दबाव पड़ता है। इस प्रकार कंधे की जकड़न से बचा जा सकता है।

११) रोटी बनाते समय भी बाहों और कलाइयों का व्यायाम अपने आप हो जाता है।

१२) घर के जालों को साफ करते समय आपकी कमर और बाजुओं पर जोर पड़ता है। इससे आपकी स्ट्रेचिंग एक्सरसाईज हो जाती है।

१३) कालीन को हैंडलवाले ब्रश से एक निश्चित दूरी और दिशा में ब्रशिंग करने से बाजुओं पर आवश्यक खिंचाव पड़ता है।

१४) बिस्तर ठीक करना, चादर, कंबल और रजाई को ठीक-ठाक लगाने से कंधों और पीठ पर पूरा दबाव पड़ता है।

१५) घर की झाड़-पोंछ करते समय टाँगों और पीठ पर दबाव पड़ता है क्योंकि झाड़ते-पोंछते समय कई बार झुकना पड़ता है।

१६)   फर्श पर बैठकर झाड़ू और पोछा लगाने से पेट, टाँगों, जाँघों और बाजुओं का व्यायाम हो जाता है।

१७)   कपड़े धोने से बाजुओं और कमर के ऊपरी भाग का व्यायाम हो जाता है।

१८)   कपड़े निचोड़ते समय और सूखने के लिए डालते समय कलाई और गरदन का व्यायाम हो जाता है।

१९)   अपने नाखुनों को नियमित रूप से काटें ताकि उनमें मैल न जमे। नाखुनों में जमे मैल के कारण अनेक कीटाणु खाना खाते समय, खाना पकाते समय भोजन में जा सकते हैं।

२०)   सोने से पहले अपना पूर्ण मेकअप क्लिजिंग मिल्क से साफ करें। ठंढे पानी से सौम्य साबुन लगाकर चेहरा साफ करें, हो सके तो सोने से पूर्व शॉवर लें।

२१)   घर की सीढ़ियाँ चढ़ते समय लिफ्ट का प्रयोग न करें। फेफड़ों का व टांगों का व्यायाम खुद-ब-खुद हो जायेगा।

२२)   कभी-कभी जानबूझकर जमीन पर बैठकर खाना खायें।

इस प्रकार जब भी घरेलू कार्य करें तो थोड़ा व्यायाम का ध्यान रखते हुए करने से आप 'एक पंथ दो काज' वाली कहावत को चरितार्थ कर सकती हैं।

मासिक धर्म

लड़कियों को हर महीने मासिक धर्म होता है और लगभग ४०-४५ साल की आयु के बाद यह क्रिया बंद हो जाती है, जिसे रजोनिवृत्ति (Menopause) कहा जाता है। यदि मासिक धर्म सिर्फ एकाध महीने न आये तो इसमें घबराने की कोई बात नहीं है क्योंकि हो सकता है कि ऐसा मनोवैज्ञानिक कारणों से हुआ हो। वैसे भी यदि मजबूरी न हो तो कुंवारी लड़कियों के लिए स्त्री रोग परीक्षण की सलाह नहीं दी जाती। अतः ऐसी अवस्था में कुछ घरेलू उपाय अपनाये जा सकते हैं। इसके लिए पपीता सर्वाधिक उपयुक्त है।

१)   यदि मासिक धर्म की तिथि गुजरे हुए १५-२० दिन हो गये तो कच्चे पपीते की सब्जी काफी मात्रा में खायें या फिर पका हुआ पपीता खायें। एक सप्ताह तक लगातार पपीता खाने से सामान्यतः मासिक धर्म आ जाता है। यदि किसी कारणवश एक सप्ताह के अंदर मासिक धर्म न आये तो भी पपीते का सेवन जारी रखें, इसका असर जरूर पड़ेगा।

२)   यदि पपीता खाने पर भी एक सप्ताह में मासिक धर्म न आये तो पपीते के

साथ खजूर भी खाइये। वैसे भी यदि खजूर नियमित रूप से खाये जायें तो मासिक धर्म ठीक समय पर आता है। दिन में दो बार दो-तीन खजूर जरूर खायें लेकिन ध्यान रहे कि बहुत अधिक खजूर न खायें अन्यथा मोटापा बढ़ जायेगा।

३) इसके अलावा सोंठ और गुड़ भी मासिक धर्म की अनियमितता में प्रभावकारी होते हैं। थोड़े से गुड़ को पिघलाकर उसमें एक चौथाई चम्मच सोंठ डालिए। दिन में दो बार ऐसा खाने से भी मासिक धर्म एक सप्ताह में आ जाता है।

४) यदि गुड़ के साथ सोंठ अच्छी न लगे तो एक चौथाई चम्मच सोंठ को गर्म दूध के साथ दिन में दो बार लीजिये, इससे भी फायदा होगा।

५) अगर मासिक धर्म के समय आपको पेट के नीचेवाले हिस्से में दर्द हो रहा हो, गैस होने का अनुभव हो रहा हो तो थोड़ा सा तिल का तेल पेट पर लगायें और गरम पानी की थैली से पेट को सेकें। इससे काफी आराम आयेगा।

६) एक चम्मच देसी घी लेकर उसमें थोड़ी सी हींग (खानेवाली) डालकर गैस पर गरम करके, कपास लेकर उसे घी में डुबोकर दर्दवाले हिस्से पर लगायें।

७) अगर आपको रक्तस्राव ज्यादा हो रहा है, किसी भी तरह कम नहीं हो रहा है और आप डॉक्टर के पास जा नहीं पा रहे हैं तब निम्नलिखित आयुर्वेदिक गोली ले सकते हैं। Himalaya हिमालया की १-२ गोली या स्टेपलॉन Styplon गोली की मात्रा १-१ दो बार ले सकते हैं। यह गोली दो दिन लेकर देखें।

८) रक्तस्राव कम न होने पर यहाँ लिखी हुई एलोपेथिक दवाई ली जा सकती है- स्टार्डिन (STADREN C.K.P.) गोली दिन में तीन बार ले सकते हैं।

९) अगर पेट में दर्द बहुत हो रहा है तो डॉक्टर के पास जाने से पहले Cyclopam सायक्लोपाम नामक गोली सुबह-शाम (१-१) खाना खाने के बाद दिन में दो बार ले सकते हैं या मेफटॉल-स्पास MEFTAL-SPAS यह गोली दिन में दो बार (१-१) ले सकते हैं।

१०) MEFTAL मेफटॉल से किसी-किसी को नींद या चक्कर आ सकती है, शायद न भी आये। ऐसा निश्चित मानकर न चलें। अगर आपको दर्द में राहत नहीं मिल पा रही है तो अपने लेडी डॉक्टर की सलाह लें।

कई लोगों की यह मान्यता होती है कि रक्तस्राव के समय कोई भी आसन या योग नहीं करना चाहिए परंतु योगा टीचर की सलाह से रक्तस्राव के समय कुछ सरल आसन बिना तकलीफ से किये जा सकते हैं। रक्तस्राव के दौरान टाँगें ऊपर करने का

व्यायाम करना चाहिए। मासिक धर्म में पेट दर्द और कमर दर्द की अकसर शिकायत रहती है। इन तकलीफों से बचने के लिए कुछ आसान व्यायाम किये जा सकते हैं। निम्नलिखित व्यायाम मासिक धर्म की तकलीफ से राहत दिला सकते हैं।

कमर दर्द में सहारे यानी 'प्रॉप' का उपयोग लाभदायी होता है। अपनी रचनात्मकता से प्रॉप्स (कुर्सी, तकिये, ईंट के आकार का लकड़ी का टुकड़ा, रस्सी इत्यादि) का इस्तेमाल उपयुक्त तरीके से किया जा सकता है। नीचे दिये गये आसनों द्वारा आपको कमर दर्द से राहत मिल सकती है।

मासिक धर्म में नीचे दिये गये ९ आसन करने चाहिए :

१) पद्मासन :

२) बद्धकोनासन :

३) सुप्त बद्धकोनासन :

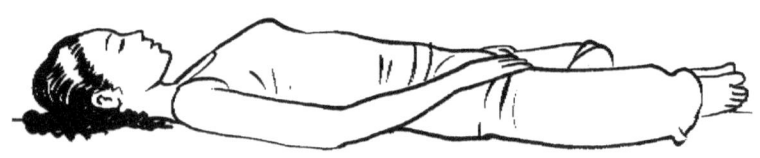

नोट : १) नारी स्वास्थ्य पर अधिक जानकारी प्राप्त करने के लिए पढ़ें, तेजज्ञान फाउण्डेशन द्वारा प्रकाशित पुस्तक 'आज की नारी और आप आत्मनिर्भर कैसे बनें - संपूर्ण नारी बनने की ओर'।

२) इस खण्ड में जिन भी दवाइयों के नाम दिये गये हैं, उन्हें डॉक्टर की सलाह से ही लें।

४) वज्रासन :

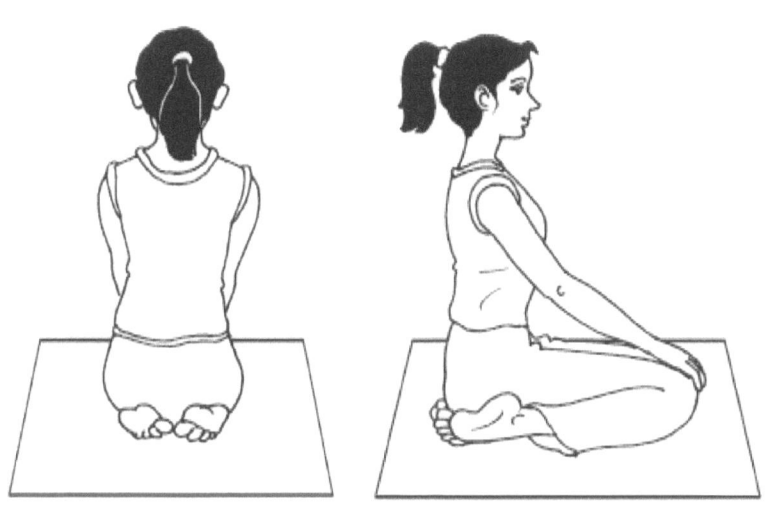

५) सुप्त वज्रासन :

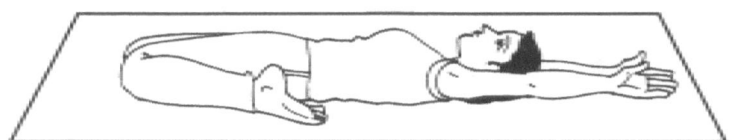

अब तक बताये गये आसन मासिक धर्म की तकलीफ में आप कर सकते हैं। इन्हें करने के लिए आप नीचे दी गयी आकृतियों में दिखाये अनुसार (आसन ६, ७, ८) तकिये का सहारा भी ले सकते हैं। इससे आपको कमर दर्द की तकलीफ में राहत महसूस होगी। इन आसनों को करने से महिलाओं के मासिक धर्म की समस्त तकलीफें कम होती हैं। हृदय चुस्त होता है और हृदय के रोग ठीक होते हैं। इन आसनों के बाद अंत में कुछ देर मकरासन की अवस्था में विश्राम कर सकते हैं।

आसन क्र. ६

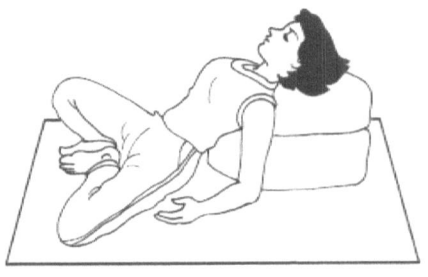

आसन क्र. ७

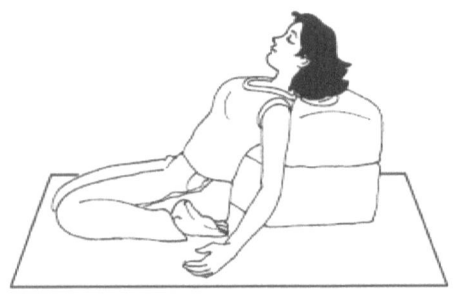

आसन क्र. ८

मासिक धर्म में बताये गये ८ आसन कर लेने के बाद अंत में मकरासन करें।

९) मकरासन :

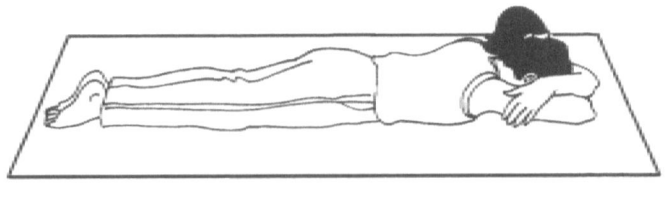

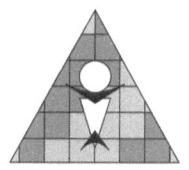

घरेलू उपचार

महत्त्वपूर्ण नुस्खे

थकने से पहले आराम करें, सुस्ती जागने से पहले काम करें।

27

आवश्यक सूचनाएँ :

* घरेलू उपचार किसी भी व्याधि की शुरुआत में उपयोग में लाये जाते हैं लेकिन फिर भी डॉक्टर से संपर्क करना आवश्यक होता है।

* नीचे दिये गये ज्यादातर उपाय आयुर्वेदिक हैं, आपको यदि आयुर्वेद फायदा न देता हो तो अपने डॉक्टर की सलाह से इन उपचारों का उपयोग करें।

* नीचे दिये गये उपचार आज़माये हुए हैं, फिर भी हर शरीर की बनावट अलग होती है इसलिए कोई भी उपाय इस्तेमाल में लाने से पहले, उसे कम मात्रा में उपयोग करके, यह जाँच लें कि यह उपचार आपको फायदा देता है या नहीं।

आँखों की तकलीफें और इलाज

- ❒ आँखों पर पीब आ जाय तो ११ ग्राम हल्दी १२५ ग्राम पानी में उबालकर, उसकी पट्टी आँखों और कपाल पर रखने से लाभ मिलता है।
- ❒ आँखों की ज्योति बढ़ाने के लिए त्रिफला चूर्ण को रातभर पानी में भिगोकर रखें। सुबह छानकर आँखें धोने से आँखों की ज्योति बढ़ती है।
- ❒ गुलाब जल और दूध की पट्टी आँखों पर रखें। इससे आँखों की ज्योति बढ़ती है।
- ❒ आँवले के पानी से आँखें धोना लाभदायक होता है। गुलाबजल डालने से आँखों की ज्योति बढ़ती है।

कान के रोग पर इलाज

- यदि कान में कोई तकलीफ हो तो ५ ग्राम सरसों का तेल गरम करके उसमें ३ नीम के पत्तों को डाल दें। जब पत्ते जल जायें तो तेल को में छान लें। उसके बाद उस में आधा चाय के चम्मच जितनी हल्दी डाल दें। दोबारा छानकर उसे एक शीशी में भर लें। इसे हल्का गरम करके दो-दो बूँद कानों में टपका दें। इससे लाभ होगा।

- कान में फोड़ा हो जाय तो नीम के पत्ते का रस और शुद्ध शहद, दोनों बराबर मात्रा में मिला लें। हलका गरम करके २-२ बूँद कान में डालने से लाभ होगा। यह प्रयोग कुछ समय तक जारी रखें।

नाक की तकलीफें

- यदि आपको सायनस की बीमारी हो तो दही का सेवन रात में न करें बल्कि दिन में करें। दही का छाछ बनाकर इस्तेमाल करें।

मुँह की तकलीफें

- यदि मुँह में छाले आ जायें : ✻ काला नमक, छोटी बेर, बेल सममात्रा में और थोड़ी हींग लेकर चूर्ण बना लें और इसे घी में भूनकर रख लें। इसे ५-५ ग्राम की मात्रा में नींबू के रस में मिलाकर चाटें। ✻ हल्दी चूर्ण को पानी में डालकर कुछ देर रख दें। फिर उसे छानकर उससे कुल्ले करें, इससे मुँह के छाले ठीक हो जाते हैं। ✻ जामुन के कोमल पत्तों को पीसकर, उन्हें जल में मिलाकर कुल्ले (Gargle) करें।

- कंठ में छाले, खराश, जलन या दाने होने पर छोटी सी हल्दी की गाँठ मुँह में रखकर चूसने से लाभ मिलता है।

- सुहागे (फिटकरी) में थोड़ी मिश्री मिलाकर, बारीक पीसकर, मंजन करने से दाँत मजबूत होते हैं। ✻ सफेद कनेर की डाली से दातून करने से हिलते दाँत मजबूत हो जाते हैं।

- जितना नमक लें, उसका चौथाई काली मिर्च और थोड़ा सा कपूर मिलाकर पीस लें और सरसों के तेल में मिलाकर रख लें। इससे मंजन करने से दाँत साफ रहते हैं और दाँत की कोई भी बीमारी नहीं होती। ✻गेरु ६० ग्राम, फिटकरी २ गोले और चार बड़ी कपूर इन सबको एक साथ कूटकर मंजन करने से दाँत मजबूत होते हैं।

- पीपर के चूर्ण में घी और शहद मिलाकर दाँतों पर लगाने से दाँतों का दर्द ठीक

हो जाता है। ✻ कपास के बिनौले को उबालकर, उस पानी से कुल्ला करने से दाँत के दर्द में लाभ होता है। ✻ थोड़ा कपूर दर्दवाले दाँत के गड्ढे में रखने से दर्द कम होता है।

❒ कोरा कत्था लगाने से मुँह के छालों में राहत मिलती है।

गले की तकलीफें

❒ खाँसी होने पर : ✻ एक चम्मच पिसी हल्दी एक कटोरी में लेकर, उसे हल्का गरम करें। गरम करते समय उसे चम्मच से चलाते रहें। हलका गरम होने पर उसमें दो चम्मच शहद मिलाकर चाटने से लाभ होता है। इसे दो बार, सुबह और रात को लेना चाहिए। ✻ लहसुन को चूल्हे की गर्म राख में दबाकर भून लें। उसे छीलकर दिन में दो तीन बार खाने से खाँसी में आराम मिलता है। ✻ दो लौंग तवे पर भूनकर पीस लें। एक चम्मच गुनगुने दूध में मिलाकर, सोते समय पीने से, दो-तीन दिन में खाँसी से आराम मिल जाता है। ✻अदरक के रस को शहद के साथ मिलाकर चाटने से खाँसी में आराम मिलता है। ✻ छोटे बच्चे को यदि खाँसी हो तो एक रत्ति भर फुलाया हुआ सुहागा माँ के दूध के साथ अच्छी तरह मिलाकर देने से खाँसी में लाभ होता है। ✻ खाँसी आने पर संतरे का रस लेने या संतरा खाने से लाभ होता है। इसमें मिश्री मिलाकर पीने से भी बहुत फायदा होगा।

❒ छाती में कफ जमा हो या खाँसी आती हो तो गाय के पुराने घी (पुराने के स्थान पर नये का भी प्रयोग कर सकते हैं) में थोड़ा बारीक पिसा हुआ सेंधा नमक मिलाकर, गर्म करके, छाती पर मलने से खाँसी में लाभ होता है। कफ भी निकल जाता है।

❒ खाँसी और सर्दी शुरू हो तो पके केले पर छोटी इलायची, बड़ी इलायची, नमक, काली मिर्च और नींबू डालकर खाने से लाभ मिलता है। केला जितना चाहे खा सकते हैं मगर ऊपर से एक छोटी इलायची चबाकर खाने से केला फौरन हजम हो जाता है।

❒ पान में थोड़ी अजवाइन डालकर चबा-चबाकर उसका सेवन करने से सूखी खाँसी में लाभ होता है। हरसिंगार (पारिजात) के पत्ते का रस शहद में मिलाकर पीने से भी सूखी खाँसी में लाभ होता है।

❒ गला खराब हो तो अमरूद की छः-सात पत्तियाँ, नमक और पानी के साथ एक छोटी देगची में उबाल लें। दिन में चार-पाँच बार इससे गरारा करें।

* आधा कप दूध को गर्म करके, उसमें चौथाई (चाय का चम्मच) हल्दी मिलाकर पीने से भी खराब गला और खाँसी में लाभ मिलता है।

- यदि गले के अंदर काँटें आ जायें तो रात को सोते समय मूँग का गर्म-गर्म पापड़ खाने और गले में रूमाल बाँधकर सोने से आराम मिलता है।
- यदि हलकी खाँसी के साथ बुखार हो और चिकन पॉक्स यानी खसरा निकलने का संदेह हो तो रात को एक चम्मच मेथी के दाने को एक प्याले पानी में भिगो दें। सुबह वह मरीज को खिला दें। ऐसा तीन दिन लगातार करें। तीन दिनों में सारा खसरा बाहर आ जायेगा और शरीर की गरमी भी बाहर निकल जायेगी। इसे खाली पेट बिलकुल न लें वरना ऐसिडिटी होने की सँभावना है।

पेट की तकलीफें

- अपचन होने पर : * एक गिलास छाछ लें, उसमें पाव चम्मच काली मिर्च पाउडर, पाव चम्मच जीरा पाउडर मिलाकर दिन में २-३ बार पीयें। *एक गिलास पानी में एक चम्मच ताजा अदरक (पिसा हुआ) मिलायें, धीमी आँच पर पाच मिनट रखें, बाद में इसे दिन में दो बार पीयें । *खाना खाने के बाद एक चम्मच अजवाइन चबाकर खायें।
- ऐसिडिटी होने पर : * खाली पेट गुड़ का टुकड़ा खायें । * नारियल पानी भरपूर पीयें। * सुबह गुनगुने पानी में नींबू डालकर पीयें। *लौकी के ताजे रस (बिना शक्कर-नमक) से ऐसिडिटी कम होने में सहायता मिलती है। * नियमित रूप से कपालभाती व अनुलोम-विलोम (प्राणायाम) करें । * बंदगोभी (Cabbage) का रस लें। * छाछ में चुटकी भर हींग डालकर बहुत प्रमाण में पीने से, पित्त से छुटकारा मिलता है।
- कब्ज होने पर : * एक नीम की निंबोली को सुखाकर, रात को गरम पानी में लेने से कब्ज साफ हो जाता है। * गाय के घी के साथ सेंधा नमक चाटने से पेट साफ होता है। * इसबगोल की भूसी को रात में दूध के साथ या गर्म पानी के साथ लेने से या त्रिफला चूर्ण से भी पेट साफ होता है।
- खूब पका केला खाने से दस्त बंद हो जाते हैं। छोटे बच्चों को केला मसलकर, खिलाने से दस्त तुरंत बंद हो जाते हैं।
- कच्ची सौंफ १०० ग्राम, भुनी सौंफ १० ग्राम, बेलफल की गिरी १०० ग्राम और छोटी हरड़ ५० ग्राम का चूर्ण बनाकर सबके बराबर देसी शक्कर मिलाकर रख लें। इसमें से ४-५ ग्राम चूर्ण दिन में २-३ बार लेने से दस्त लगना, दस्तों में

आँव आना आदि शिकायतें दूर होती हैं तथा पाचन सही होता है।

- यदि अजीर्ण हो तो नींबू का रस बार-बार पीने से राहत प्राप्त होती है। ✳ केला खाने से अजीर्ण हो तो आधा चम्मच घी को हल्का गरम करके, सेवन करने से अजीर्ण दूर हो जाता है।
- केला बारह मास मिलनेवाला फल है, इसके सेवन से स्वास्थ्य पुष्ट होता है। पीले रंग का केला (इलायची केला) रक्तचाप और ऐसिडिटी को दूर करने में लाभकारी होता है क्योंकि उसमें पोटैशियम की मात्रा अधिक होती है।
- यदि आप गैस की समस्या से परेशान हैं तो खाने से पहले हिंग्वाष्टक चूर्ण या खाने के बाद लवण भास्कर चूर्ण का इस्तेमाल करें।
- किसी भी प्रकार की उल्टी बंद न हो तो नीम के २२ ग्राम पत्ते लेकर १ कटोरी पानी में पीसकर, ठंढई की तरह रोगी को पिलाने से लाभ होता है।

बालों की दिक्कतें

- बालों में जूएँ हो जायें तो मूली का ताजा रस लेकर सिर में अच्छी तरह मालिश करने से जूएँ मर जाती है। ✳ त्रिफला के पानी से बाल धोकर सुखाएँ। छोटे चम्मच प्याज के रस में सरसों या तिल का तेल डालकर, बालों में खूब रगड़-रगड़ कर मालिश करने से जूएँ और लीखें मर जाती हैं।

शरीर में दर्द

- शरीर में किसी भी भाग में दर्द होने पर पिप्पलीमूल का बारीक चूर्ण बनाकर रख लें। इसे १ से ३ ग्राम मात्रा में गरम पानी या गरम दूध के साथ पीने से शरीर के किसी भी भाग में दर्द हो वह मिट जाता है। जैसे सिर दर्द, कमर दर्द, हाथ-पैरों में दर्द, मांसपेशियों का दर्द इत्यादि। यह उपचार पाचन शक्ति को भी बढ़ाता है और अच्छी नींद लाता है।
- यदि घुटनों में दर्द हो तो : ✳ एक गिलास कुनकुने पानी में पाव (१/४) नींबू निचोड़कर दिन में पाँच से छ: वक्त पीयें, शक्कर व नमक न मिलायें। ✳ नींबू का असर अल्कलाईन होता है इसमें विटामिन-सी बहुत होता है, जो जोड़ों के दर्द के उपचार में मदद करता है। ✳ अपने आहार में ककड़ी इस्तेमाल करें, इसे सलाद या जूस के रूप में सेवन करें। ✳ एक महीने तक एक चम्मच आँवला पाउडर, २ चम्मच गुड़ के साथ लें। ✳ नीम के तेल से मसाज करें। ✳ रोज सतावरी, काला जीरा, मेथी के दाने और अजवाइन पाउडर आधा-आधा चम्मच मिलाकर खायें। ✳ घुटनों पर अदरक तथा हींग की पट्टी बनाकर (दूध

में हींग व अदरक मिलाकर पेस्ट तैयार करें) दर्द की जगह पर लगायें । ✲ एक कप तिल के तेल में ३ चम्मच जायफल का पाउडर मिलाकर, उबालकर दर्द पर नियमित लगायें । ✲ प्राणायाम करें ।

- शरीर पर आनेवाली सूजन से राहत पाने के लिए फिटकरी को पानी में घोलकर लगाने से लाभ होता है ।

- जोड़ों का दर्द होने पर : ✲ अदरक का रस १ किलो तथा तिल का तेल आधा किलो लेकर, दोनों को मिलाकर धीमी आँच पर उबालें । जब केवल तेल रह जाय तो उसे छानकर रख लें । इस तेल की मालिश करने से लाभ होता है । ✲ रोज सुबह ३-४ छोटी पीपली खाने से जोड़ों का दर्द ठीक होता है । ✲ अजवाइन का तेल मालिश करने से भी जोड़ों के दर्द में लाभ होता है ।

- सोंठ के साथ खस फाँक लेने से हाथ-पैर की ऐंठन व कंपन मिटती है ।

कटना और घाव

- साफ रुई जलाकर उसकी राख को कटे या घाव के स्थान पर लगाने से लाभ होता है ।

- कटे हुए स्थान से यदि खून निकलना बंद न हो रहा हो तो उस पर अरबी के कोमल पत्तों को कूटकर उसका रस निकालकर लगाने से लाभ होता है । ✲ कच्चे नारियल का गोला घिसकर तवे पर सेकें । जब सेंका हुआ नारियल काला पड़ जाय तब कपड़े की पोटली बनाकर घाव को उससे सेंकें, फिर उसे चोट की जगह पर बाँध दें । इससे फायदा होता है ।

उच्च रक्तचाप

- उच्च रक्तचाप में : ✲ नमक का सेवन बंद करें या कम कर दें और बहुत सा तरल पदार्थ (जूस, पानी, नारियल पानी वगैरह) लें । कम से कम आठ-दस गिलास पानी पीयें । ✲ सुबह उठते ही खाली पेट लहसुन की एक-दो कलियाँ पानी के साथ निगल लें । ✲ रोज एक गिलास मीठे कढ़ीपत्ते का जूस बनाकर पीयें । (दस-बारह पत्तों को एक कप पानी में डालकर मिक्सर में पीस लें ।)✲ नैसर्गिक तरल पदार्थ जैसे नारियल पानी, छाछ और धनिया का पानी पीयें । ✲ आराम, नींद और शांति उच्च रक्तचाप के लिए आवश्यक है ।

त्वचा रोग

- खुजली में आराम मिलने के लिए आँवले की गुठली को जलाकर उसकी भस्म

बना लें और उसे नारियल के तेल में मिलायें। इसे खुजली पर लगाने से रोग ठीक होता है। इसके अलावा नींबू का रस और चमेली का तेल समभाग में मिलाकर मालिश करने से भी खुजली ठीक होती है।

- त्वचा रोग होने पर सौंफ ५ चम्मच, शक्कर ६ चम्मच, इमली ४ चम्मच, लौंग २ चम्मच। इन सबको महीन पीस लें और शहद में करीबन १ चम्मच मिलाकर, दिन में २ बार सेवन करें। इससे पुराना त्वचा रोग भी ठीक होता है।

- जली त्वचा पर छाछ एवं नीम के पिसे पत्तों का लेप लगाना फायदेमंद होता है। नीम जंतुनाशक होता है तथा इसमें निहित तेल के कारण जली त्वचा को फायदा होता है।

- दाद और खाज दूर करने के लिए : ✹ अमलतास के पत्ते को सिरके के साथ पीसकर लेप लगा लें। ✹ हरसिंगार (पारिजात) के पत्तों को पीसकर दाद की जगह पर लगाने से लाभ होता है। ✹ नींबू के रस में सुहागा (Alum-फिटकरी) मिलाकर लगाने से दाद में फायदा होता है। ✹ दूर्वा को हल्दी के साथ पीसकर लगाने से लाभ होता है। ✹ अजवाइन को पानी में गाढ़ा पीसकर दिन में दो बार लेप करने से दाद, खाज, कृमि पड़े घाव, आग से जले घाव ठीक हो जाते हैं।

चेहरे की त्वचा

- चेहरे को मुलायम करने के लिए कच्चे दूध में रुई भिगोकर मुँह पर फेरने से चेहरे की धूल आदि सारी गंदगी साफ हो जाती है। चेहरे की झुर्रियों को हटाने के लिए मलाई में कुछ बूँदें बेंजोईन और थोड़ा चावल का आटा मिलाकर चेहरे पर लगायें या मुल्तानी मिट्टी घिसकर व उसमें गुलाबजल मिलाकर उसका लेप लगायें।

- नारियल के पानी में, खीरे का रस व नींबू के रस की २-४ बूँदें मिलाकर सुबह-शाम चेहरे पर लगाने से झाइयाँ, दाग-धब्बे मिट जाते हैं।

- चेहरे पर दाग या झाइयाँ होने पर मूली, खीरा व ककड़ी का १ कप मिश्रित रस, ७ दिन तक सुबह के समय चेहरे पर लगाने से लाभ होता है।

- श्वेत या श्याम धब्बे शरीर पर पड़ जायें तो सेंधा नमक घिसकर, सिरके में मिलाकर, रात में धब्बों पर लेप करें। सुबह उठने के पश्चात धो डालें।

बुखार के प्रकार और इलाज

- ज्वर में आराम मिलने के लिए : ✱काली मिर्च व तुलसी के पत्ते लेकर महीन पीस लें, गोलियाँ बनाकर रखें (मूँग के दाल के समान)। २-२ गोली दिन में तीन बार गर्म दूध के साथ लेने से ज्वर कम होता है। ✱दालचीनी और अजवायन को समान मात्रा में मिलाकर चूर्ण बनायें, ४-५ ग्राम पानी में उबालकर छान लें, इसे रोगी को पिलाने से शीतज्वर कम होता है। ✱आँवला, हरड़, पीपल, चित्रकमूल तथा सैंधव नमक समभाग में लेकर २ से ३ ग्राम चूर्ण बनाकर उसका सेवन करने से आराम होता है।

- मलेरिया होने पर लौंग और तुलसी के पत्ते समान मात्रा में लें। लौंग का चूर्ण बनायें, फिर तुलसी के पत्तों के साथ उसे पीस लें। छोटी गोलियाँ बनाकर उन्हें सुखा लें। प्रतिदिन २ गोलियाँ शहद के साथ ४ दिन तक लें।

दमे का रोग और उपचार

- दमा के रोग को दूर करने के लिए : ✱ मुँह में लौंग रखें। ✱ जेष्ठमध का काढ़ा बनाकर शहद के साथ पीयें। ✱ अजवाइन का पाउडर बनाकर पेट पर लगायें। ✱ दो लीटर पानी में थोड़े निरगुडी के पत्ते, दो चम्मच अजवाइन चूर्ण, दो चम्मच वेखंड मिलाकर अच्छी तरह उबालकर दो बार छानें और ठंढा करके ३ दिन तक सुबह-शाम एनिमा लें।

- छाती भर जाने से या दमे के कारण साँस लेने में तकलीफ हो तो नीचे वर्णित पद्धति से आप राहत पा सकते हैं। ✱ पूर्ण दिन गुनगुना पानी भरपूर मात्रा में पीयें। रोज एक गिलास गाजर और चुकंदर (बीट रूट) का जूस लें। ✱ दूध और दूध के पदार्थ टालें। ✱ एक गिलास गाजर के जूस में एक चम्मच प्याज का जूस और एक चम्मच लहसुन का रस मिलायें और पीयें।✱ ऐंटीऑक्सिडेंट जैसे विटामिन ए, ई के सेवन को बढ़ायें।

कुछ गंभीर बीमारियों के उपचार

- पिप्पली का चूर्ण १२५ से २५० मि. ग्रा. तक दिन में दो बार लेने से बवासीर (Piles) रोग से राहत मिलती है।
- ईसबगोल १-१ चम्मच दही या छाछ के साथ दिन में तीन बार सेवन करें। इससे पेचिश (Dysentry) में लाभ होता है।
- ५ ग्राम नागकेसर पीसकर, उसे २४ ग्राम शहद में मिलाकर सुबह-शाम चाटने से पित्ती (Urticaria) का शमन होता है।

- मधुमेह (Diabetes) की बीमारी में : ❋ दो महीनों तक हर रोज- करेले का ताजा रस और १ बड़ा चम्मच आँवला जूस लें । ❋ दो चम्मच मेथी के दाने रात को भिगों दें, सुबह इसे खाली पेट पीयें । भिगोए हुए मेथी के दाने भी खा लें । ❋ व्यायाम, आहार, चलना और प्राणायाम करने से मधुमेह को कम करने में सहायता होती है ।

- किडनी स्टोन निकालने के लिए कुछ घरेलू विधियाँ अपनाई जा सकती हैं, जैसे:

  ❋ काला नमक ५० ग्राम, कलमी शोरा ५० ग्राम इन दोनों को कूटकर बारीक कर लें । फिर धीमी आँच पर रखकर २० मिनट तक उसे चलाकर भूनें । भूनते समय यह थोड़ा पानी छोड़ता है और जम जाता है । आँच से उतारकर उसे महीन पीस लें, उसे एक कपड़े में छानकर एक शीशी में भरकर रख लें । इसे सुबह-शाम आधा चम्मच, आधे गिलास गुनगुने पानी के साथ, पाँच दिन तक लें । इससे पथरी बाहर निकल आयेगी ।

अन्य तकलीफों के उपचार

- टमाटर के रस में शहद मिलाकर पीने से रक्त पित्त और रक्त विकार दूर होते हैं ।
- कफ निकालने के लिए एक गिलास दूध में आधा गिलास पानी और ३ पीपर डालकर उसे उबालें । जब दूध एक गिलास रह जाय तब पीपर निकालकर दूध पी लें । यदि पीपर चबाकर खा सकें तो यह अधिक फायदा करेगा । इसका सेवन नियमित रूप से कुछ समय तक करने से बहुत लाभ मलता है । ❋ गाय के पुराने घी में सेंधा नमक मिलाकर, हलका गरम करकर सोने के समय छाती पर लगाने से भी कफ निकलने में लाभ होता है ।

महत्त्वपूर्ण जानकारियाँ

- हरड़ खाना पेट के लिए बहुत लाभदायक है लेकिन केवल हरड़ न खायें, उसे गुड़ के साथ खायें । इसे भोजन के बाद सुपारी की तरह कम मात्रा में खायें । कमजोर, उपवासवाले लोगों को, गर्भवती स्त्रियों को तथा व्रत में हरड़ का सेवन नहीं करना चाहिए ।
- दूध के साथ कोई भी फल न लें । (आयुर्वेद में इसे विरुद्ध आहार माना गया है ।)
- फलों का रस दिन में लें, रात में लेने से तकलीफ हो सकती है । खासकर जिन लोगों को सर्दी और खाँसी की शिकायत रहती है, उन्हें रात को फल ग्रहण

नहीं करना चाहिए।

- फल, सब्जियाँ, पूर्ण अनाज, कम मेदयुक्त या बिना मेदवाला (तेलमुक्त) खाना इत्यादि से पोटैशियम, कैल्शियम, मैग्नेशियम और दूसरे न्युट्रियन्ट प्राप्त होते हैं। आहार योजना सैचुरेटेड फैट (saturated fat) रहित हो और जितना हो सके उसमें नमक की मात्रा कम हो। नमकीन (अचार, पापड़, नमकीन तथा तले हुए खाद्यपदार्थ), प्रिजर्व्ड और जंक फूड को खाना टालें।
- चर्बी बढ़ जाय तो मूली, टमाटर और गाजर खाना चाहिए। मूली के पत्ते सुबह-शाम खाने चाहिए। टमाटर मीठे हों तो २-४ बूंद नींबू का रस मिलाकर सेवन करना चाहिए। सलाद खाना वजन कम करने के लिए उत्तम है, साथ में शारीरिक श्रम भी करना चाहिए।
- रोज के आहार में २५ ग्राम सोया प्रोटीन लें। तमाम शोध करने के बाद यह सिद्ध हुआ है कि रोज २५ ग्राम सोया प्रोटीन्स लेने से कोलेस्ट्रॉल की मात्रा घटती है।
- खाना लोहे के बर्तन में पकायें। टमाटर और दूसरे ऐसिडिक पदार्थों को लोहे के बर्तन में पकाने से उनमें बड़ी मात्रा में लोह तत्त्व आ जाते हैं। चार औंस (१२० मिली) टमाटर को लोहे के बर्तन में पकाने से उसमें ०.७ मिली ग्राम लोह प्राप्त होता है। इससे शायद आपको पकाये हुए खाने का रंग पसंद न आये परंतु खाने का स्वाद कायम रहता है ।
- खाना ढककर पकायें ताकि इसके प्रोटीन व विटामिन कायम रहें।
- फ्रिज में रखा हुआ खाना निकालकर गरम करने से ७० प्रतिशत विटामिन, खनिज नष्ट होते हैं इसलिए बेहतर है कि आवश्यकतानुसार ही ताजा खाना बनायें । खाना बनाने के तीन घंटे बाद उसके उपयोगी तत्त्व कम हो जाते हैं।

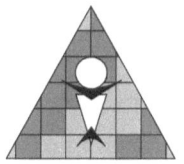

सामाजिक स्वास्थ्य

विश्वास व विवाद

मन का स्वास्थ्य स्वसंवाद बदलता है, स्वसंवाद दृष्टिकोण बदलता है, दृष्टिकोण इंसान को बदलता है और इंसान विश्व बदलता है।

28

कोई भी इंसान अपने आप में संपूर्ण नहीं होता है। हर इंसान में कोई न कोई कमी जरूर होती है। अब यह आप पर निर्भर करता है कि आप दूसरों की कमियों और खूबियों को किस रूप में लेते हैं। संबंधों को स्वस्थ बनाये रखने के लिए इस बात का ध्यान रखें कि वाद-विवाद सुलझाने के लिए गड़े मुर्दे उखाड़ने की नहीं बल्कि क्षमा और समझदारी की जरूरत होती है।

बदलाहट को प्रेम से स्वीकार करें। किसी भी इंसान या वस्तु को एक बार देखने के बाद हम उसकी छवि हमेशा के लिए उसी रूप में बना लेते हैं लेकिन उसके बदल जाने पर हम उसे आसानी से समझ और स्वीकार नहीं कर पाते हैं। लोगों में बदलाव के कारण उनके प्रति हमारे व्यवहार में कड़वाहट आने लगती है इसलिए मन की शिकायत और राय सही शब्दों में एक-दूसरे से खुलकर कहें। मन की बात सामनेवाले को न बताने का मतलब है वार्तालाप की कमी, कम्युनिकेशन गैप और किसी भी रिश्ते के खराब होने की शुरुआत इसी कमी के कारण होती है।

अकसर वार्तालाप में कमी (कम्युनिकेशन गैप) होने की वजह से मन में एक-दूसरे के प्रति गलत धारणाएँ पनपने लगती हैं इसलिए आपस में सही और स्पष्ट संवाद बनाये रखें। अपनी भावनाओं को एक-दूसरे से बेझिझक होकर बाँटें। इस आदत को पूर्णता कहते हैं।

आलोचना करने से बचें। किसी भी विवाद का हल ढूँढ़ते वक्त समझदारी से काम लें। ध्यान रखें कि विवाद इंसान से नहीं, उसकी सोच से होता है। ऐसे में

सामनेवाले की आलोचना करने व विवाद बढ़ाने की बजाय नम्र शब्दों में उसे उसकी कमजोरियों से अवगत करायें। ध्यान रखें कि किसी भी विवाद के लिए सिर्फ एक पक्ष ही जिम्मेदार नहीं होता है इसलिए तकरार से बचें। बातचीत के दौरान दूसरे पक्ष की बात ध्यान से सुनें। बात सुनते समय दिमाग के साथ अपने दिल का भी इस्तेमाल करें। अपनी बात सही साबित करने के लिए आतुर न रहें, धीरज रखें। सुनते वक्त सामनेवाले की बातें बीच में ही न काटें। आवेश में आने से बचें। गुस्सा मामलों को बिगाड़ देता है, जब कि दोस्ताना अंदाज में की गयी बातचीत चमत्कार कर सकती है। हर बात का अपना समय होता है। विवाद को सुलझाने के लिए उपयुक्त समय और माहौल का इंतजार करें या वैसा माहौल बनाने की कोशिश करें।

सामाजिक स्वास्थ्य पाने के लिए जरूरी है विवादों को भी पूरे आदर सम्मान के साथ सुलझाया जाय। अपना खयाल रखते हुए सामान्य व व्यवहारिक ज्ञान का उपयोग करें। हम जिन लोगों को अपने पास देखना चाहते हैं, उन्हें अपनी तरफ से खुश रखने की कोशिश करते रहते हैं। ऐसा करते हुए हम कभी-कभी अपने आपको अनदेखा करने लगते हैं, अपने आप पर बिलकुल ध्यान नहीं दे पाते। स्वस्थ संबंध, दूसरों के खयाल के साथ अपना खयाल रखने की भी माँग करता है। ध्यान, श्रवण, पठन और मनन से स्वयं को सदा आनंदित रखें।

सामाजिक स्वास्थ्य और विश्वास

किसी भी रिश्ते की पहली सीढ़ी विश्वास ही है। अगर आपने कोई योजना बनायी है तो उसके लिए काम भी करें। किसी काम को पूर्ण करने के लिए आपने कोई समय निश्चित किया है तो उस कार्य को उसी समय में पूरा करने की ठान लें। जी तोड़ मेहनत करें। अगर कोई जिम्मेदारी ली है तो उसे पूरा करके ही दम लें। आपका यही प्रतिसाद दूसरों की नज़रों में आपको विश्वसनीय बनाता है। यही बात पति-पत्नी के संबंधों में भी लागू होती है।

एक-दूसरे की छोटी-छोटी जरूरतों को पूरा करके आप अपने रिश्तों में विश्वास बढ़ा सकते हैं। अनुमान न लगायें, अनुमान लगाने से पहले सजग हो जायें। गलत अनुमानों से फायदा कम नुकसान ज्यादा होता है। जब भी हम किसी इंसान के बहुत ज्यादा नजदीक होते हैं तब आम तौर पर हम उसकी भावना और सोच को काफी हद तक जानने लगते हैं। कई बार हम सत्य को अनदेखा कर, अनुमान का सहारा लेने लगते हैं। यहीं पर हमसे गलती हो जाती है। स्वस्थ संबंधों में अनुमान से ज्यादा चीजों को अच्छी तरह से जानना और एक-दूसरे की मदद लेना जरूरी होता है। जब कई बार मामले अपने बस में न रहें तो अकेले परेशान होकर, हताश होकर

जीने के बजाय सामनेवाले से मदद माँगें। उससे कहें, 'मुझे आपकी जरूरत है।' यह कहने में जरा भी न हिचकिचायें। छोटी-छोटी उलझनों को एक-दूसरे के साथ बाँटें और उन्हें सुलझाने में एक-दूसरे की मदद लें।

सामाजिक स्वास्थ्य और त्याग

संबंधों को स्वस्थ रखना है तो त्याग करना भी सीखें। हर समय अपने ही बारे में सोचना आपकी सोच को स्वार्थी बना सकता है। इससे संबंधों में दरार आ जाती है। अपनी ही बात को हमेशा मनवाने की कोशिश न करें। आप जितना त्याग करेंगे, आपके संबंधों में उतना ही निखार आयेगा।

जो हैं वही बने रहें

अपने आपको किसी और रूप में दिखलाना उतना ही मुश्किल है, जितना अपने मूल रूप में दिखलाना आसान है। वैसे भी आप जिसके लिए दिखावा करने की कोशिश कर रहे हैं, कभी न कभी तो उसके सामने आपका असली रूप आयेगा ही। इसलिए ध्यान रखें कि संबंधों का आधार इंसानों से होता है, न कि काल्पनिक पात्रों से।

जीयें और जीने दें। अपने आपको पहचानेंगे तो हर एक को आप पहचानने लगेंगे। सही पहचान से सामाजिक स्वास्थ्य आसानी से मिलता है। अपने आपको पहचानने के लिए आध्यात्मिक स्वास्थ्य प्राप्त करें।

सामाजिक स्वास्थ्य पाने के लिए महापुरुषों की जीवनियाँ और आत्मचरित्र पढ़ने से सहायता मिलती है। इसके अलावा नीचे एक ऐसी पुस्तक का उल्लेख किया गया है, जो आपको सामाजिक स्वास्थ्य पाने में अत्यंत लाभ देगी।

रिश्तों में नयी रोशनी

यह पुस्तक नहीं बल्कि एक सेल्फ शिविर (वर्कशॉप) है। इस पुस्तक का संदेश है – 'जीवन अपने आप में एक वर्कशॉप है और रिश्ते आपके लिए प्रैक्टिस ग्राउंड हैं, जहाँ पर इंसान का परीक्षण होता है ताकि वह विकास कर पाये।'

हर रिश्ता आपके लिए आइना है। प्रेम, विश्वास, आदर, लोभ, ईर्ष्या, नफरत, क्रोध, मोह, अहंकार, डर, घृणा, द्वेष ये सभी इंसान के अंदर छिपे पहलू हैं, जो रिश्तों के द्वारा उजागर होते हैं। इसलिए रिश्तों में नयी रोशनी लाने के लिए दो तरीके इस्तेमाल किये जाते हैं: बलपूर्वक, जबरदस्ती सुधार लाना या प्रेमपूर्वक परिवर्तन लाना। एक ओर प्रेम से लबालब भरे हुए रिश्ते जहाँ हमें मजबूती प्रदान करते हैं, वहीं दूसरी ओर कड़वाहट के कारण आयी दरार उनमें कमजोरी भी लाती

है। समय रहते यदि अपने रिश्तों को न सुधारा जाय तो वह दरार एक विशालकाय खाई बन जाती है, जो पाटे नहीं पटती। अतः उस वक्त का इंतजार न करें कि आपके रिश्तों में खाई का निर्माण हो। ऐसी दुर्दशा से खुद को बचाने के लिए यह नायाब पुस्तक आपके जीवन में कभी न बुझनेवाली रोशनी भर देगी।

जो लोग रिश्तों का महत्त्व नहीं समझते और लोकव्यवहार नहीं जानते, वे जीवन में असफल होते हैं। इसलिए रिश्तों में विकास करना आवश्यक है यानी लोगों के साथ कैसे उठें-बैठें, कैसे बातें करें, कैसे काम करें तथा कैसे मिल-जुलकर प्रेम से रहें, यह कला आपको इस पुस्तक से प्राप्त होगी।

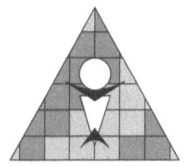

आर्थिक स्वास्थ्य

पैसा - रोटी, कपड़ा और मकान

जब कान वही सुनेंगे जो हमें सुनना चाहिए,
जब हम वही पढ़ेंगे जो हमें पढ़ना चाहिए
तब हमें संपूर्ण स्वास्थ्य प्राप्त होगा।

29 इंसान की मूल जरूरत ही इंसान की समस्या बन जाती है। यह समस्या आर्थिक स्वास्थ्य गिरा देती है। रोटी, कपड़ा और मकान हर इंसान की जरूरत है। जिन्हें आर्थिक रोग यानी पैसे की समस्या है, वे इस समस्या से हरदम जूझते रहते हैं।

पैसा हमारे जीवन में बढ़े लेकिन वह हमें सत्य से दूर न ले जाय बल्कि हमें सत्य पाने में मदद करे। यदि आपने पैसे को मंज़िल समझ लिया है तो पैसा आपकी मदद नहीं करेगा, यदि पैसे को आपने रास्ता समझा है तो पैसा आपकी बहुत मदद करेगा। जब पैसा लक्ष्य बन जाता है तब उसके साथ भावना (आसक्ति) जुड़ जाती है इसलिए हमें पैसे को इमोशनल प्रॉब्लेम नहीं बनाना है। लोग पैसे से आसक्त होकर सही सोच, नयी तरकीबें, सृजनात्मक विचार खो देते हैं इसलिए यह समझना अति आवश्यक है कि *'जगत में पैसे की समस्या नहीं है बल्कि आसक्त भावना की समस्या है।' 'जगत में पैसे की समस्या नहीं है बल्कि नयी तरकीबों (आइडियाज) की कमी की समस्या है।'* There is no money problem, there is emotion problem. There is no money problem, there is idea problem. यह समझ सदा ध्यान में रखें क्योंकि नया विचार और नयी सोच को इंसान जल्दी नहीं समझ पाता। हालाँकि चारों तरफ नयी चीजों की, नव निर्माण की इतनी जरूरत है कि कोई वे चीजें बनाये, कोई उन्हें बेच पाये तो पैसे की कभी कमी नहीं होगी। कुछ ऐसी चीजों का निर्माण करें, जो लोगों की जरूरत है। कुछ ऐसी चीजों का निर्माण करें, जो लोगों की जरूरत तो है लेकिन वह जरूरत उन्हें भी

पता नहीं। जब वह चीज उनके सामने आयेगी तब वे आश्चर्य करेंगे कि 'हाँ, इस चीज की हमें जरूरत थी।' ऐसा करने से आपको पैसे की कभी कमी महसूस नहीं होगी मगर कोई यह सब सोचने के लिए तैयार नहीं क्योंकि किसी को सोचने की कला नहीं सिखायी गयी है। हमारी शिक्षण पद्धति में यदि यह प्रैक्टिस, यह कला होती तो सभी का आर्थिक स्वास्थ्य अच्छा होता।

जिन लोगों का शरीर अनुशासित नहीं है, वे अकसर आर्थिक रूप से अस्वस्थ रहते हैं यानी वे हरदम पैसे की समस्या का सामना करते रहते हैं। अअनुशासित (अनट्रेन्ड) लोगों को पता नहीं होता कि पैसों का खर्च कब, कहाँ, कैसे करना चाहिए। बहुत पैसा आने के बाद भी उनके पास पैसा नहीं टिकता। ऐसे लोग यह नहीं जानते कि बूँद-बूँद से तालाब बनता है। गरीब से गरीब इंसान भी यदि अनुशासित है तो वह कुछ पैसों की बचत कर ही सकता है। यदि गरीब इंसान अनुशासित है तो वह ज्यादा समय तक गरीब नहीं रह सकता।

जिन लोगों के पास कोई कला, हुनर, कार्य करने की लगन, साहस है, वे कभी भी पैसों की समस्या में ज्यादा समय नहीं रहते। उनका आर्थिक स्वास्थ्य सदा उत्तम रहता है। यदि आपको आर्थिक बीमारी है तो इस समस्या में छिपे हुए विकास को परख लें। अपने आपको अनुशासित करना शुरू कर दें। मेहनत और लगन से यदि निरंतर कार्य करते रहे तो लक्ष्मी आपके पास आयेगी ही।

अपने शरीर से लापरवाही और सुस्ती निकाल दें। कामचोर न बनें। कामचोर भी चोर होता है, जिसकी सजा उसे मिलती है। कामचोर की सजा है आर्थिक रोग। किसी कार्य को छोटा न समझें, हर कार्य पूजा है। छोटे पद पर नौकरी करके आप छोटे नहीं हो जायेंगे। काम से जी चुराकर आप निम्न प्रवृत्तियों में चले जायेंगे। गलत तरीके से पैसा कमाना चाहेंगे। गलत तरीके से कमाया हुआ धन समस्याओं को बढ़ाता है। सच्चाई और ईमानदारी से कमाया हुआ धन समस्याएँ नहीं, जीवन में समाधान, संपूर्ण स्वास्थ्य व संतुष्टि लाता है।

पढ़े-लिखे लोग बड़ी नौकरी पाने के चक्कर में छोटे कामों को तुच्छ समझकर पैसों की समस्या में घिरे रहते हैं। उनसे छोटा काम होता नहीं, उन्हें बड़ा काम मिलता नहीं। इस तरह वे कर्जदार बनते जाते हैं। यदि वे काम को छोटा-बड़ा न समझकर मेहनत करना शुरू कर दें तो बहुत जल्द ही वे अपनी काबिलियत अनुसार पद प्राप्त कर लेंगे। छोटा काम करने से जी न चुरायें, काम शुरू कर दें। बड़े कामों का रास्ता छोटे दरवाजों से निकल सकता है। घर पर बैठे रहने से न कोई दरवाजा मिलता है और न कोई खिड़की।

ईमानदारी से काम करनेवालों की तथा अनुशासित लोगों की जरूरत हर कार्यालय, हर कारखाने, हर संस्था, हर स्कूल, हर ऑफिस, हर बड़े दुकान में है। लोगों से अच्छा व्यवहार करना सीखें। सभी के सहयोग से आपको अपने काम में आसानी और तरक्की मिलेगी। लोगों में गुण देखना शुरू करें, जिससे आपमें वे गुण आने लगेंगे। गुणवान इंसान को पैसा, पद, शोहरत आसानी से मिल जाती है। गुणवान इंसान हमेशा आर्थिक स्वास्थ्य का अनुभव करता है। बीमार होने पर वह जल्दी स्वस्थ हो जाता है।

पैसे खर्च करने की गलत आदतों से बचें। व्यसनों और महँगे मित्रों से सदा दूर रहें। पैसे की मान्यताओं को समझें। दूसरों के पैसे अटकाकर न रखें। अपनी शक्ति पहचानें। स्वयं में आत्मविश्वास जगायें। आप में सृजनात्मक व रचनात्मक शक्ति है, उसका उपयोग करना सीखें। अपने आपको 'मेरे पास पैसा नहीं है', 'मेरे पास पैसा टिकता नहीं है', ऐसे विचारों से दूर रखें। जब भी ऐसे विचार आयें तब अपने आपसे कहें, 'मैं ईश्वर की संतान हूँ मेरी सफलता निश्चित है।' सकारात्मक विचारों से अपने मन को भर दें। आशावादी दृष्टिकोण से पैसे की समस्या को सुलझायें। निराशावादी बनकर भाग्य का रोना बंद कर दें। अपना भाग्य आज की समझ से बनाना शुरू करें। ज्योतिषियों के चक्कर में न जाकर मेहनत को चुनें। तुरत-फुरत तरीके से पैसा बनाने की इच्छा रखकर लॉटरी तथा अलग-अलग स्कीम्स में पैसा बरबाद न करें। पैसे की समझ, पैसे की बचत और पैसे का उपयोग जानकर समृद्ध बनें।

आर्थिक स्वास्थ्य पाने के लिए आर्थिक ज्ञान की पुस्तकों को पढ़ना उपयोगी है। नीचे एक ऐसी ही पुस्तक का उल्लेख किया गया है, जो आपको आर्थिक स्वास्थ्य पाने में अत्यंत लाभ देगी।

पैसा रास्ता है, मंज़िल नहीं

इस पुस्तक में पैसे के बारे में यह समझ दी गयी है कि पैसा न शैतान है, न भगवान है, न मंज़िल है, पैसा तो रास्ता है। इस पुस्तक में पैसे की १३ मान्यताओं पर प्रकाश डाला गया है, पैसे के बारे में ३ प्रकार के भ्रम तोड़े गये हैं तथा एक 'मनी मंत्र' दिया गया है।

पैसे के बारे में लोगों की अनेक मान्यताएँ हैं मगर यह मजेदार नियम है कि जिस चीज को आप मानते हैं, उसके सबूत आपको मिलते हैं और जब सबूत मिलते हैं तब वह मान्यता और पक्की हो जाती है। मान्यता और बढ़ गयी तो और बड़े सबूत मिलते हैं... बड़े सबूत मिलने पर मान्यता और गहरी होती जाती है। यही दुष्चक्र

चलता रहता है और मान्यता इतनी पक्की हो जाती है कि पैसा आता भी है मगर उसके साथ समस्या भी आती है। इस समस्या को सुलझाकर आर्थिक स्वास्थ्य कैसे प्राप्त करना है, इस बारे में इस पुस्तक में विस्तार से जानकारी दी गयी है।

यह समझ रखें कि पैसे को हम इस्तेमाल करें, न कि पैसा हमें इस्तेमाल करे। पैसे के बारे में जो गलतफहमियाँ हैं, उन्हें दूर करें। यह समझें कि पैसे को बुरा माननेवाले भी आधा सत्य जानते हैं और पैसे को सब कुछ माननेवाले भी अधूरे सत्य से ही परिचित हैं। इस पुस्तक से हमें यह जानना है कि पूर्ण सत्य के मार्ग में पैसा कैसे मदद करे... संपूर्ण लक्ष्मी पूजन कैसे हो... सत्य का दीया किस प्रकार जलायें... इस नयी समझ के साथ, नये जीवन में प्रवेश कैसे करें... इत्यादि।

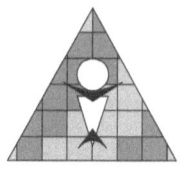

आध्यात्मिक स्वास्थ्य
पाँचवाँ शरीर - आनंदमय शरीर

सत्वोगुणी का आराम राम का आराम है।
ऐसे लोग आराम में काम करना जानते हैं,
इसलिए वे काम में राम का आनंद ले सकते हैं।

30 पाँचवें यानी आनंदमय शरीर के मुख्य तीन गुण हैं - तेजआनंद, तेजप्रेम, तेजमौन। पाँचवाँ शरीर है आनंदमय शरीर, जिसमें बच्चे रहते हैं। जो स्वयं के बारे में (स्वयंबोध) जानना चाहता है, वह है पाँचवाँ शरीर परंतु हम अगर अन्नमय शरीर में ही फँसे हुए हैं तो आगे बढ़ना असंभव हो जाता है।

पत्थर में एक ही शरीर होता है, जो ऊपर से ठोस नजर आता है। पेड़-पौधों में दो शरीर होते हैं, जिसमें दूसरा प्राणमय शरीर होता है (पौधे साँस भी लेते हैं)। जानवर, पशु-पक्षियों में ढाई शरीर होते हैं - अन्नमय, प्राणमय और मनमय। मनमय शरीर का आधा हिस्सा सहज मन, तोलू मन जानवरों में नहीं होता मगर इंसान में पाँच शरीर होते हैं।

जैसे प्याज में एक के बाद एक परतें होती हैं, उसी तरह इंसानी शरीर की भी चार परतें होती हैं। चौथी परत हटाने के बाद वह निकलता है, जो चार के परे है। यह पाँचवाँ शरीर जब पहले चार शरीरों के साथ नहीं था तब वह जिस अवस्था में था, उस अवस्था को कुछ लोगों ने छठवीं अवस्था भी कहा है।

आध्यात्मिक स्वास्थ्य

हर इंसान को शारीरिक व्यायाम के अलावा मानसिक तथा आध्यात्मिक व्यायाम भी करना चाहिए। व्यायाम का अर्थ होता है कसरत। आध्यात्मिक व्यायाम का अर्थ होता है- विवेकपूर्वक सत्य-असत्य, गुणों-अवगुणों के बीच फर्क समझना

तथा अपनी पूछताछ समझ के साथ करना। मन जब गलत वृत्तियों से निर्बल है तब उसे इस तरह के व्यायाम की अति आवश्यकता होती है। कमजोर मन इंसान को दुःख की खाई में ढकेल सकता है। यही मन तंदुरुस्त होकर मोक्ष प्राप्ति में सहायक भी बन सकता है। मन को दिशा देने के लिए कुछ व्यायाम आवश्यक हैं। निरूद्देश्य मन शैतान का घर होता है। हर इंसान को आध्यात्मिक स्वास्थ्य पाने के लिए मन को वश में करना चाहिए। नीचे दिये गये चार व्यायाम इसमें आपकी मदद करेंगे।

१. हमारे अंदर कुछ दुर्गुण नहीं हैं, यह समझकर उन दुर्गुणों को कभी भी न आने के लिए सजग रहना चाहिए। इन दुर्गुणों, वृत्तियों, गलत आदतों को रोकने का व्यायाम पहला व्यायाम है।

२. हमारे अंदर कुछ दुर्गुण हैं, यह जानकर उन दुर्गुणों को निकाल बाहर करने का व्यायाम करना चाहिए। धीरज व साहस से इन दुर्गुणों, वृत्तियों, गलत आदतों को निकाला जा सकता है। ये दुर्गुण इंसान के पतन का कारण बन सकते हैं इसलिए दूसरा व्यायाम अति आवश्यक है। पंचशील का पालन इस व्यायाम में हमारी मदद करता है। ये पंचशील हैं १) झूठ न बोलना अथवा सदा सत्य की राह पर चलना, २) हिंसा न करना अथवा किसी की हत्या न करना, किसी भी प्राणी को विचार, वाणी, भाव व क्रिया से दुःख न पहुँचाना, ३) चोरी न करना अथवा किसी और की वस्तु को अपना न समझना, ४) नशा न करना अथवा गलत व्यसनों, जुआ इत्यादि में न पड़ना, ५) व्यभिचार न करना यानी परस्त्री को अपनी स्त्री न समझना, भोग विलास में न पड़ना।

हर इंसान को अपने लिए कुछ मर्यादा (नियम व पंचशील) निर्धारित करनी चाहिए ताकि वह सदा यह जानता रहे कि उसका पतन हो रहा है या उत्थान। जो इंसान यह नहीं जानता कि जीवन की मर्यादा क्या है, वह कभी भी अपने पतन को देख नहीं पाता। जो इंसान अपने पतन को देख नहीं पाता, वह कभी भी पतन से उठ नहीं पाता। वह इंसान जो अपने पतन को देख सकता है, वह आज नहीं तो कल संकल्प करके ऊपर उठ सकता है। लेकिन पहलावाला इंसान, जिसे जीवन के पंचशील नहीं पता, उसका उत्थान कभी नहीं होता। वह सदा दुःख की गहरी खाई में धँसता जाता है।

जब आप अपने लिए यम-नियम, पंचशील बनायें तब अपने आपसे यह सवाल पूछें कि 'इस नियम का पालन करने से मेरा भला होगा या नहीं?' दूसरा सवाल यह पूछें कि 'इस नियम से क्या दूसरों की हानि होगी?' जब पहले सवाल का जवाब 'हाँ' आये और दूसरे सवाल का जवाब 'ना' आये तब समझ लेना कि आपने सही नियम बनाया है। उदा. क्या चोरी न करने

से मेरा भला होगा? क्या चोरी न करने से दूसरों की हानि होगी?

दूसरे तरह के व्यायाम में हम श्रेष्ठ जीवन की शुरुआत करते हैं। हम मन को अशांति देनेवाली आदतों से बचाते हैं। हमारा उत्थान हो रहा है या पतन, इसकी स्मृति सदा बनी रहती है। उदा. जब आप यह जानते हैं कि गाली-गलौज, व्यर्थ की बातों (चीप-टॉक), चुगली, दूसरों की बुराई में नहीं पड़ना चाहिए और आप अपने आपको दूसरों की बुराई करते हुए सुनते हैं तब आपको पता चलता है कि आपका पतन हो रहा है। यह पता चलना अति शुभ है। आप तुरंत आगे के लिए संकल्प करके, उससे बाहर आने का व्यायाम करेंगे।

३. हमारे अंदर कुछ आवश्यक गुण होने जरूरी हैं। ये गुण सत्य की यात्रा में हमें बहुत मदद करते हैं। जैसे कि आत्मसंयम रखना, छल-कपट रहित बात करना तथा मीठा बोलना, लोगों से नम्रता व सब्रता से व्यवहार करना, शरीर की कार्यक्षमता बढ़ाना, शरीर को साधना (अनुशासन) में रखना, कार्य को समय पर अंजाम देना, बीमार की सेवा करना इत्यादि। इन गुणों के रहते हम लोगों से मिलनेवाली कई तरह की परेशानियों से बच जाते हैं। इन गुणों के रहते हमारे समय की बचत होती है, फिर बचे हुए समय को हम अपनी ध्यान साधना में लगा सकते हैं।

तीसरे व्यायाम में आप अपने अंदर इन गुणों की परख करें। इनमें से कौन से गुण आपमें नहीं हैं, उन्हें जल्द से जल्द आत्मसात करने का प्रण करें।

४. हर इंसान के अंदर कई गुण होते हैं। हर इंसान से सीखा जा सकता है। आपके अंदर भी कई गुण हैं, जिन्हें पहचानना आवश्यक है। इन गुणों का इस्तेमाल होना चाहिए। इन गुणों की अभिव्यक्ति के साथ उन्नति भी होनी चाहिए। ये गुण सदा हमारे साथ रहें, उन्हें रोककर रखने का व्यायाम करना चाहिए। इन गुणों को रोकने के अलावा उनका संवर्धन (विकास) भी करना चाहिए।

क्या आप स्वस्थ हैं

'जीवन में सभी को स्वास्थ्य त्रिकोण मिले' यही हमारे पृथ्वी पर आने का लक्ष्य है। स्वास्थ्य त्रिकोण बहुत कम लोगों को प्राप्त होता है। जिसके मन में नफरत, द्वेष, घृणा के विचार चल रहे हैं मगर बाहर से उसे लग रहा है कि वह स्वस्थ है तो वह केवल शरीर से स्वस्थ है, मन और बुद्धि से नहीं।

यदि इंसान का आध्यात्मिक स्वास्थ्य ठीक नहीं है, इसका अर्थ उसका मन, शरीर और बुद्धि रोगी हैं। हर कोई चाहता है कि हम आध्यात्मिक जीवन जीयें, योग्य

जीवन जीयें मगर जब वह जीवन अयोग्य हो जाता है, मायावी हो जाता है तब वह जीवन रोगी हो जाता है, वह जीवन बीमारी कहलाता है, इस बीमारी से मुक्ति और आज़ादी प्राप्त करना अति आवश्यक है।

हम अपने आपको शरीर मान रहे हैं इसलिए हमें स्वास्थ्य त्रिकोण नहीं मिला है। स्वास्थ्य त्रिकोण की गहराई समझें। आहार, आराम, योग व्यायाम तीनों का जब संतुलित योग होता है तब स्वास्थ्य त्रिकोण बनता है। योग का अर्थ ही है जुड़ना। योग यानी मिलन। उचित मिलन होगा तो इंसान को खुशी होती है। जैसे लोग एक-दूसरे से हाथ मिलाते हैं, खुश होते हैं मगर हाथ मिलानेवाला यदि हाथ को जोर से, जरूरत से ज्यादा दबाव दे तो दुःख होता है। फिर आप अगली बार उस इंसान को देखकर ही अपना हाथ पीछे कर लेंगे क्योंकि जो योग हुआ था, वह योग्य नहीं हुआ।

युगों-युगों से हम योग के बारे में सुनते आ रहे हैं और योग करते आ रहे हैं परंतु अब समय आ चुका है कि हम 'महायोग' के बारे में जानें यानी हम स्वास्थ्य त्रिकोण अपनाएँ।

स्वास्थ्य त्रिकोण ही इस युग का महायोग है। योग की स्थापना युगों पहले ऋषि मुनियों ने की थी। जब उसकी शुरुआत हुई थी तो योग आत्मसाक्षात्कार प्राप्त करने के लिए एक साधन था। योग के द्वारा न केवल आत्मसाक्षात्कार की प्राप्ति होती थी बल्कि शारीरिक स्तर पर भी कई सारे लाभ होते थे।

आज के समय में योग इसलिए किया जाता है ताकि बीमारियाँ ठीक हो जायें - जैसे ब्लडप्रेशर, शुगर, जोड़ों का दर्द इत्यादि। प्राणायाम के द्वारा या आसनों के द्वारा कई बीमारियों का इलाज किया जाता है परंतु योग से समाधि मिल सकती थी, यह मूल लक्ष्य आज खो गया। इसका अर्थ यही हुआ जैसे कोई हाथी से माचिस की तीली उठाने का काम करवाये, जब कि हाथी पूरे जंगल की लकड़ियाँ उठा सकता है।

यदि हम इस गहरी मान्यता में जीते हैं कि हम शरीर हैं तो हम अस्वस्थ जीवन जी रहे हैं। हमें इन विचारों से, इन मान्यताओं और धारणाओं से मुक्ति पानी है तो हॅपी थॉट्स को अपनाना है। हॅपी थॉट्स वह शुभ विचार है, जो स्वास्थ्य त्रिकोण और शारीरिक बीमारियों, मानसिक नफरत, आध्यात्मिक अज्ञान के बीच में पुल का काम करता है।

आध्यात्मिक स्वास्थ्य पाने के लिए महाआसमानी शिविर में भाग लें जिसकी जानकारी पृष्ठ संख्या २४० पर दी गयी है तथा आध्यात्मिक पुस्तकों का पठन सहायक है। नीचे ऐसी ही पुस्तकों का उल्लेख किया गया है, जो आपको

आध्यात्मिक स्वास्थ्य पाने में अत्यंत लाभ देंगी।

१. महाजीवन - मृत्यु उपरांत जीवन

मृत्यु एक निश्चित तथ्य है। फिर भी मनुष्य मृत्यु से भयभीत रहता है। यह भय अनायास ही नहीं है बल्कि इसके पीछे उसका अज्ञान है। सरश्री के अनुसार मृत्यु से जितना भागेंगे, उतना ही फँसते जाएँगे इसलिए भागें नहीं बल्कि उसका दर्शन करें। मृत्यु जीवन की अंतिम छोर है, यही सोच हमारे भय एवं गलतियों का प्रमुख कारण है। जबकि सच्चाई यह है कि असली जीवन की शुरुआत मृत्यु के पश्चात ही प्रारंभ होती है। मृत्यु और मृत्यु उपरांत जीवन अब तक उलझन का विषय रहा है। उचित मार्गदर्शन के अभाव में मृत्यु का भय लोगों को भयभीत करता रहता है।

यह पुस्तक आपको न सिर्फ मृत्यु का दर्शन करवाती है बल्कि मृत्यु और मृत्यु उपरांत जीवन इस विषय पर समझ भी प्रदान करती है। मृत्यु एक ऐसा विषय है, जिसके बारे में हर इंसान के मन में कई तरह के सवाल होते हैं और वे सवाल न सुलझने की वजह से वह हमेशा डर-डरकर जीवन जीता है। उसे इस विषय के बारे में ज्यादा ज्ञान नहीं होता और वह कभी इस बारे में खोज करने की कोशिश भी नहीं करता। बचपन से जो मान्यताएँ उसके मन में डाल दी गई हैं, वह उन्हीं मान्यताओं के आधार पर कई बातें मानकर डर के साए में जीवन जीता है। प्रस्तुत पुस्तक से मृत्यु की सही समझ पाकर महाजीवन की यात्रा का शुभारंभ करें।

यह पुस्तक इसी विषय पर केंद्रित है। इसके द्वारा मृत्यु विषय पर अनेक अबूझ प्रश्नों का गहराई से उत्तर दिया गया है।

२. ध्यान- २२२ सवाल

'विद्यार्थी से लेकर भक्त' की यात्रा में ध्यान से संबंधित प्रश्नों के जवाब। जिसके मुख्य पाँच भाग, तीन विभाग व छ: कदम हैं। यह पुस्तक दो सौ बाईस प्रश्नों द्वारा दिये गये उत्तर के रूप में हैं। इसका हेतु है 'ध्यान' के बारे में ज्यादा से ज्यादा लोगों के प्रश्न सुलझाना तथा हर अवस्था के खोजी को उसका जवाब देना। इसके अतिरिक्त - ध्यान की परिभाषा, ध्यान की दौलत, ध्यान की आवश्यकताएँ, ध्यान के १२ लाभ, ध्यान के विभाग, ध्यान के कदम, ध्यान कैसे करें, ध्यान से संबंधित सवाल-जवाब, ध्यान से स्वध्यान की ओर, साक्षी-स्वसाक्षी, ध्यान में समझ का महत्त्व, स्वध्यान-व्यवध्यान, समाधि, ध्यान की २० विधियाँ और ध्यान सर्वेक्षण का समावेश किया गया है। इसके अतिरिक्त इस पुस्तक में पढ़ें - ध्यान (मेडिटेशन) से संबंधित २२२ सवाल-जवाब।

३. नि:शब्द संवाद का जादू

मौन अपने आप में किया जानेवाला एक ऐसा संवाद है जिसके जरिए हमें अपने सभी प्रश्नों के उत्तर मिल सकते हैं। इसलिए अकसर जब हमारा मन बेचैन होता है तो हमें ध्यान और चिंतन करने की सलाह दी जाती है। लेकिन किसी भी चीज की तलाश की शुरुआत प्रश्न पूछने के जरिए होती है और इसलिए प्रस्तुत पुस्तक में प्रश्नों को अत्यंत महत्व दिया गया है।

यह पुस्तक सात खण्डों में विभाजित है और प्रत्येक खण्ड ऐसे ही सवाल और जवाबों से भरा हुआ है। केवल उनके संदर्भ अलग हैं। दरअसल ये प्रश्न सृष्टि को जानने के रहस्य हैं जिनके जवाब ईश्वर ने संकेतों के माध्यम से कहीं छिपा दिए हैं और हमें उन संकेतों को समझते हुए उन रहस्यों को जानना है।

४. मोक्ष - अंतिम सफलता का राजमार्ग

मोक्ष की प्रचलित संकल्पनाओं को भेदनेवाली, मनुष्य के जीवन का सत्य बतानेवाली, मोक्ष जैसे अछूते और क्लिष्ट विषय को उजागर करनेवाली और पाठकों (साधक) का जीवन परिवर्तन करनेवाली पुस्तक है 'मोक्ष'। मोक्ष यानी मुक्ति... भय से, चिंता से, शारीरिक बंधनों से भी... मोक्ष के बाद केवल आनंद ही होता है। शब्दों में बयान न किया जानेवाला मगर हर क्षण अनुभव के तौर पर जाननेवाला, जीवन व्याप्त करनेवाला - तेजआनंद। इसी कारण मोक्ष है, सुखी जीवन की कुंजी (गुरुकिल्ली) और अलौकिक सफलता का राजमार्ग। यह तेज सफलता, तेजआनंद, सुखी जीवन यानी मोक्ष कैसे प्राप्त करना है? मोक्ष हमारे जीवन का अंतिम लक्ष्य कैसे? इन सवालों के जवाब इस पुस्तक में आसान करके बताये गये हैं।

मोक्ष... इस कल्पना के संदर्भ में सर्वसाधारण लोगों में प्रचलित एक मान्यता है कि मोक्ष इंसान को उसकी मृत्यु के बाद ही प्राप्त होता है। यह मान्यता किस तरह गलत है, यह आप इस पुस्तक में पढ़नेवाले हैं। हम कौन हैं? इस शरीर की मृत्यु के बाद हम कहाँ जायेंगे? यह ज्ञात होना यानी मोक्ष। इसके लिए मौत का इंतजार नहीं करना पड़ता। इसी शरीर में, जीते जी यह ज्ञान प्राप्त हो सकता है। इस पुस्तक द्वारा यह समझ प्राप्त होती है कि मोक्ष हमारे भीतर ही है और हमारे अस्तित्व का एक अभिन्न अंश है।

यह पुस्तक पढ़ने के बाद अपना अभिप्राय (विचार सेवा) इस पते पर भेज सकते हैं :
Tejgyan Global Foundation, Pimpri Colony Post office, P.O. Box 25, Pune - 411 017. Maharashtra (India).

परिशिष्ट

कैलोरीज बजट

क्रिया	**कैलोरी खर्च/मि.**
नींद, बिस्तर पर लेटना, आराम करना	१.०/ मिनट
बैठना, भोजन करना, सुनना, लिखना, बैठकर हलके काम करना	१.५/ मिनट
खड़े रहना, बैठकर रोजमर्रा के काम करना, खड़े रखकर हलके काम करना	२.३/ मिनट
धीरे चलना, खड़े रहकर बार-बार एक ही काम करना, बच्चों को सँभालना	२.८/ मिनट
घर की सफाई (फर्श, दरवाजे, खिड़कियाँ साफ करना), तेज चलना, पालतू जानवरों को सँभालना, बगीचे की सफाई	३.३/ मिनट
वार्म अप, हलके खेल खेलना, हलका सामान उठाना, हलके सामान को लेकर चलना	४.८/ मिनट
सामान्य गति से कार्य करना, खदान खोदना, सामान भरना, सामान उतारना, खेतों में कटाई करना	५.६/ मिनट
गड्ढा खोदना, तैरना, तेजी से सायकिल चलाना	६.०/ मिनट
कड़ी मेहनत करना, टूर्नामेंट मैच खेलना, भारी सामान उठाना, दौड़ना (९ कि./मी.), तैराकी की स्पर्धा में तैरना	७.८/ मिनट
प्रतिदिन खर्च की जानेवाली कैलोरीज	
सामान्य इंसान (सत्वोगुणी)	१६००/ दिन
मजदूर इंसान (रजोगुणी)	३०००/ दिन
सुस्त इंसान (तमोगुणी)	८००-१०००/ दिन

कच्चा और अच्छा भोजन
आरोग्यवर्धक पाक-कृतियाँ

जीवन के लिए खाना जरूरी है लेकिन खाने के लिए जीते रहना वर्जित है।

1 पहले खण्ड में आपने कच्चे खाने की उपयुक्तता के बारे में कई बातें जानीं। आइये अब सीखें कि कच्चा आहार कैसे स्वादिष्ट बनायें, खायें और खिलायें।

१. पोहा सलाद

सामग्री :
- 1 कटोरी कच्चा पोहा
- 1 शिमला मिर्च बारीक कटा हुआ
- 1 बारीक कटा हुआ टमाटर
- 2 चम्मच किसा हुआ नारियल
- $1/2$ चम्मच चीनी
- 8-10 मूँगफली के दाने (एक दिन पहले भिगोकर रखें)
- नमक स्वाद अनुसार
- नींबू का रस स्वाद अनुसार
- हरा धनिया बारीक कटा हुआ

यदि आपको सलाद में लाल रंग चाहिए तो $1/2$ किसा हुआ बीट लें सकते हैं।

विधि :
- पोहे अच्छी तरह धोयें (पूरा पानी निकाल दें)।
- फिर पोहे में पूरी सामग्री को अच्छी तरह मिलायें।

- तैयार है आपका स्वादिष्ट पोहा सलाद।

२. मूँग-मटकी सलाद

सामग्री :

$1/2$ कटोरी भाप दी हुई अंकुरित मूँग
$1/2$ कटोरी भाप दी हुई अंकुरित मटकी
$1/2$ कटोरी अनार के दाने
$1/2$ चम्मच चीनी
8-10 भुने हुए मूँगफली के दाने
1 चम्मच नींबू का रस
2 चम्मच नारियल किसा हुआ,
थोड़े खजूर बारीक कटे हुए
बारीक कटा हरा धनिया, कड़ी पत्ता
नमक स्वाद अनुसार

विधि :
- पूरी सामग्री को अच्छी तरह मिला लें।
- उसे अच्छे से बाऊल में रखकर पेश करें।
- यह है आपका मूँग-मटकी सलाद।

३. गाजर-ककड़ी सलाद

सामग्री :

$1/2$ कटोरी अंकुरित मूँग
$1/2$ चम्मच चीनी
2 कद्दूकस की हुई गाजर
2 कद्दूकस की हुई ककड़ी
1 चम्मच नारियल किसा हुआ
बारीक कटा हुआ हरा धनिया
नींबू का रस और नमक स्वाद अनुसार
चुटकी भर पिसी हुई काली मिर्च

विधि :
- पूरी सामग्री को अच्छी तरह मिला लें। तैयार है आपका गाजर-ककड़ी सलाद।

४. चटपटी भेल

सामग्री :

    250 ग्राम मुरमुरे
    50 ग्राम अंकुरित हरा चना
    50 ग्राम भाप दी हुई अंकुरित मूँग
    50 ग्राम भाप दी हुई अंकुरित मटकी
    50 ग्राम मूँगफली के दाने भिगाये हुए
    50 ग्राम नारियल किसा हुआ
    1 टमाटर बारीक कटा हुआ
    $1/2$ छोटा चम्मच चीनी
    नमक स्वाद अनुसार
    बारीक कटा हरा धनिया

विधि :

- पूरी सामग्री अच्छी तरह मिला लें। इस मिश्रण को ज्यादा देर तक न रखें क्योंकि ज्यादा देर रखने से मुरमुरे का कुरकुरापन खराब हो जाता है।
- अब यह चटपटी भेल परोसें।

५. मक्का सलाद

सामग्री :

    1 कटोरी भुने हुए मक्के के दाने
    2 चम्मच भुनी मूँगफली
    1 चम्मच नींबू का रस
    $1/2$ चम्मच चीनी
    हरा धनिया बारीक कटा हुआ
    चुटकी भर काली मिर्च पाउडर
    नमक स्वाद अनुसार

विधि :

- पूरी सामग्री को अच्छी तरह मिला लें। तैयार है आपका मक्का सलाद।

६. पोहा भेल

सामग्री :

    $1/4$ कटोरी पोहे
    1 छोटा बीटरूट किसा हुआ

1 बड़ी गाजर किसी हुई
2 शिमला मिर्च कटी हुई
2 चम्मच अंकुरित मूँग
2 चम्मच किसा हुआ नारियल
1 छोटा चम्मच नींबू का रस
बारीक कटा हरा धनिया
नमक व चीनी स्वाद अनुसार

विधि :

- पोहे धोकर अलग रखें।
- पोहों में नारियल, धनिया डालकर पूरी सामग्री अच्छी तरह मिला लें।
- पूरी सामग्री को एक बाऊल में डालें। इस मिश्रण को ऊपर से नारियल और हरे धनिये से सजायें व परोसें।

७. ब्राऊन सैंडविच

सामग्री :

1 ब्राऊन ब्रेड (Loaf) गेहूँ की ब्रेड
1 किसी हुई गाजर
1 बीटरूट किसा हुआ
2 टमाटर की स्लाइस पतली कटी हुई
2 ककड़ी स्लाइस पतली कटी हुई
200 ग्राम अमूल बटर।

चटनी के लिए

$1/2$ नारियल किसा हुआ
1 गुच्छा हरा धनिया
1 इंच अदरक कूटी हुई
नमक स्वाद अनुसार
पुदीना आधा गुच्छा
1 नींबू का रस

विधि :

- पूरी सामग्री को मिक्सर में पीस लें। तैयार है चटपटी चटनी।
- सबसे पहले ब्रेड पर मक्खन फैलायें, फिर उस पर चटनी लगायें।
- फिर ब्रेड पर गाजर बिछायें

- उसके ऊपर बीट स्लाइस बिछायें
- फिर उस पर ककड़ी, टमाटर बिछायें
- उस पर दूसरा ब्रेड रख दें।
- सैंडविच के चार टुकड़े करके उसे पेश करें।

८. शिमला मिर्च पनीर सलाद

सामग्री :

3 मध्यम आकार की शिमला मिर्च
1 कप ताजा पनीर
1 छोटा चम्मच भुना-पिसा जीरा
$1/2$ नींबू का रस
कुछ ताजे धनिया के पत्ते
नमक स्वाद अनुसार।

विधि :

- पनीर, धनिया, जीरा पाउडर, नींबू का रस, नमक इन सबको अच्छी तरह मिला लें।
- सामग्री के मिश्रण को ६ हिस्सों में बाँट लें।
- शिमला मिर्च के बीज स्कूपर से बाहर निकालें और दो हिस्सों में शिमला मिर्च काटें, फिर उसमें पनीर भरें।
- शिमला मिर्च-पनीर सलाद को ३० मिनट फ्रिज में रखने के बाद खाने में पेश करें।

९. दलिया सलाद

सामग्री :

1 कप पकाया हुआ दलिया
1 टमाटर बारीक कटा हुआ
1 शिमला मिर्च बारीक कटी हुई
कुछ पुदीने के पत्ते
1 बड़ा चम्मच तेल (olive oil, sun flower oil)
$1/4$ छोटा चम्मच ताजी राई कूटी हुई
नींबू, चीनी, नमक स्वाद अनुसार।

विधि :

- दलिए को कुकर में सूखा ही भूनें।
- कुकर में पानी डालकर उसे दो सीटियाँ लगायें।

- दलिया पक जाय तो उसे कुकर से निकालकर अलग रख दें।
- दलिए में टमाटर, शिमला मिर्च, नींबू का रस, राई, चीनी, नमक, तेल (olive oil) अच्छी तरह डालकर उसे मिलायें।
- पूरी सामग्री को एक बर्तन में डालकर, ऊपर से पुदीने की पत्तियों से सजायें।
- तैयार है आपका दलिया सलाद।

१०. अंकुरित मूँग का सलाद

सामग्री :

2 कटोरी भाप दी हुई अंकुरित मूँग
$1/2$ कटोरी कद्दूकस किया हुआ नारियल
1 चम्मच नींबू का रस
नमक स्वाद अनुसार

विधि :
- ऊपर दिये गये सभी पदार्थों को मिला लें।
- स्वाद के लिए थोड़ा सा गुड़ भी डाल सकते हैं।
- इस तरह आपका अंकुरित मूँग का सलाद तैयार हो जायेगा।
- अब ऊपर से हरी धनिया डालकर सलाद को सजायें और परोसें।

११. पौष्टिक, औषधि युक्त गोंद (डिंक) के लड्डू

ठंढ के मौसम में गोंद के लड्डू शरीर को पुष्टता प्रदान करते हैं।

सामग्री :

100 ग्राम बदाम	10 ग्राम इलायची पाउडर
100 ग्राम काजू	20 ग्राम हल्दी
100 ग्राम पिस्ता	50 ग्राम अजवाइन
100 ग्राम अखरोट	1 से सवा किलो शुद्ध घी
250 ग्राम सूखा नारियल	250 ग्राम गोंद
250 ग्राम छुहारे	
100 ग्राम खसखस	
50 ग्राम मेथी दाने	
250 ग्राम सूजी या गेहूँ का आटा	
1 किलो गुड़	
50 ग्राम चारोली	
50 ग्राम मुनक्का	

विधि :

सबसे पहले छुहारों से बीजों को अलग कर लें । नारियल कद्दूकस कर लें, सूखा मेवा मिक्सर में पीस लें । छुहारे भी पीस लें। खसखस और अजवायन को थोड़ा सा गरम करके पीस लें । मेथी को गरम करके पीस लें । गोंद को घी में तलकर हाथों से बारीक करें।

अब घी को गरम करके उसमें गुड़ डालकर थोड़ा पकायें (एक तार नहीं आनी चाहिये), अब उसमें आटा (थोड़े से घी में भूनकर और अगर सूजी मिलाना हो तो सूजी को हलवे की तरह अच्छी तरह से भूनकर गुड़ में मिलायें) डालकर थोड़ा सा हिलाएँ। उसमें सभी चीजें डाल दें साथ में मुनक्का, चारोली, इलायची पाउडर डाल दें और हल्दी को थोड़े से घी में धीमी आँच पर पकाकर मिश्रण में डालें (हल्दी डालने की इच्छा न हो तो न डालें।)

सभी चीजों को अच्छी तरह मिलाकर उसके लड्डू बाँध लें। ये लड्डू सुबह नाश्ते के एवज में खा सकते हैं, साथ में एक गिलास दूध लें। शरीर की पोषक तत्त्वों की आवश्यकता इन लड्डुओं से पूर्ण होती है। प्रसूता के लिए यह अति उत्तम है।

१२. आचार्य खिचड़ी

सामग्री :

2 कटोरी बिना पॉलिश के चावल

$1^{1}/_{2}$ कटोरी छिलके वाली मूँग दाल

1 गाजर

1 तुरई

1 टमाटर

मीठी नीम स्वादानुसार

$^{1}/_{2}$ कटोरी पिसा नारियल

हरा धनिया

नमक स्वादानुसार

पाव चम्मच हींग

1 चम्मच जीरा

$^{1}/_{2}$ चम्मच राई

1 चम्मच तेल

विधि :

चावल को धोकर १-२ घंटे तक भीगने दें । चार पाँच प्रकार की सब्जियाँ लेकर काट लें । एक चम्मच तेल कुकर में डालकर छौंक में मीठी नीम, राई, जीरा, हींग, धनिया डालें । छौंक थोड़ा ठंढा होने पर उसमें हल्दी, शिमला मिर्च, दाल, चावल डालें । नमक डालकर कुकर का ढक्कन लगा दें । तीन सीटी होने के बाद गैस बंद कर दें ।

यह खिचड़ी पौष्टिक व कम कैलरी की होती है। इसमें कार्बोहायड्रेट, मिनरलस, विटामिन्स भरपूर होते हैं।

१३. सुनहरा सूप

सामग्री :

2 टमाटर

1 गाजर

1 छोटा सा प्याज

2 लहसुन की कलियाँ

$1/2$ इंच अदरक

नमक स्वादानुसार

काली मिर्च पाउडर स्वादानुसार

थोड़ा सा कद्दूकस किया पनीर

मक्खन (अगर इच्छा हो तो)

विधि :

- टमाटर, गाजर, प्याज, लहसुन, अदरक इत्यादि कुकर में डालकर पका लें ।
- मिश्रण ठंढा होने के बाद मिक्सर में पीसकर छान लें ।
- फिर इसमें नमक, काली मिर्च पाउडर डालकर उबाल लें ।
- परोसते वक्त इच्छानुसार पनीर व मक्खन डालें ।

१४. ब्रेकफास्ट (रंगारंग नाश्ता)

सामग्री :

3 कटोरी पतला पोहा

1 कटोरी कद्दूकस किया गाजर

$^1/_2$ कटोरी कद्दूकस किया हुआ बीट

शक्कर स्वादानुसार

1 बड़ा चम्मच तेल

थोड़ी सी हींग और राई

2 कटी हरी मिर्च

पाव कटोरी कटा हरा धनिया

1 चम्मच अदरक का रस

विधि :

- गाजर और बीट (कद्दूकस) एक साथ करके उसमें शक्कर, नमक, नींबू व अदरक का रस मिला दें।
- हींग, राई व मिर्च का छौंक लगाकर उसमें डाल दें।
- यह मिश्रण पोहा में डालकर ढँककर रखें।
- १० मिनट बाद इसमें हरी धनिया डालकर परोसें।

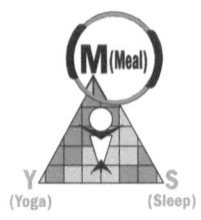

सरलता व तरलता

आरोग्यदायक चाय

प्रशिक्षित इंसान को रोग नहीं होता, ऐसी बात नहीं है।
उसे भी रोग होते हैं मगर रोग होने के बाद वह रोता-धोता
नहीं बैठता बल्कि रोग होने के कारण पर सोचता है।

2

१. अदरक की चाय :

अदरक की चाय अग्नि को शांत करने के लिए बहुत उपयोगी होती है। ठंढ के मौसम में इसे किसी भी समय पी सकते हैं। जुकाम, गले की खराश और अपच के लिए भी यह चाय फायदेमंद है।

सामग्री :

4 कप ताजा पानी

2 इंच लंबा अदरक का टुकड़ा

शहद और नींबू का रस इच्छा अनुसार

विधि :

- पानी को उबालें और अदरक को छिलकर, टुकड़े करके पानी में डालें
- आँच को कम करके १० से १५ मिनट तक चाय को उबलने दें।
- यदि अदरक का तेज स्वाद चाहते हैं तो उसे अधिक देर तक उबाल सकते हैं।
- चाहें तो इसमें नींबू का रस भी मिला लें।
- तैयार है दो कप अदरक की चाय।

२. दादी माँ की आरामदायक चाय :

यह चाय कफ प्रकृतिवाले लोगों के लिए फायदेमंद होती है। दूध और थोड़े

शहद को इस्तेमाल करके इसे बनाया जाता है। यह चाय कफ दोष को समाप्त करने के लिए किसी भी समय पी सकते हैं।

सामग्री :

2 कप ताजा पानी

1 एक बड़ा चम्मच ताजा पिपरमेंट

1 पाव गाय का दूध

$^{1}/_{4}$ चम्मच पिसी हुई लौंग

1 छोटा चम्मच सोंठ

$^{3}/_{4}$ छोटा चम्मच पिसी हुई इलायची

1 चम्मच काली मिर्च

थोड़ी सी दालचीनी

स्वाद के मुताबिक, आधे कप के लिए दो बड़े चम्मच शहद

विधि :

- एक बड़े बर्तन में पानी लें और ऊपर दिये गये सारे मसाले पानी में डालकर उबालें। फिर पिपरमेंट भी उबले हुए पानी में डाल दें। उसे २० मिनट तक धीमी आँच पर छोड़ दें।
- ऊपर के मिश्रण को छलनी में छानकर फिर उसमें दूध और शहद मिलायें।
- तैयार है ६ कप दादी माँ की आरामदायक चाय।

३. पाचक चाय :

इस चाय के नाम से ही जाहिर है कि यह चाय पाचन के लिए बहुत लाभदायक है। किसी भी समय के खाने के बाद इसे लिया जा सकता है।

सामग्री :

2 कप पानी

1 छोटा चम्मच धनिये के दाने

1 छोटा चम्मच जीरा

विधि :

- पानी को उबालें। फिर उबलते हुए पानी में जीरा और धनिया के दाने डालें। यह पूरा मिश्रण ब्लैंडर में डालकर, ब्लैंड करके छान लें।

- तैयार है दो कप पाचक चाय।

४. जौ की चाय :

वात प्रकृतिवाले कभी-कभी यह चाय पी सकते हैं लेकिन इसे लगातार लेना ठीक नहीं। मूत्राशय, गले या हाथ की जलन के लिए यह चाय बहुत लाभदायक है।

सामग्री :

8 कप पानी
$1/4$ कप जौ

विधि :

- जौ को अच्छी तरह धो लें और उसे एक बर्तन में पानी डालकर अच्छी तरह उबालें। फिर आँच कम करके उसे तब तक उबलने दें, जब तक पानी आधा न हो जाय।
- इसमें लगभग आधे घंटे का समय लगेगा।
- इस तरह आप की चाय तैयार हो जायेगी।

कहते हैं कि हर मौके, मौसम और मूड के लिए एक खास किस्म की चाय है। यूँ तो आप चाय पीते होंगे और कुछ प्रयोग करते होंगे लेकिन यहाँ हम कुछ खास किस्म की चाय की चर्चा कर रहे हैं, जो आयुर्वेद पर आधारित है। आयुर्वेद- पित्त, कफ और वात इन तीनों दोषों की बात करता है इसलिए यहाँ जो चाय की किस्में बतायी जा रही हैं, वे इन्हीं दोषों पर आधारित हैं। पहले खण्ड का भाग ९ पढ़कर आप यह पता कर सकते हैं कि आपकी प्रकृति कौन सी है या आपकी प्रकृति में कौन से दोष हावी हैं। अगर आपकी शारीरिक बनावट में जल और अग्नि की प्रमुखता है तो आपकी प्रकृति पित्त मानी जायेगी। इसी तरह जल और पृथ्वी की प्रमुखता होने पर आपको कफ प्रकृति का माना जायेगा और वायु की प्रमुखता आपको वात की श्रेणी में रखेगी। खान-पान से तीनों दोषों को संतुलित किया जा सकता है ताकि आप स्वस्थ तन और आनंदित मन हासिल कर सकें।

५. ठंढी पुदीना चाय :

वात और पित्त प्रकृतिवाले इसका अधिक सेवन नहीं कर सकते।

सामग्री :

1 चम्मच ताजा पिपरमेंट
10-12 पुदीने की पत्तियाँ

2 बड़े चम्मच शहद या राईस सिरप

विधि :

- पित्त प्रकृतिवाले इस चाय को राईस सिरप के साथ लें, जब कि कफ प्रकृतिवाले शहद का इस्तेमाल करें। चायदानी में पुदीना रखकर उसमें उबलता पानी डालें। अब उसे आँच से उतारकर और ढँककर २० मिनट तक छोड़ दें। ढक्कन खोलकर उसे अच्छी तरह हिलायें, फिर उसमें पिपरमेंट मिलायें और हिलायें। चाय को १ घंटे तक फ्रिज में रखकर उसे ठंढा होने दें या फिर बर्फ के साथ तुरंत लें। ४ से ६ कप चाय तैयार है।

६. अजवायन चाय :

रात को सोते समय इसका सेवन किया जा सकता है। फेफड़ों में किसी भी तरह की तकलीफ के लिए यह चाय बहुत लाभकारी है। कम अजवायन डालकर इसे बच्चों के लिए भी बनाया जा सकता है।

सामग्री :

1 कप उबलता पानी

$1/2$ छोटा चम्मच अजवायन

विधि :

- अजवायन को कप में डालकर उसमें उबलता हुआ पानी डालें और पाँच मिनट तक उसे छोड़ दें। इच्छा अनुसार शहद मिलाकर इस चाय का सेवन करें।

- अगर आपको ज्यादा तेज स्वाद चाहिए तो दो कप पानी लेकर उसमें आधा चम्मच अजवायन डालें और २० मिनट तक उसे हलकी आँच पर गरम कर लें। इस तरह आपकी पसंदीदा एक कप चाय तैयार हो जायेगी।

७. आयुर्वेदिक चाय :

ठंढ और बारिश के मौसम में यह चाय पीना अच्छा होता है। सर्दी-जुकाम में, सोते वक्त यह चाय पीने से बहुत फायदा होता है।

सामग्री : २ कप चाय के लिए

2 गवती चाय

1 छोटा टुकड़ा अदरक

8-10 तुलसी के पत्ते

2-3 पुदीने के पत्ते

1 चुटकी लौंग पाउडर

1 चुटकी काली मिर्च पाउडर

1 चुटकी आँवला पाउडर

1 चुटकी काला नमक

1 चुटकी दालचीनी पाउडर

स्वाद अनुसार गुड़ और खड़ी शक्कर (मिश्री)

विधि :

- २ कप पानी उबालकर, उसमें गवती चाय, तुलसी के पत्ते, पुदीने के पत्ते, अदरक का छोटा टुकड़ा और चुटकीभर लौंग पाउडर, दालचीनी पाउडर, आँवला पाउडर, काली मिर्च पाउडर और काला नमक डालें। चाय में गुड़ और मिश्री डालकर उसे अच्छी तरह उबालें।
- २-३ मिनट तक उबालने के बाद, उसे छानकर गरमा-गरम पी लें।

८. ग्रीन टी :

यह ऐंटीऑक्सिडेंट होती है। इसे दिन में कम से कम एक बार अवश्य लें। ग्रीन टी दुकान में उपलब्ध होती है। एक कप गरम पानी में एक चम्मच शक्कर डालकर उबालें और उसमें ग्रीन टी का पाउडर डालें। जहाँ तक हो सके दूध का उपयोग न करें।

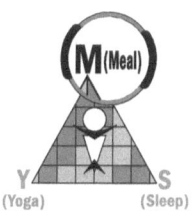

स्वस्थ शरीर के लिए आवश्यक पोषक तत्व

शरीर की जरूरतें

प्रशिक्षित इंसान अपनी बीमारी का कारण ढूँढ़कर तुरंत उसका निवारण करता है। इस तरह यदि उसकी बीमारी दूर होने में एक साल लगनेवाला है तो उसे ठीक होने में अब कम समय लगेगा।

3

हमारे शरीर को दिन के सारे कार्य करने के लिए ऊर्जा (शक्ति) की जरूरत होती है। इस ऊर्जा को पाने के लिए एक सामान्य इंसान को १६०० कैलोरीज की आवश्यकता होती है, जो उसे भोजन से मिलती हैं। एक मजदूर को सामान्य इंसान से ज्यादा कैलोरीज (३०००) की आवश्यकता होती है। यदि ये कैलोरीज सुस्ती व तमोगुण की वजह से खर्च न की गयीं तो मोटापा (चरबी, वसा, कोलेस्ट्रॉल) बढ़ने लगता है।

शरीर में चरबी का महत्त्व

चरबी ज्यादातर- तेल, मक्खन, घी, दूध के पदार्थों से बनती है। शरीर को केवल १०% ऊर्जा चरबी से मिलनी चाहिए। चरबी यदि जरूरत से ज्यादा बढ़ने लगे तो हृदय की रक्त वाहनियाँ बंद होने लगती हैं। जिससे रक्त वाहनियाँ संकरी हो जाती हैं और हृदय पर बोझ बढ़ जाता है। यह हार्ट अटैक होने का सबसे बड़ा कारण है।

हमारे शरीर को इसके अलावा जल, रेशा, विटामिन की जरूरत होती है। रेशा- रेशेदार खाद्य पदार्थों, सब्जियों, फलों, अनाज के छिलकों में उपलब्ध होता है। हमारे शरीर को कार्बोहाइड्रेट यानी स्टार्च और शर्करा की आवश्यकता भी होती है। इनकी मात्रा भोजन में सबसे अधिक होती है। पूरी कैलोरी की आवश्यकता का लगभग आधा भाग कार्बोहाइड्रेट से ही प्राप्त होता है। कार्बोहाइड्रेट शरीर का तापमान

बनाये रखता है। बिना कार्बोहाइड्रेट भोजन का पाचन ठीक ढंग से नहीं होता।

बैठकर हलका काम करनेवाले लोग यदि आवश्यकता से अधिक कार्बोहाइड्रेट लेंगे तो उनमें सुस्ती, अजीर्ण और अनावश्यक चरबी बढ़ेगी क्योंकि पाचन क्रिया के वक्त कार्बोहाइड्रेट्स शक्कर के रूप में ग्लूकोज में बदल जाते हैं इसलिए आसानी से पच जाते हैं और पचने के बाद जो कार्बोहाइड्रेट्स बच जाते हैं वे त्वचा के नीचे चरबी के रूप में सुरक्षित रहते हैं। उपवास, बीमारी आदि में जब कार्बोहाइड्रेट युक्त भोजन नहीं मिलता तब शरीर में जमा हुआ कार्बोहाइड्रेट ही काम में आता है और शरीर की रक्षा करता है।

शरीर में प्रोटीन का महत्त्व

हमारे शरीर को प्रोटीन की अति आवश्यकता होती है। प्रोटीन शरीर की वृद्धि में सहायता करता है। यह शरीर के तंतुओं को बनाने और उन्हें अच्छी हालत में रखने का काम करता है। बीमारी के बाद और दैनिक श्रम से हुई तंतुओं की टूट-फूट की मरम्मत का काम भी प्रोटीन करता है। शारीरिक विकास, स्फूर्ति, उत्साह आरोग्य लाने में प्रोटीन का बहुत बड़ा हाथ है इसलिए हमारे भोजन में प्रोटीन एक निश्चित अनुपात में मौजूद होना बहुत जरूरी है। शाकाहारी लोगों को पनीर, दाल, चना, मटर, मूँगफली, सोयाबीन, अंगूर, अंकुरित अनाज, दूध, कड़े छिलके के मेवों से प्रोटीन मिलता है। ज्यादा खर्च न कर सकें तो गुड़, मूँगफली जैसी सस्ती चीजों से भी अच्छा प्रोटीन प्राप्त किया जा सकता है।

शरीर में खनिज (मिनरल) और लौण (नमक) का महत्त्व

खनिज और लौण शरीर को सुदृढ़ रखने के लिए आवश्यक होते हैं। इनसे रक्तवाहनियों और हड्डियों को लाभ पहुँचता है। लौण हमें ताजे साग, भाजी, नींबू जाति के अन्य फलों से प्राप्त होता है। हमारे शरीर में जब नमक की कमी होती है तब हम दाल और सब्जियों में नमक डालकर उसे पूरा करते हैं। खनिज और लौण से कई प्रकार के खनिज पदार्थ मिलते हैं, जैसे - लोहा, कैल्शियम, फॉस्फोरस, आयोडीन आदि। इन सभी का शरीर के निर्माण तथा संचालन में विभिन्न प्रकार से योगदान होता है। लोह से खून साफ होता है और बढ़ता भी है। मांस-तंतुओं तक ऑक्सीजन पहुँचाने में यह खून की सहायता करता है। मानव शरीर को प्रतिदिन लोह की आवश्यकता २० से ३० मिली ग्राम होती है। इस तत्त्व की स्त्रियों को पुरुषों से अधिक आवश्यकता होती है। लोहा- टमाटर, दाल, गेहूँ व सूखे मेवों से प्राप्त होता है। कलेजी और पालक से भी लोहा प्राप्त होता है।

शरीर में कैल्शियम का महत्त्व

दाँतों और हड्डियों के निर्माण में कैल्शियम का विशेष महत्त्व है। हड्डियों की मजबूती के लिए कैल्शियम अति आवश्यक है। गर्भवती स्त्री के शरीर से कैल्शियम खींचकर, उसके पेट में जो बच्चा होता है, उसकी हड्डियों का निर्माण होता है। अतः स्त्री के भोजन में कैल्शियम की मात्रा अधिक होनी चाहिए। अन्यथा माँ और बच्चे दोनों के स्वास्थ्य पर दुष्परिणाम पड़ता है। कैल्शियम हमें दूध, पनीर, दही, कड़े छिलके के मेवों, अंडों, हरे साग और फलों में से प्राप्त होता है। अतिरिक्त आवश्यकता के समय कैल्शियम की गोलियों से भी कैल्शियम की कमी पूरी की जा सकती है।

शरीर में फॉस्फोरस का महत्त्व

फॉस्फोरस भी दाँतों और हड्डियों को मजबूत करता है। फॉस्फोरस के साथ मिलकर ही कैल्शियम अपना काम ठीक तरह से कर पाता है।

हमारे शरीर में जितने भी खनिज पदार्थ पाये जाते हैं, उनमें फॉस्फोरस का एक चौथाई हिस्सा होता है। यह हमें अंडे, मांस-मछली, केले, सेब, दूध, पनीर, कड़े छिलकों के मेवों, दालों और फलियों से प्राप्त होता है।

शरीर में आयोडीन का महत्त्व

आयोडीन गले की गिलटियों को ठीक से काम करने और बालों की सुरक्षा में विशेष भूमिका निभाता है। इसकी कमी से थॉयरॉईड ठीक से काम नहीं करता और मनुष्य विकृत हो सकता है। आयोडीन नमक- समुद्री मछली के तेल और पानी के भीतर उगनेवाले फल, सब्जी, सिंघाड़े, दाल मखाना, कमल ककड़ी में अधिक पाया जाता है।

मेरे शरीर की प्रकृति अनुसार मेरे लिए याद रखने योग्य बातें

- ....
- ....
- ....
- ....
- ....
- ....
- ....
- ....
- ....
- ....
- ....
- ....
- ....
- ....
- ....
- ....
- ....
- ....
- ....
- ....
- ....
- ....

कैलोरीज खायें और खर्च भी करें – मार्गदर्शक जानकारी

१०० ग्राम	फलों में	६०	कैलोरीज होती हैं
१०० ग्राम	हरी पत्तेदार सब्जियों में	५५	कैलोरीज होती हैं
१०० ग्राम	अन्य सब्जियों में	६०	कैलोरीज होती हैं
१०० ग्राम	सूखे मेवों में (उदा. काजू, अखरोट, बादाम)	६१५	कैलोरीज होती हैं
१०० ग्राम	चावल और चावल से बने पदार्थों में	३४५	कैलोरीज होती हैं
१०० ग्राम	चनों और दालों में	६५	कैलोरीज होती हैं
१०० ग्राम	जवारी, बाजरा और गेहूँ में	३४५	कैलोरीज होती हैं
१०० ग्राम	तेल, घी में	९००	कैलोरीज होती हैं
१०० ग्राम	गाय के दूध और दही में	१४०	कैलोरीज होती हैं
१०० ग्राम	मांसाहार में	१४०	कैलोरीज होती हैं

जब हम ज्यादा कैलोरीज खाते हैं और कम कैलोरीज खर्च करते हैं तब मोटापा, रोग, सुस्ती इत्यादि बढ़ने लगते हैं। कुछ लोग कम खाकर भी ज्यादा कैलोरीज इकट्ठा करते हैं क्योंकि वे हॉटेल के खाने, ठंढे पेय व बेकरी प्रॉडक्टस् (केक, बिस्किट) इत्यादि खाते हैं। डबल रोटी, चीनी, कोल्ड ड्रिंक, क्रीम सहित दूध, पनीर, मिठाइयाँ, ज्यादा तेल इत्यादि कम करें। ऊपर दी गयी जानकारी अनुसार कैलोरीज कैलोरीज खायें और खर्च भी करें।

सरश्री अल्प परिचय

(स्वीकार मुद्रा)

सरश्री की आध्यात्मिक खोज का सफर उनके बचपन से प्रारंभ हो गया था। इस खोज के दौरान उन्होंने अनेक प्रकार की पुस्तकों का अध्ययन किया। अपने आध्यात्मिक अनुसंधान के दौरान उन्होंने लगभग सभी ध्यान पद्धतियों का भी अभ्यास किया। उनकी इसी खोज ने उन्हें कई वैचारिक और शैक्षणिक संस्थानों की ओर बढ़ाया। जीवन का रहस्य समझने के लिए उन्होंने **एक लंबी अवधि तक मनन करते हुए अपनी खोज जारी रखी, जिसके अंत में उन्हें आत्मबोध प्राप्त हुआ।** आत्मसाक्षात्कार के बाद उन्होंने जाना कि **अध्यात्म का हर मार्ग जिस कड़ी से जुड़ा है वह है- समझ (अंडरस्टैण्डिंग)।** उसके बाद उन्होंने अपने तत्कालीन अध्यापन कार्य को विराम लगाते हुए, लगभग दो दशकों से भी अधिक समय अपना समस्त जीवन मानव कल्याण के आध्यात्मिक विकास हेतु अर्पण किया है।

सरश्री कहते हैं, 'सत्य के सभी मार्गों की शुरुआत अलग-अलग प्रकार से होती है लेकिन सभी के अंत में एक ही समझ प्राप्त होती है। **'समझ' ही सब कुछ है और यह 'समझ' अपने आपमें पूर्ण है।** आध्यात्मिक ज्ञान प्राप्ति के लिए इस 'समझ' का श्रवण ही पर्याप्त है।' इसी समझ को उजागर करने के लिए उन्होंने आज तक **तीन हज़ार से अधिक आध्यात्मिक विषयों पर प्रवचन दिए हैं,** जिनके द्वारा वे अध्यात्म की गहरी संकल्पनाएँ सीधे और व्यावहारिक रूप में समझाते हैं। समाज के हर स्तर का इंसान सरश्री द्वारा बताई जा रही समझ का लाभ ले सकता है।

यह समझ हरेक को अपने अनुभव से प्राप्त हो इसलिए सरश्री ने **'महाआसमानी परम ज्ञान शिविर'** और उसके लिए आवश्यक कार्यप्रणाली (सिस्टम) की रचना की है, जिसका लाभ लाखों खोजी ले रहे हैं। यह व्यवस्था आय.एस.ओ. (ISO

9001:2015) प्रमाणित है, जिसने अनेक लोगों को सत्य की राह पर चलने की प्रेरणा दी है। इसी समझ के प्रचार और प्रसार के लिए उन्होंने 'तेजज्ञान फाउण्डेशन' नामक आध्यात्मिक संस्था की नींव रखी है। इस संस्था का मुख्य उद्देश्य है- **'हॅपी थॉट्स द्वारा उच्चतम विकसित समाज का निर्माण'**।

विश्व का हर इंसान आज सरश्री के मार्गदर्शन का लाभ ले सकता है, जिसके लिए किसी भी धर्म, जाति, उपजाति, वर्ण, पंथ, रंग या लिंग का बंधन नहीं है। विश्व के हर कोने में बसे लोग आज तेजज्ञान की इस अनूठी ज्ञान प्रणाली (System for Wisdom) का लाभ ले रहे हैं। इस व्यवस्था के एक हिस्से के रूप में **लाखों लोग रोज़ सुबह और रात को ९ बजकर ९ मिनट पर विश्व शांति के लिए प्रार्थना करते हैं।**

सरश्री को **बेस्टसेलर पुस्तक 'विचार नियम' श्रृंखला के रचनाकार** के रूप में भी जाना जाता है, जिसकी **१ करोड़ से ज़्यादा प्रतियाँ केवल ५ सालों** में वितरित हो चुकी हैं। इसके अलावा उन्होंने विविध विषयों पर **१०० से अधिक पुस्तकों का लेखन** किया है, जिनमें से 'विचार नियम', 'स्वसंवाद का जादू', 'स्वयं का सामना', 'स्वीकार का जादू', 'निःशब्द संवाद का जादू', 'संपूर्ण ध्यान' आदि पुस्तकें बेस्टसेलर बन चुकी हैं। ये पुस्तकें दस से अधिक भाषाओं में अनुवादित की जा चुकी हैं और प्रमुख प्रकाशकों द्वारा प्रकाशित की गई हैं, जैसे पेंगुइन बुक्स, जैको बुक्स, मंजुल पब्लिशिंग हाऊस, प्रभात प्रकाशन, राजपाल अॅण्ड सन्स, पेंटागॉन प्रेस, सकाळ प्रकाशन इत्यादि।

तेजज्ञान फाउण्डेशन – परिचय

तेजज्ञान फाउण्डेशन आत्मविकास से आत्मसाक्षात्कार प्राप्त करने का एक रास्ता है। इसके लिए सरश्री द्वारा एक अनूठी बोध पद्धति (System for Wisdom) का सृजन हुआ है। इस पद्धति को अन्तर्राष्ट्रीय मानक ISO 9001:2015 के आवश्यकताओं एवं निर्देशों के अनुरूप ढालकर सरल, व्यावहारिक एवं प्रभावी बनाया गया है।

इस संस्था की बोध पद्धति के विभिन्न पहलुओं (शिक्षण, निरीक्षण व गुणवत्ता) को स्वतंत्र गुणवत्ता परीक्षकों (Quality Auditors) द्वारा क्रमबद्ध तरीके से जाँचा गया। जिसके बाद इन पहलुओं को ISO 9001:2015 के अनुरूप पाकर, इस बोध पद्धति को प्रमाणित किया गया है।

फाउण्डेशन का लक्ष्य आपको नकारात्मक विचार से सकारात्मक विचार की ओर बढ़ाना है। सकारात्मक विचार से शुभ विचार यानी हॅपी थॉट्स (विधायक आनंदपूर्ण विचार) और शुभ विचार से निर्विचार की ओर बढ़ा जा सकता है। निर्विचार से ही आत्मसाक्षात्कार संभव है। शुभ विचार (Happy Thoughts) यानी यह विचार कि 'मैं हर विचार से मुक्त हो जाऊँ।' शुभ इच्छा यानी यह इच्छा कि 'मैं हर इच्छा से मुक्त हो जाऊँ।'

ज्ञान का अर्थ है सामान्य ज्ञान लेकिन तेजज्ञान यानी वह ज्ञान जो ज्ञान व अज्ञान के परे है। कई लोग सामान्य ज्ञान की जानकारी को ही ज्ञान समझ लेते हैं लेकिन असली ज्ञान और जानकारी में बहुत अंतर है। आज लोग सामान्य ज्ञान के जवाबों को ज्यादा महत्त्व देते हैं। उदाहरण के तौर पर– कर्म और भाग्य, योग और प्राणायाम, स्वर्ग और नर्क इत्यादि। आज के युग में सामान्य ज्ञान प्रदान करनेवाले लोग और शिक्षक कई मिल जाएँगे मगर इस ज्ञान को पाकर जीवन में कोई बड़ा परिवर्तन नहीं होता। यह ज्ञान या तो केवल बुद्धि विलास है या फिर अध्यात्म के नाम पर बुद्धि का व्यायाम है।

सभी समस्याओं का समाधान है तेजज्ञान। भय से मुक्ति, चिंतारहित व क्रोध से आज़ाद जीवन है तेजज्ञान। शारीरिक, मानसिक, सामाजिक, आर्थिक और आध्यात्मिक उन्नति के लिए है तेजज्ञान। तेजज्ञान आपके अंदर है, आएँ और इसे पाएँ।

यदि आप ऐसा ज्ञान चाहते हैं, जो सामान्य ज्ञान के परे हो, जो हर समस्या का समाधान हो, जो सभी मान्यताओं से आपको मुक्त करे, जो आपको ईश्वर का साक्षात्कार कराए, जो आपको सत्य पर स्थापित करे तो समय आ गया है तेजज्ञान को जानने का। समय आ गया है शब्दोंवाले सामान्य ज्ञान से उठकर तेजज्ञान का अनुभव करने का।

महाआसमानी परम ज्ञान शिविर परिचय और लाभ (निवासी)

क्या आपको उच्चतम आनंद पाने की इच्छा है? ऐसा आनंद, जो किसी कारण पर निर्भर नहीं है, जिसमें समय के साथ केवल बढ़ोतरी ही होती है। क्या आप इसी जीवन में प्रेम, विश्वास, शांति, समृद्धि और परमसंतुष्टि पाना चाहते हैं? क्या आप शारीरिक,

मानसिक, सामाजिक, आर्थिक और आध्यात्मिक इन सभी स्तरों पर सफलता हासिल करना चाहते हैं? क्या आप 'मैं कौन हूँ' इस सवाल का जवाब अनुभव से जानना चाहते हैं।

यदि आपके अंदर इन सवालों के जवाब जानने की और 'अंतिम सत्य' प्राप्त करने की प्यास जगी है तो तेजज्ञान फाउण्डेशन द्वारा आयोजित 'महाआसमानी शिविर' में आपका स्वागत है। यह शिविर पूर्णतः सरश्री की शिक्षाओं पर आधारित है। सरश्री आज के युग के आध्यात्मिक गुरु और 'तेजज्ञान फाउण्डेशन' के संस्थापक हैं, जो अत्यंत सरलता से आज की लोकभाषा में आध्यात्मिक समझ प्रदान करते हैं।

महाआसमानी शिविर का उद्देश्य :

इस शिविर का उद्देश्य है, 'विश्व का हर इंसान 'मैं कौन हूँ' इस सवाल का जवाब जानकर सर्वोच्च आनंद में स्थापित हो जाए।' उसे ऐसा ज्ञान मिले, जिससे वह हर पल वर्तमान में जीने की कला प्राप्त करे। भूतकाल का बोझ और भविष्य की चिंता इन दोनों से वह मुक्त हो जाए। हर इंसान के जीवन में स्थायी खुशी, सही समझ और समस्याओं को विलीन करने की कला आ जाए। मनुष्य जीवन का उद्देश्य पूर्ण हो।

'मैं कौन हूँ? मैं यहाँ क्यों हूँ? मोक्ष का अर्थ क्या है? क्या इसी जन्म में मोक्ष प्राप्ति संभव है?' यदि ये सवाल आपके अंदर हैं तो महाआसमानी शिविर इसका जवाब है।

महाआसमानी शिविर के मुख्य लाभ :

इस शिविर के लाभ तो अनगिनत हैं मगर कुछ मुख्य लाभ इस प्रकार हैं...

✻ जीवन में दमदार लक्ष्य प्राप्त होता है। ✻ 'मैं कौन हूँ' यह अनुभव से जानना (सेल्फ रियलाइजेशन) होता है। ✻ मन के सभी विकार विलीन होते हैं। ✻ भय, चिंता, क्रोध, बोरडम, मोह, तनाव जैसी कई नकारात्मक बातों से मुक्ति मिलती है। ✻ प्रेम, आनंद, मौन, समृद्धि, संतुष्टि, विश्वास जैसे कई दिव्य गुणों से युक्ति होती है। ✻ सीधा, सरल और शक्तिशाली जीवन प्राप्त होता है। ✻ हर समस्या का समाधान प्राप्त करने की कला मिलती है। ✻ 'हर पल वर्तमान में जीना' यह आपका स्वभाव बन जाता है। ✻ आपके अंदर छिपी सभी संभावनाएँ खुल जाती हैं। ✻ इसी जीवन में मोक्ष (मुक्ति) प्राप्त होता है।

महाआसमानी शिविर में भाग कैसे लें?

इस शिविर में भाग लेने के लिए आपको कुछ खास माँगें पूरी करनी होती हैं। जैसे - १) आपकी उम्र कम से कम अठारह साल या उससे ऊपर होनी चाहिए। २) आपको सत्य स्थापना शिविर (फाउण्डेशन ट्रुथ रिट्रीट) में भाग लेना होगा, जहाँ आप सीखेंगे- वर्तमान के हर पल को कैसे जीया जाए और निर्विचार दशा में कैसे प्रवेश पाएँ। ३) आपको कुछ प्राथमिक प्रवचनों में उपस्थित होना है, जहाँ आप बुनियादी समझ आत्मसात कर, महाआसमानी शिविर के लिए तैयार होते हैं।

यह शिविर साल में पाँच या छह बार आयोजित होता है, जिसका लाभ हज़ारों खोजी उठाते हैं। इस शिविर की तैयारी आगे दिए गए स्थानों पर कराई जाती है। पुणे, मुंबई, दिल्ली, सांगली, सातारा, जलगाँव, अहमदाबाद, कोल्हापुर, नासिक, अहमदनगर,

औरंगाबाद, सूरत, बरोडा, नागपुर, भोपाल, रायपुर, चेन्नई, वर्धा, अमरावती, चंद्रपुर, यवतमाल, रत्नागिरी, लातूर, बीड, नांदेड, परभणी, पनवेल, ठाणे, सोलापुर, पंढरपुर, अकोला, बुलढाणा, धुले, भुसावल, बैंगलोर, बेलगाम, धारवाड, भुवनेश्वर, कोलकत्ता, राँची, लखनऊ, कानपुर, चंदीगढ़, जयपुर, पणजी, म्हापसा, इंदौर, इटारसी, हरदा, विदिशा, बुरहानपुर।

आप महाआसमानी की तैयारी फाउण्डेशन में उपलब्ध सरश्री द्वारा रचित पुस्तकों, सी.डी. और कैसेटस् सुनकर कर सकते हैं। इसके अलावा आप टी.वी., रेडियो और यू ट्यूब पर सरश्री के प्रवचनों का लाभ भी ले सकते हैं मगर याद रहे, ये पुस्तकें, कैसेट, टी.वी., रेडियो और यू ट्यूब के प्रवचन शिविर का परिचय मात्र है, तेजज्ञान नहीं। आप महाआसमानी शिविर में भाग लेकर ही तेजज्ञान का आनंद ले सकते हैं। आगामी महाआसमानी शिविर में अपना स्थान आरक्षित करने के लिए संपर्क करें :**09921008060/75, 9011013208**

महाआसमानी शिविर स्थान

महाआसमानी महानिवासी शिविर 'मनन आश्रम' पर आयोजित किया जाता है। यह आश्रम पुणे शहर के बाहरी क्षेत्र में पहाड़ों और निसर्ग के असीम सौंदर्य के बीच बसा हुआ है। इस आश्रम में पुरुषों और महिलाओं के लिए अलग-अलग, कुल मिलाकर 700 से 800 लोगों के रहने की व्यवस्था है। यह आश्रम पुणे शहर से 17 किलो मीटर की दूरी पर है। हवाई अड्डा, हाइवे और रेल्वे से पुणे आसानी से आ-जा सकते हैं।

मनन आश्रम - सर्वे नं. ४३, सनस नगर, नांदोशी गांव, किरकटवाडी फाटा,
तहसील - हवेली, जिला - पुणे - ४११ ०२४. फोन : 09921008060

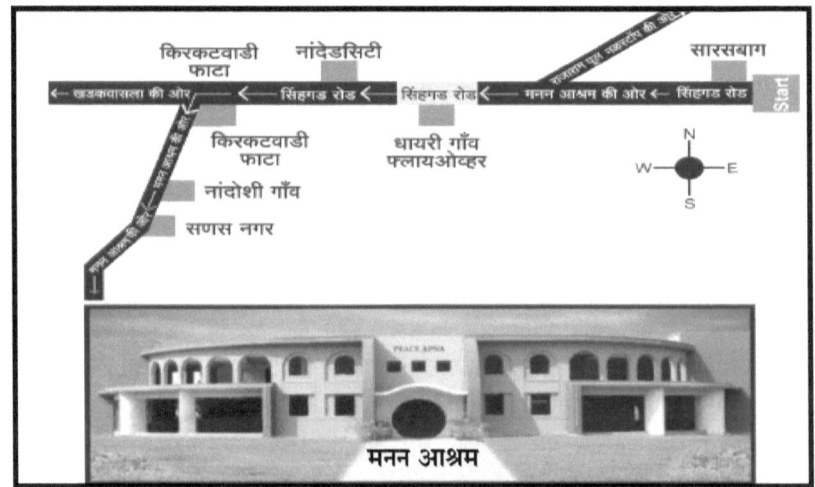

अब एक क्लिक पर ही शिविर का रजिस्ट्रेशन !

तेजज्ञान फाउण्डेशन की इन शिविरों के लिए
अब आप ऑनलाईन रजिस्ट्रेशन भी कर सकते हैं-

* महाआसमानी महानिवासी शिविर (पाँच दिवसीय निवासी शिविर)
* मैजिक ऑफ अवेकनिंग (केवल अंग्रेजी भाषा जाननेवालों के लिए तीन दिवसीय निवासी शिविर)
* मिनी महाआसमानी (निवासी) शिविर, युवाओं के लिए

रजिस्ट्रेशन के लिए आज ही लॉग इन करें

www.tejgyan.org

पुस्तकें प्राप्त करने के लिए नीचे दिए गए पते पर मनीऑर्डर द्वारा पुस्तक का मूल्य भेज सकते हैं। पुस्तकें रजिस्टर्ड, कुरियर अथवा वी.पी.पी. द्वारा भेजी जाती हैं। पुस्तकों के लिए नीचे दिए गए पते पर संपर्क करें।

WOW Publishings Pvt. Ltd.

* रजिस्टर्ड ऑफिस - इ- ४, वैभव नगर, तपोवन मंदिर के नज़दीक, पिंपरी, पुणे - ४११०१७
* पोस्ट बॉक्स नं. ३६, पिंपरी कॉलोनी पोस्ट ऑफिस, पिंपरी, पुणे - ४११०१७ फोन नं.: 09011013210 / 9623457873

आप ऑन-लाइन शॉपिंग द्वारा भी पुस्तकों का ऑर्डर दे सकते हैं।
लॉग इन करें - www.gethappythoughts.org
300 रुपयों से अधिक पुस्तकें मँगवाने पर १०% की छूट और फ्री शिपिंग।

सरश्री द्वारा रचित पुस्तकें
शारीरिक स्वास्थ्यवर्धक पुस्तकें

३ स्वास्थ्य वरदान
रोगमुक्ति की दवा

Total Pages - 216   Price - 150/-

प्रस्तुत पुस्तक में स्वस्थ जीवन के तीन वरदानों को 'एफ.टी. त्रिकोण' के रूप में प्रस्तुत किया गया है। ये तीन वरदान हैं – यू.एफ.टी. (यूरिन फास्ट थेरेपी), बी.एफ.टी.(बॅच फ्लॉवर थेरेपी) और ई.एफ.टी.(इमोशनल फ्रीडम टेकनीक)। जिस प्रकार हवा, पानी और सूरज की किरणें हर जगह भरपूर मात्रा में उपलब्ध होती हैं इसलिए उनकी कोई कीमत नहीं होती, वे अमूल्य होती हैं। बिलकुल इसी प्रकार स्वमूत्र (यूरिन) या फूलों से मिलनेवाली औषधि या ई.एफ.टी. टेकनीक भी सहजता से उपलब्ध होने के कारण अति महत्वपूर्ण हैं।

प्रस्तुत पुस्तक द्वारा बहुत जल्द फिर से लोगों को इनकी उपयोगिता और आवश्यकता समझ में आ जाएगी क्योंकि ये चिकित्सा पद्धतियाँ स्वस्थ जीवन के लिए तीन अमूल्य वरदान हैं।

स्वास्थ्य के लिए विचार नियम

Total Pages - 224   Price - 150/-

क्या आप दौलतमंद हैं? जवाब देने से पहले थोड़ी देर के लिए रुक जाएँ क्योंकि वही इंसान दौलतमंद होता है, जिसके पास 'संपूर्ण स्वास्थ्य' की दौलत होती है। क्या आपको लगता है कि आपका स्वास्थ्य और बेहतर हो सकता है? क्या आप स्वास्थ्य की चरम सीमा छूना चाहते हैं? यदि आपका जवाब 'हाँ' है तो यह पुस्तक आपकी डॉक्टर बनेगी।

'स्वास्थ्य के लिए विचार नियम' कोई साधारण पुस्तक नहीं है। इस पुस्तक में दिए गए सूत्र साफ, सरल और बेहद शक्तिशाली हैं। वे संपूर्ण स्वास्थ्य दिलाने में, हर बीमारी और वेदना से मुक्त कराने में आपकी शत-प्रतिशत मदद करेंगे।

योग्य आरोग्य मैगजीन

Health is Wealth, Total Health is Heaven

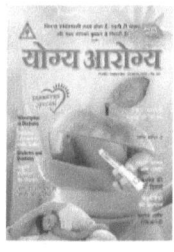

'योग्य आरोग्य' यह मासिक पत्रिका है। इसमें आपको अपने आपको अयोग्य रोग्य की जगह योग्य आरोग्य रहने के तरीके बताए गए हैं। इस पत्रिका में आपको अपने आरोग्य के बारे में ऐसी कई बातें जानने को मिलती हैं, जो आपको कभी पता नहीं होती। इस पत्रिका में आप सेहत का राज़ पढ़ेंगे। ॲरोमा थेरपी, ॲनेमिया, योगासन, स्वेदन चिकित्सा, ऐक्यूपंक्चर, होम्योपैथी जैसी रोग उपचार पद्धतियों के बारे में विस्तार से जानेंगे। यह पत्रिका आपको आपके स्वास्थ्य के लिए सजग करती है और आपको योग्य आरोग्य प्रदान करती है।

अब तक इस पत्रिका के कई अंक प्रकाशित हो चुके हैं, जिनमें से कई अंक विशेषांक हैं जैसे दीपावली विशेषांक, नारी विशेषांक, शिशु विशेषांक इत्यादि। इन विशेषांकों में बहुत ही महत्वपूर्ण जानकारी दी गई है।

इस पत्रिका में जो भी लेख दिए जाते हैं वे डॉक्टरों द्वारा दिए जाते हैं।

आप भी इस मासिक पत्रिका के सदस्य बन सकते हैं। इसकी सदस्या प्राप्त करने के लिए संपर्क करें :

फोन : **9011013217**

मानसिक स्वास्थ्यवर्धक पुस्तकें

मन का विज्ञान

मन के बुद्ध कैसे बनें

Pages - 176 Price - 135/-

विज्ञान की मदद से विश्व में आज तक कई चमत्कार देखे गए हैं और कई चमत्कारों पर संशोधन जारी भी है। किंतु क्या कभी आपने आदर्श और प्रशिक्षित मन का चमत्कार देखा है? अगर नहीं तो यह पुस्तक आपके लिए है। हर कल्पना से परे विश्व का सबसे बड़ा चमत्कार आदर्श तथा प्रशिक्षित मन के साथ ही हो सकता है, यह 'मन का विज्ञान' इस पुस्तक द्वारा जान लें।

जीवन-जन्म

के उद्देश्य की तलाश

Pages - 64 Price - 60/-

आपके जीवन में सबसे मुख्य बात कौन सी है? पैसा? बच्चों की खुशी? स्वास्थ्य? आजीविका? मान-सम्मान? मनोरंजन? या और कुछ? इस पर हरेक का जवाब अलग-अलग हो सकता है मगर यहाँ जिस अनुभव की बात की जा रही है, वह सभी के लिए एक समान है। इसी जीवन में हर इंसान जीवन और मृत्यु के चक्र से मुक्ति पा सके, इसी उद्देश्य से यह पुस्तक आपके सामने प्रस्तुत की गई है। इसमें पढ़ें :
* कौन सी चाभी से जीते जी मुक्ति का ताला खोलें * अपनी इच्छाओं का क्रम बदलकर आंतरिक आज़ादी कैसे पाएँ * जख्मी यादों का रहस्य क्या है * एकांत संघ क्या है और उसमें कैसे कार्य करें * अंदर के ईश्वर को जगाकर पूर्ण रूप से कैसे मुक्त हो जाएँ * स्वयं को और सामनेवाले को खाली देखकर मुक्ति का एहसास कैसे जगाएँ

मृत्यु शब्द सुनते ही कई लोगों के मन में डर आता है, जिसकी वजह से वे इस विषय से दूर भागते हैं। मगर मानव शरीर के साथ जीवन-मृत्यु के पार की अवस्था प्रकट हो सकती है, इस संभावना से वे दूर होते हैं। इस पुस्तक के माध्यम से आप इंसान के जीवन की उच्चतम अवस्था प्राप्त करने के मार्ग पर चल सकते हैं। हो सकता है कि इस क्षण आपके मन में कुछ शंकाएँ हों किंतु इस पुस्तक से आपका विश्वास बदल जाएगा, इसमें कोई दोराय नहीं लेकिन पुस्तक पढ़ने के बाद!

तेजज्ञान इंटरनेट रेडियो

२४ घंटे और ३६५ दिन सरश्री के प्रवचन और भजनों का लाभ लें, तेजज्ञान इंटरनेट रेडियो द्वारा। देखें लिंक
http://www.tejgyan.org/internetradio.aspx

✴ हर रविवार सुबह १०:०५ से १०.१५ रेडियो विविध भारती, एफ. एम. पुणे पर 'तेजविकास मंत्र'

नोट : उपरोक्त कार्यक्रमों के समय बदल सकते हैं इसलिए समय पुष्टि करें।

You Tube द्वारा भी आप सरश्री के प्रवचनों का लाभ ले सकते हैं–
www.youtube.com/tejgyan

---

e-books
•The Source •Complete Meditation •Ultimate Purpose of Success
•Enlightenment •Inner Magic
•Celebrating Relationships •Essence of Devotion
•Master of Siddhartha •Self Encounter, and many more.
Also available in Hindi at www. gethappythoughts.org

Free apps
U R Meditation & Tejgyan Internet Radio on all platforms like Android, iPhone, iPad and Amazon

e-magazines
'Yogya Aarogya' & 'Drushtilakshya'
emagazines available on www.magzter.com

---

e-mail
mail@tejgyan.com

---

website
www.tejgyan.org, www.gethappythoughts.org

तेजज्ञान फाउण्डेशन - मुख्य शाखाएँ

पुणे (रजिस्टर्ड ऑफिस)

विक्रांत कॉम्प्लेक्स, तपोवन मंदिर के नज़दीक, पिंपरी, पुणे-४११ ०१७.

फोन : 020-27411240, 27412576

मनन आश्रम

सर्वे नं. ४३, सनस नगर, नांदोशी गाँव, किरकटवाडी फाटा, तहसील - हवेली, जिला- पुणे - ४११ ०२४. फोन : 09921008060

- विश्व शांति प्रार्थना -

'पृथ्वी पर सफेद रोशनी (दिव्य शक्ति) आ रही है।
पृथ्वी से सुनहरी रोशनी (चेतना) उभर रही है।
विश्व से सारी नकारात्मकता दूर हो रही है।
सभी प्रेम, आनंद और शांति के लिए
खुल रहे हैं, खिल रहे हैं।'

यह 'सामूहिक अव्यक्तिगत प्रार्थना' तेजज्ञान फाउण्डेशन के सदस्य पिछले कई सालों से निरंतरता से कर रहे हैं। खुश लोग यह प्रार्थना कर सकते हैं और बीमार, दु:खी लोग उस वक्त एक जगह बैठकर इस प्रार्थना को ग्रहण कर स्वास्थ्य लाभ पा सकते हैं।

यदि इस वक्त आप परेशान या बीमार हैं तो रोज़ सुबह या रात 9:09 को केवल ग्रहणशील होकर इस भाव से बैठें कि 'स्वास्थ्य और शांति की सफेद रोशनी जो इस वक्त प्रार्थना में बैठे कई लोगों द्वारा नीचे पृथ्वी पर उतर रही है, वह मुझमें भी अपना कार्य कर रही है। मैं स्वस्थ और शांत हो रहा हूँ।' कुछ देर इस भाव में रहकर आप सबको धन्यवाद देकर उठें।

www.ingramcontent.com/pod-product-compliance
Lightning Source LLC
LaVergne TN
LVHW040140080526
838202LV00042B/2966